Watcher
Blindsided
Picture Perfect
by Emma Wildes writing as Kate Watterson

危険なレッスンをあなたと

エマ・ワイルズ
桐谷知未・訳

ラズベリーブックス

危険なレッスンをあなたと

危険なレッスンをあなたと

主な登場人物

ジャナ・ジョンソン……………………大学教授。
ジェイク・クイン……………………大学院生。
クリスタル……………………ジャナの姉。
ジリアン・ウェスリー……………………大学院生。
ラーキン……………………刑事。

1

温かい涙が頰を伝い、ぽとりと手に落ちた。ジャナ・ジョンソンはしばらくのあいだそのしずくを眺め、なんとか喉のつかえを消そうとした。めったに泣かないし、泣くようなタイプではないのに、どこから急にそんな衝動がわき起こってきたのかさっぱりわからない。

いや、それは少し違う。

きょうは結婚記念日だ。もっと正確にいえば、結婚記念日を祝うはずだった日だ。涙がもうひと粒落ちて、何かを象徴するような、小さなしみを作った。

「ジョンソン教授？」

ジャナははっと身をこわばらせ、オフィスのドアが押しあけられたことに気づいた。あわてて濡れた頰をぬぐい、顔をそむけたまま答える。「はい？」

「お邪魔してすみません。備品室の鍵《かぎ》を貸してもらえますか？　ローレンス教授はもう帰られたし、ぼくのは家に置いてきてしまったみたいなんです」ジェイク・クイン、分子生物学研究室を取り仕切っている大学院生が、部屋に足を踏み入れた。断られるはずはないという動きだった。

ジャナは顔を上げずに、学内の鍵がしまってある引き出しに手を伸ばしたが、ジェイクが何かおかしいと気づいた瞬間がわかった。急いでラベルを手探りし、言われた鍵を見つけて、さっと手に取る。「はい、どうぞ。わたしももうすぐ帰るから、あした返してちょうだい」

「あしたは土曜日ですよ」

そうだった。ばかみたい。「それなら月曜でいいわ」

ジェイクは椅子のそばに立っていた。目の隅から、ブルージーンズに包まれた長い脚と、はき古したテニスシューズ、白衣の裾が見えた。困ったことに、ジェイクは鍵を受け取っても立ち去ろうとはしなかった。「だいじょうぶですか？」

しかたなく、ジャナはちらりと目を上げて、すばやくうなずいた。「なんともないわ」

「涙の跡からすると、議論の余地がありそうですね」ジェイクがセクシーな褐色の目でこちらを見つめた。そばにいる学部の女子学生たちをすっかりとりこにさせてしまうあの目で。背が高く、たくましく、非の打ちどころがないほど端整なジェイクは、ひそかに〝超人《インクレディブル》クイン〟、略してＩＱと呼ばれていた。研究室での仕事に加え、分子生物学の初級クラスの講師を務めていたので、いつもはさほど人気のないその科目が、今学期は記録的な数の受講者を抱えることになった。

とはいえ、ジャナは浮かれた新入生ではないし、ＩＱには、誘惑するようなその目とともに立ち去ってほしかった。今はほんとうに、誰とも話したくない。自分がオフィスのなかにぽつんと座って涙に暮れていたことを、ジェイクがほかの人に言わないことを願うだけだった。「なんともないのよ」ジャナはきっぱりと繰り返した。

腹立たしいことに、ジェイクは椅子のとなりにしゃがんで顔を近づけ、目と目を合わせた。

がっしりした両腕は、ひざにのせられている。「何かぼくにできることは？」

「ないわ」無作法なほどぞんざいな言いかたになってしまった。

「それには賛成できないな」ジェイクがとてもすてきな笑みを浮かべて、美しい目のわきにしわを寄せた。「ちょっとしたマスカラの問題があるようだ」

「えっ？」

答えとして、ジェイクはジャナの手から丸めたティッシュを取り、右の頰のすぐ上を優しくぬぐった。「これで、だいぶ改善されましたよ」

ジャナはできるかぎり威厳をこめて応じた。「ありがとう」

「話したい気分になりました？」

ほのかなオーデコロンの香りがした。これほど近くに幅広い肩があることに、圧倒される思いだった。ジェイクは自分の助手ではないから顔見知り程度のつき合いだったし、どちらにしても、不意の涙について話したい気持ちにはなれなかった。そもそも、ばかみたいなふるまいだった。ブライアンが亡くなったのは二年も前で、ジャナは夫のいない生活にすっかりなじんでいたのだから。

ただときどき、夫はいなくなり、自分はひとりぼっちだという事実が胸に突き刺さるのだ。

「いいえ」ジャナは正直に答えたが、ジェイクが親切にしてくれていることを考え、どうにかぎこちなく微笑《ほほえ》んで、しぶしぶ説明した。「きょうは、十五年めの結婚記念日になるはずだったの。机の引き出しに入れたまま忘れていた、夫からのカードを見つけたのよ。それでいろいろ思い出して、まあ、それだけ。劇的な事件は何もないわ。ただの思い出よ」

「なるほど、わかりました。それはおつらいですね」ジェイクはまだ体を起こさずに、小さく首を振った。少し長めの豊かな黒髪が襟をかすめた。「ひと粒かふた粒涙を流しても、誰も責めはしませんよ」

「家に帰って、強いお酒を飲むわ」ジャナは顔をしかめて言った。「もしかすると、二、三杯。それですっかり回復するはずよ」

ようやくジェイクが立ち上がった。「よく言う〝酒で悲しみを紛らす〟ってやつ？　それはすばらしい考えだ。でもひとりぼっちではだめです。それより、ぼくと一杯やりましょう。おごりますよ、教授」

そんな誘いを受けるとは思ってもみなかった。ジャナは困惑して相手を見つめた。それから、からかうように言った。「お酒を飲める年齢なの？」

「いやだな、ぼくは二十五歳ですよ」ジェイクが片方の黒い眉をとがめるようにつり上げながらも、口もとをゆるめた。

「冗談よ」ジャナは首を振った。「お誘いはとてもうれしいけれど、あなたは学生で――」

「ぼくは博士課程最終学年の大学院生だし、教職にも就いている。何が問題なんです？　一杯飲むだけだ。五、六分待ってくれれば、研究室を閉めて、いっしょに出かけられる。すぐに戻ります」

ジェイクがドアの外へ消え、ジャナはあまりにも手際のよい誘いかたに、くすりと笑いそうになった。やはり断るべきだ。でも、ジェイクの言うことにも一理ある。同僚ふたりが一杯飲むだけのこと。たいていの女性は間違いなく、孤独な寒い家で過去から目をそむけて夜を過ごすより、〝超人クイン〟のような若くてすてきな男性と一杯飲むほうを選ぶだろう。

ジャナは反射的にハンドバッグを手にしてコンパクトを出し、もう一方のマスカラの小さな筋をぬぐってから、立ち上がって上着を取りに行った。オフィスのドアを閉じるまでには、ジェイク・クインは戻ってきていた。先ほど目に留めた幅広い肩は、革のジャケットに覆われている。ジェイクが言った。「外はひんやりしてきたから、車で行きたいならそれでもかまわないけど、歩いてもいいんじゃないかな」

少し歩けば、無用な感情のほとばしりでかすかに痛む頭が楽になるかもしれない。「歩きましょう」ジャナは応じた。いまだに、自分がこんなことをしているのが少しおもしろく、信じられないような気がした。「キャンパスの近くにはきっとたくさんバーがあるでしょうけど、わたしよりあなたのほうがよく知っているわね」

「じつは、ぼくはそれほど飲まないんですよ」ジェイクが言って、礼儀正しくジャナのためにドアをあけ、身ぶりで外を示した。「研究室の運営を志願したとき、飲酒からは離れてしまったんです。二日酔いで働くことにならないように。特に好みがないなら、〈レニーズ〉に行きましょう」

ジャナに異存はなかった。もともと出かけることさえ、めったにないのだし。「いいわ」

ついにやった。ついに。

ここでしくじるわけにはいかない。ジェイクは指で冷えたグラスに触れ、表面の曇りを撫《な》で下《お》ろしながら、何を言うべきか考えていた。普段は女性がそばにいても、ほとんどなんの意識もせず気楽にしていられるが、今夜は少しばかりわけが違う。完璧なまでによそよそしく、つれない、クールなジョンソン教授とグラスを傾けているのだから。

それにしても、なんてあでやかな人だろう。肩のあたりで優雅に揺れるつややかな黒髪、はっとさせられるサファイア色の目、髪と目の色を引き立てる白く透き通るような肌。高い頬骨とまっすぐな鼻、アーチ型の黒い眉が、女らしくひときわ繊細な顔立ちを特徴づけている。彼女は、ジェイクがほんとうに美しいと評せる数少ない女性のひとりだった。

しかも、体もすばらしい。しなやかな曲線美を持ち、胸とお尻は豊かで、ほかの部分はほっそりしている。今は、カシミアのセーターと黒っぽいスカートを着ていた。どちらも趣味がよく、控えめで、体の線を隠しすぎだった。

きっと裸になれば、忘れがたいほどみごとな体つきなのだろう。ぜひそれをこの目で確かめたいものだ。しかしうわさによるとジョンソン教授は、夫を亡くして二年以上になるとはいえ、月のように近寄りがたいということだった。数人の教授が、恐る恐る交際を申し込んではみたものの、成功した者は誰もいないらしい。それも無理はないだろう。彼女はジェイクがこれまでに出会ったなかで、一、二を争う自立心の旺盛《おうせい》な女性なのだから。もしかすると、そのクールな外見にそそられるのかもしれない。しかし理由はなんであれ、初めて会ったときから、興味を引かれていた。

いや、正直にいえば、激しく興味を引かれていた。たしかに彼女は十歳くらい年上だろうが、それは妨げにはならなかった。むしろまったく逆だ。そこが気に入っていた。

「……ミシガン大学？」

少しぼんやりしていたジェイクは、はっと目を上げた。セーターの柔らかい生地が包む胸をじっと眺めていたことに、気づかれていなければいいのだが。ふたつの胸は高く形よく張り出し、その豊かさは細いウエストでさらに際立って見えた。「すみません、今なんと？」

「あなたは学部課程をそこで修了したと、ローレンスに聞いたわ」ジョンソン教授がマティーニのグラス越しにこちらを見た。彼女の注文には驚かされた。見た目の女らしさから、ジンベースのマティーニより、白ワインを頼みそうな気がしていたからだ。たぶん、失われた結婚記念日が、もう少し強いものを求めさせたのだろう。

「ああ、はい」ジェイクはすばやく黒ビールをひと口飲み、すらすらと言葉が出てこない自分に、胸の内で悪態をついた。「ミシガン州ランシング近くの、マウントプレザント出身なんです。自然の成り行きで、あの大学を選びました」

濃いサファイアの色の目は、長いまつげと、先ほどの涙で溶けたアイライナーのほんの小さな染みで縁取られていた。化粧は服装と同じくらい控えめで、あまり必要には見えなかった。三十代半ばの女性としては、なめらかで完璧にきめの整った肌をして、淡いリップグロスが柔らかなピンク色の唇を際立たせていた。「いい大学ね」

「とてもいい大学です」ジェイクは同意した。「それに、居住者授業料が有利ですしね。ぼくは奨学金をもらったので、かなり両親の助けにはなりました」

両親について口にするとは、なんとも間が抜けている。十歳以上若いことを思い出させるのに、これより適した話題があるか？　ジェイクは急いで言い足した。「三年半で卒業して、すぐに博士号の取得をめざし始めたんです」

ジョンソン教授がマティーニをひと口飲み、信じられないほど美しい目を細めた。「立派なものね」

立派なのは、彼女の冷静さがすっかり元どおりになったことだった。自分の目で見たのでなければ、ほんの少し前に泣いていたとは信じられなかっただろう。教授はいつもどおり落ち着き払って、まったく考えが読めなかった。ほんの少し心許《こころもと》なげに結んだ唇が、どこかいつもとは違うような気がするだけだった。

「ここの大学に出願したのは、一流の教育課程を誇っているという評判だからです」ジェイクは小さく微笑んでみせた。「とはいっても、あなたはその一員として、よくわかってますよね。最新の論文について、聞きましたよ。おめでとうございます」

お世辞ではなかった。ジョンソン教授はいくつか優れた実績をあげ、定期的に論文を発表しているだけでなく、二クラスの上級生物学課程で教壇に立っていた。学部課程の遺伝学を教えている、大学で唯一の教授だ。つまり、医学部および獣医学部進学課程の学生はすべて、彼女の授業を受けることになる。

言い換えれば、この女性はくらくらするほど美しいだけでなく、並外れて頭が切れるということだ。それを威圧的だと考える男もいるかもしれないが、ジェイクにはすばらしくセクシーに思えた。いや、まあ、多少は威圧感を覚えるけれど、それでもそそられることに変わりはない。

「ありがとう」ジョンソン教授が、まるで約束どおり結婚記念日の思い出を追いやる決意を固めたかのように、酒を口に運んだ。「論文の審査を受けて、卒業が決まったら、そのあとはどうするつもり？　大学で教えるの、それとも民間企業に？」

「たぶん研究のほうへ進みます」ジェイクは答えた。「すごく好きな仕事なので」

「ローレンスが言っていたわ、あなたは優れた研究者でもあるって」

「だといいんですが」

バーが混み始めていたので、少し大きな声を出さなければならなかった。ふたりは隅の小さなテーブルに着いていたが、音楽のボリュームが上がり、会話の声が騒がしくなってきた。しかし、ジョンソン教授はジェイクよりだいぶ早くマティーニを飲み終え、ウェイトレスが通りかかると、お代わりを注文した。

二杯めを半分ほど飲むと、細い肩の緊張がゆるんだような気がした。一、二回笑いもして、それが顔を魅力的に輝かせた。ジェイクの性的な興奮は、ますます高まっていった。教授が席を外して化粧室に行くと、ジェイクはさほど良心の呵責《かしゃく》を感じることもなく、もう一杯マティーニを注文した。

入念に練った計画ではなく、当初の予定とも違っていたが、この非公式のデートで強い印象を与える必要があるのは確かだった。同僚同士として一杯つき合うことに応じてくれたものの、もし正面からデートに誘えば、ジャナ・ジョンソンはきっぱり断るだろうという気がした。ちょっと飲みに行こうという誘いですら、断ろうとしたのだ。絶妙のタイミングでオフィスに足を踏み入れていなければ、今ごろたったひとりアパートでビールを飲んでいたことだろう。ジョンソン教授は席に戻って、ふたたび満たされたグラスに目を留め、アーチ型の漆黒《しっこく》の眉をつり上げた。「三杯めは、やめたほうがいいんじゃないかしら。車で帰らなくてはならないんだし」

「その論法は通用しませんよ、教授。もしそのことを心配しているなら、二杯めを飲むべきじゃなかった。ぼくが無事に家に送り届けますから、心配しないでください。ぼくはビールを一杯飲んだだけです」

「あなたに迷惑はかけたくないわ」教授がふと注意を研ぎ澄ませて、こちらを見た。まるでようやく内部のレーダーが動き出して、ジェイクが捕食動物の雄である可能性を警告したかのようだった。

ジェイクは、めいっぱい愛嬌《あいきょう》のある笑顔を向けた。「きょうは金曜の夜だけど、ほかに予定はないんだ。ほんとうです。迷惑でもなんでもないし、ほとんどぼくのほうがあなたをここへ引っぱってきたんですからね。あなたは、恐ろしく退屈で味気ない論文の執筆や、きょうの試験の採点からぼくを救ってくれたんですよ」

「試験の採点」教授が小さく顔をしかめ、冷えたグラスに手を伸ばした。「あれは、どんな人も飲みたい気分にさせるわね。前回、わたしのクラスのテストは最悪だったわ。平均点が六十点以下になってしまったの」

「あなたの講義内容は、それほど簡単なわけじゃない」ジェイクは指摘して、帰るべきだと強く言われなかったことにほっとした。

「ひとりの学生は、九十八点を取ったのよ」ジョンソン教授が言った。「これほどの差が生まれることに、いつも驚かされるわ。わたしがどう教えるかではなくて、個々の学生たちが情報をどう理解するかなのね」

「もしかすると、ミスター・九十八点は、ただ並外れて頭がいいのかもしれない。どのクラスにも、秀でた学生はいますよ」

ジョンソン教授は非難めいたまっすぐなまなざしを向けたが、口もとは小さくゆるめていた。「言っておきますけど、その学生は女性よ。つまりミズ・九十八点ね」

「おおっと」ジェイクは笑って両手を上げ、降参の身ぶりをした。「これは失礼な推測でしたね。でも誤解しないでください。ぼくは女性を熱烈に崇拝しているんですから」

教授がわずかにまつげを伏せて、少しマティーニを口に含んでから、つぶやいた。「そうなの？」

「ええ、もちろん」ジェイクはビールのグラスを持ち上げて、最後のひと口を飲んだ。

2

きょうの彼女はやけに遅い。しかしそれはよくあることなので、最初は心配していなかった。自分に誇れるものがあるとすれば、それは辛抱強さなのだから。

あのきれいな教授は、長時間よく働く。賞賛されていい。自分と同じタイプだ。すっかり暗くなってから駐車場にやってくることも多かった。だからこそ、待つだけの価値はある。

この暗がりでなら、いろいろな可能性が生まれる。

そのことを考えるだけで、興奮してきた。彼女のほっそりした首、透き通るように白く、か弱い……。

〝監視人〟は時計を確かめ、眉をひそめた。

彼女はどこにいる?

足取りが少しおぼつかないのはヒールとでこぼこした歩道のせいだと思いたかったが、どうもそうではないような気がした。

三杯のマティーニのせい? そう、ほとんどあらゆることについて、気持ちは軽くなっていたし、頭痛も消えていたが、三杯は少し飲み過ぎだった。ときどきワインを一杯飲む以外に、お酒を飲むことはめったにないからだ。

「ぼくのアパートは、ほんの一ブロックほど先です」ジェイク・クインが言って、ごくさりげなくジャナの腕を取った。長い指で、ジャナの肘を支えるように包む。明らかに、ちょっとしたふらつきに気づいているようだった。澄みきった秋の宵《よい》で、かすかなそよ風がジェイクの髪を乱していた。まだ完全に暗くなってはいなかった。顔のすっきりした線に、薄れていく光が射している。引き締まった顎《あご》、まっすぐな鼻、高い頬骨、そして煙《けむ》るような褐色の瞳。

「あなたのアパート？」ジャナはかすかな困惑を覚えた。

「駐車する場所を見つけるのがひどくむずかしいので、たいてい歩いて大学に行くんです」

なるほど、それならわかる。ジャナを家に送るために、車を取りに行かなければならないのだ。あしたになったら、教職員用の駐車場に駐《と》めてあるＢＭＷのところまで送ってくれる人を見つけなければならない。とりあえず、ジェイクがしっかりしていてくれてよかった。今のジャナが、少しばかり酔っているのは確かなのだから。

それにジェイクは、女子学生たちのあこがれの的であるだけでなく、どこを取ってもほんとうに好ましい若者だった。快活で、知的で、思いやりがあり、ジャナを元気づけようと気《き》遣《づか》ってくれた。金曜の夜なのに予定が何もないと言っていたが、彼のような人には、生物学部とは無関係の気晴らしがいくつもあるはずだった。

ジェイクは、なんだか不安な気持ちにさせるほど魅力的だった。

〝ぼくは女性を熱烈に崇拝しているんですから〟たしかにそうだろう。ジェイクからは、顔立ちの整った男性であるという事実とはまた別の、純粋な男としてのオーラがにじみ出ていた。それは生まれながらのものだ。ほんの数人だが、それを持っている男性に会ったことがある。彼に関する何かが、女にセックスのことを考えさせる。ここ数年、ジャナがあまり深く考えていなかったことを。

不意に、ヒールが歩道の割れ目に引っかかった。ジェイクに腕をしっかり握られていなければ、転んでいたかもしれなかった。

まったく、酔っぱらってふらつくなんて。同僚の目の前で堂々とすることではない。努力して維持してきたものがあるとすれば、それは職業意識に徹した、非の打ちどころのない評判だというのに。

「ヒールが引っかかったのよ」ジャナは弁解するように言ってから、ジェイクの褐色の目にいたずらっぽい光がよぎるのを見て、情けない気持ちでつけ加えた。「それに、少し反射神経が鈍っているみたい。ありがとう」

「だいじょうぶ。それに、もう着きましたよ」ジェイクが、どっしりとしたヴィクトリア朝様式の家を示した。分割され、アパートとして使われているようだ。「足元に気をつけて。車のキーを取ってこなくては。なかにあるんです」

異議を唱える間もなく、ジェイクがウエストに腕を回した。なれなれしいしぐさにジャナは戸惑い、腕の力強さと長身の体の温かさをはっきりと意識した。

ジェイクが、正面の階段の上へ導いた。数秒後にはジャナとともになかへ入り、左側に連なるひとつめのドアの錠をあけた。部屋には、ポーチに面した大きな窓があった。きっと日中はたっぷり陽射しが降り注ぐのだろう。あまり調和していない寄せ集めの家具が並び、一方の端には小さなキッチンがあった。独身男性の住まいとしては驚くほどきちんとしていて、明らかに家具付アパートであるにもかかわらず、居心地のよさそうなくつろいだ雰囲気が漂っていた。

ジェイクは回した腕を外さなかった。ほんのりとしたコロンの香りと、先ほど飲んだビールのかすかなにおいがした。あまりにも近くにある引き締まった体の感触に、ぼんやりとした恐れを感じる。ジャナは女としては背の高いほうだったけれど、ジェイクの身長は優に十五センチは上回っていた。不意に、ひどく無防備になった気がした。

おかしな興奮も感じた。女が魅力的な男に反応するときのあの感じ。胃にうずくような刺激が伝わる。もうずいぶん長いあいだ経験していなかった感覚だった。

だめ。ジェイクは同僚とはいえまだ学生だ。若すぎる。仕事に関すること以外では、ほとんど彼を知らないのだから。

かなり酔っているらしい。そうでなければ、そもそもこんなおかしな考えが頭に浮かぶはずがない。

じりじりと遠ざかって、ふたりのあいだに距離を置いたほうがいいだろう。「キャンパスのすぐ近くに住むのも悪くないわね。便利でいいわ」

「ありがとう」ジェイクはほんの少し腕の力を強めて、抱き寄せたままでいた。「ソファーは壊れかけてるけど、とにかくベッドは快適ですよ」

　なぜそんなことを言ったのだろう？

　目を上げると、ふたりの視線がぶつかった。ジェイクのまなざしにはうっとりさせるような激しさがあり、一瞬ジャナは、文字どおり口がきけなくなった。ジェイクが穏やかに言った。「もう少しだけ、ここにいてくれたらうれしい。コーヒーを淹《い》れますよ」

　突然ジェイクを強く意識し始めたことを考えると、それはあまりいい考えとはいえなかった。ジャナは首を振った。「家に帰って、自分で何か食べるものを作ったほうがよさそう。でないと、朝になっても三杯のマティーニが残っていそうよ」

「ぼくが何か作りますよ。デリバリーを頼むこともできる」

　ジェイクはまだ手を離していなかった。とても魅力的に小さくゆるめられた唇が、あまりにも近くにあった。一瞬ジャナはその唇を見つめ、もしキスをされたらどんな感触がするのだろうと考えた。

　きっとすばらしいだろう。ジェイクもまったく同じことを考えているかのようで、落ち着かない気持ちになった。それどころか、今のジェイクの顔に浮かんだ表情からして、単なるキス以上のことを考えているようだった。

　男性に言い寄られることには慣れていたが、相手に興味を引かれることには慣れていなかったので、いつもの自制心が揺らいだ。ウエストをほんのかすかに撫でられると、くらくらするような反応が走り抜けた。

〝超人クイン〟は間違いなく、ジャナをベッドに誘いこもうとしているのだ。

「中華料理、それともピザ？」ジェイクがきいた。その問いかけには、ほんの少しだけ得意げな響きがあった。ジャナにどんな影響を及ぼしているかを心得ているしるしだった。

おかげで一時的ではあっても、分別を取り戻した。

「わたしは、こういうことはしないのよ」ジャナはきっぱりと言った。わずかに声がかすれただけだったことを誇らしく思った。

「デリバリーを頼むこと？」ジェイクが笑いを含んだ声で言ったが、張りつめた表情は変わっていなかった。

ジャナは彼の腕のなかにしっかりととらえられたまま、震える息を深く吸った。「よして。わたしの言う意味はわかっているでしょう、ジェイク。わたしは学生とデートはしないし、もちろん彼らのアパートにも行かないわ。三杯めのお酒には何か意図があるような気がしたけど、やっとそれがわかったみたい」

「大目に見てほしいな。もう何カ月も、どうにかあなたに近づく方法を見つけようとがんばってきたんだから」ジェイクが上体をかがめ、吐息でこめかみをくすぐってから、少し体を回してさらにジャナを引き寄せた。ふたりは向き合い、胸と胸が触れ合った。「あなたがここに来たからには、帰したくないと思っても無理はないでしょう？　お願いだから、どうすればうまくいくのか、ちょっとだけヒントをくれないかな。もし正直になるほうが見込みがあるなら、喜んでずばりと言うよ。あなたを見るだけで、いつも硬くなってしまうんだ、と」

ただの口説き文句ではなさそうだった。ジェイクが、股間の立派なものをこわばらせ始めていることがわかった。ジーンズの大きな膨らみは、間違えようがなかった。ジャナは頭を反らして彼を見上げたが、どういうわけかいまだに身を引こうとはしていなかった。

ああ、どうしよう。

暖かかったので、ふたりとも上着のボタンを留めていなかった。自分の薄いセーターと彼のTシャツを通して、乳首が硬くなっていることがわかってしまうだろうか。

まさか、誘惑されたりはしない……そうでしょう？「どうかしてるわ」ジャナはささやき、首を振った。「わたしはそういう――」

「女子学生とは違う？」ジェイクが謎めいたセクシーな笑みを浮かべてあとを続けた。「そう、あなたは女子学生とはまったく違うよ、教授。それがどれほどぼくを夢中にさせるか、言葉では言い表せないくらいだ」

言葉で言う必要はなかった。ぴったりと抱かれていたから、今では高まる欲情のしるしが、硬く長くお腹に感じられた。それどころか、ジャナの体も反応を返していた。太腿《ふともも》のあいだの湿り気が広がって、パンティーが濡れてきた。

こんなにもすばやく。

そうはいっても、久しぶりのことだった。三年。ほんとうに、三年もセックスをしていないのだろうか？

ジェイクが片手を上げて、長い指でジャナの頰を撫で、下唇の線をなぞった。顔をうつむけてささやく。「あなたにキスするのを夢見てた」

ジェイクの唇は温かく巧みで、まるで天国のように感じられた。ジャナは目を閉じて、舌が自分の舌を軽く誘うようにかすめるのを感じ、いつの間にか両腕を彼の首のまわりにすべらせていた。混沌《こんとん》とした感情にとらえられる。理性はいけないと叫んでいたが、体はこのままでいいと反抗した。ジェイクの唇の味と感触は、すばらしく男らしかった。ようやくキスが中断されたとき、ジャナは息を弾ませていた。

「ここにいてくれ」ジェイクが言った。その声は少しだけ揺らいでいた。だめよ。

「いいわ」ジャナはささやいた。不意に胸がうずき、たったひとつのキスだけなのに、恥ずかしいほど太腿のあいだが濡れてきた。

「ああ、ほんとうに」ジェイクが唇に向かってうめき、さらに強く引き寄せたので、ふたりの体は限りなくぴったりと密着した。次のキスはもっと熱く、もっと激しく、舌と舌が絡み合った。

どうやらジェイクの空想のなかでは、二度めのキスはセックスの前奏曲であるようだった。慎みも抑制もなく、ためらいもなかった。舌でジャナの口を奪い、ゆっくりしっかり撫でつけて、欲しいものをあからさまに示しながら、両手を背中の下へすべらせ、スカートの上からお尻を包む。

彼は二十五歳よ……とがめるような小さな声が頭に響いたが、ジャナは硬い部分に思わせぶりに体を押しつけた。

彼は二十五歳よ……別の声が、まったく違う意味をこめてささやいた。

ジェイクが一瞬だけ手を離して、扉を閉めた。それから数秒で、ジャナの肩から上着を引き下ろし、セーターを脱がせ、ブラジャーを外した。うやうやしく両手で裸の胸を包み、軽く締めつけてから、そっと撫でてまさぐる。

まさか、わたしがこんなことをするはずがない。若い大学院生とセックスをしようとしているはずがない。

いいえ、しようとしている。彼がすてきな笑顔と輝く褐色の瞳を持っているからといって……。

親指で乳首をこすられると、ジャナは低い悦《よろこ》びの声をあげ、頭をぐっと反らした。「ああっ」

「この胸、何もかも想像したとおりだ。すばらしい」ジェイクがつぶやいて、それぞれを手のひらで包み、少しだけ持ち上げた。

こんなことをされながら話すのはむずかしかったが、ジャナはどうにか、からかうような口調でつぶやいた。「わたしの胸まで思い描いていたの？」

ジェイクが、短い吐息のような声で笑った。

「教授、クラスのあらゆる男子学生と、男の教職員と用務員の誰も彼もが、あなたのみごとな胸に注目してることに気づいてないなら、あなたはぼくが思うほど鋭くないってことだよ。ねえ、ぼくたちが見てるって、わかっているんだろう？」

そうかもしれない……ジェイクが頭を下げて、片方の乳首を熱い口で包みこむと、考えることがむずかしくなった。誰が胸を見ていようと、ジェイクはたしかに、それをどう扱えばいいかを知っていた。舌を軽く巻きつけられ、優しく吸われると、ジャナははっと息をのんだ。彼の髪に指をうずめながら、両ひざがぐらつくのを感じる。

「さっき、ベッドについて何か言っていたわね」ジャナはどうにか声を出した。はあはあと切れる息が、突然の激しい欲求をあらわにしていた。もう夢中だった。あの美しい褐色の目をのぞきこみ、ジェイクが欲しがっているものをはっきり理解した瞬間に、心を決めていた。そして今は、できるだけ早くジェイクを体の奥で受け止める必要があった。

「ベッド？　ああ、もちろん」ジェイクが情熱的な目を光らせた。それから優れた腕力を強調するかのように、少し大げさな身ぶりでジャナを抱き上げたので、ジャナはマティーニにけしかけられて笑いを漏らしそうになった。半裸で欲求を感じながら、彼の胸にもたれる。ジェイクが木のドアの前まで運んでいき、足でドアを押しあけた。寝室はすっきりしていて、無地の白い壁に囲まれ、片隅にドレッサーがあった。しかし、ジャナは重要なひとつのものに目を奪われていた。部屋のまんなかにある、適度な大きさのベッド。彼が昨夜寝たときのまま、整えられていない。

その上に横たえられると、ジェイクの言ったとおりマットレスは柔らかく、シーツからはぴりっとした男性の香りがした。あとになって恥ずかしくなりそうな熱心さで、ジャナは靴を脱ぎ捨て、腰を浮かせた。ジェイクがスカートをゆるめ、脚の下へすべらせた。次に、パンティーのピンクのレースに指をかけ、下へと引っぱる。

ジャナは一糸まとわぬ姿でジェイクを見上げ、彼がまだ服を着たままでいることに気づいた。

「服を脱いで」ジャナはぶっきらぼうに命じ、自分の口調を耳にして、急いで言い添えた。「お願い」体の芯がうずいて、ひどく濡れていた。もしも先へ進むのなら、すべてが欲しかった。たくましく若い体に覆われ、硬いもので貫かれ、ほかにもジェイクが差し出すあらゆるものを受け止めたかった。

「はい、教授」ジェイクがにんまりとして勢いよくシャツを脱ぎ、豊かな黒髪をくしゃくしゃに乱しながら、ジーンズをゆるめて腰の下へ押しやった。ジャナは、何にいちばん感嘆すべきかよくわからなかった。幅広い立派な両肩か、彫刻のような胸から腰への曲線か、それとも勃起《ぼっき》したものの驚くべき大きさか。ジェイクの分身は平らなお腹の前に硬くそそり立ち、充血して膨らみ、先端は鼓動に合わせて脈打っていた。

ジャナは心を奪われてじっと見つめ、この期に及んでまだ迷っていた。ブライアンは、これまでにつき合ったふたりめの恋人で、彼とはその後十三年の結婚生活を送った。夫が病気になってからは、愛の行為はしなくなってしまった。

ジャナはしばし目を閉じた。「ああ、信じられない。どうしてここにいて、こんなことをしているのか、さっぱりわからないわ」

「いいや、わかっているさ」ジェイクがそばに来ると、ベッドがきしんだ。軽い慣れた手つきで唇をなぞり、喉から胸へとたどって、すぼまった乳首のまわりを撫でる。「あなたのように美しい女性が、ひとりぼっちで眠るなんてよくないことだ。ひとこと言ってくれさえすれば、ぼくはいつでも喜んでつき合うよ」

ひとりぼっちという言葉は、ジャナの生活を表現するキーワードだった。ここ数年は、ほんとうにずっとひとりぼっちだった。「わたしに触れて」ジャナはためらいがちに言った。「どこでもいいから」

ジェイクがいちばん触れてほしい部分を選び、脚のあいだの濡れてうずく部分を指で探った。ジャナは自分から太腿を開いた。心得た愛撫《あいぶ》に体の奥が引きつり、唐突な展開に頭がくらくらした。二本の指が押しこまれると、ジャナは悦びに背中を反らした。ジェイクが親指で軽く巧みに、適度な強さでクリトリスをまさぐり、うめき声をあげさせた。

すばらしい心地がした。驚くほど。

「もう濡れてる」ジェイクの口調には、男としての傲慢《ごうまん》な満足感があった。「すごく濡れてる」

「わかっているわ」ジャナは認め、少し腰を上げて、もっと愛撫を感じようとした。「ああ、いい気持ちよ。ここにいるべきかどうかはわからないけど……とても……いい……気持ち」

「たしかにそのとおりだ」ジェイクが顔を寄せ、こめかみに向かって、いたずらっぽくささやいた。「待っていて。ひと晩じゅういかせてあげるから」

本気かしら？　ずいぶん自信ありげな口調だった。そのとんでもない発言にどう返せばいいのかわからず、ジャナはただ、今されていることを楽しみ、さらに脚を広げて、がっしりした肩を両手で撫でた。ジェイクが胸にキスをしながら、長く優雅な指で感じやすい部分を刺激した。口が下へとすべり、お腹を進んでいくと、ジャナは向こう見ずな期待に突き動かされた。

指でクリトリスをこすられるのも心地よかったけれど、ジェイクが脚のあいだで頭を下げ、優しく舐《な》め始《はじ》めると、その感触はあまりにもすばらしかった。ジェイクが両手でむき出しのお尻を包んで撫で、同時に舌で体のいちばん繊細な部分を撫でつけた。

「すばらしい味がする」ジェイクが濃密な声で言った。

「やめないで」ジャナは夢中で喘《あえ》ぎ、懇願するように腰を上げた。オーガズムが迫ってきて、全身が爆発するかのように感じられた。そこへ向かい、ついに達すると、押し寄せた大きな悦びに体が震えて、低い叫び声が漏れ、子宮が引きつった。両手でしわくちゃになった温かいシーツをつかむ。そのひとときが、いつまでもいつまでも続くかに思えた。ひだが心臓の鼓動といっしょに脈打ち、はじけた愉悦がまわりの世界を消し去った。

「これが一回め」ジェイクがよこしまな笑みを浮かべて言い、上方へ体をすべらせて、唇にキスをした。「悪くない始まりだろう?」

こんなに硬くなったのは初めてに違いない、とジェイクは考えた。今や岩のようにカチカチになっていたので、壁でも貫けそうだったが、貫くならそれよりもっとずっとすてきな場所があった。

普段は完璧に身だしなみを整えているジョンソン教授が、いつになく乱れた姿でジェイクのベッドに横たわり、黒い絹のような髪を枕に広げている。みごとな体は、見たところかなり激しく満ち足りたオーガズムの余韻《よいん》で、ほのかな美しいピンク色に上気していた。さらにすてきなのは、細く長い両脚を広げてひざを曲げ、濡れた甘美な部分をあらわにして、ジェイクを待ち受けていることだった。

これはほんとうに現実なのだろうか？

そうでないなら、とんでもなくすばらしい夢だ。

ジェイクは無言でうなずいて、マティーニを発明した誰だかに感謝し、開かれた太腿のあいだに移動した。下半身のうずきは痛いほどで、あまりにも激しかった。すっかり自制を失って挿入したとたんに達してしまうような、ばつの悪いことにならなければいいのだが、と考える。なにしろ、去年の秋から――ほとんど一年近くのあいだ――ずっとこれを求めていたのだ。先ほど告白した空想のなかでは、いつも優しくゆっくり彼女と愛を交わし、その行為からできるかぎりの悦びを引き出していた。

「そうとも」ジェイクは歯を食いしばりながら言って、脈打つ先端を、熱く迎えてくれる入口に沈めた。信じられないことだが、先ほどの教授の言葉からすると、めずらしい種類のがんで夫を亡くしてから、今まで完全な禁欲生活を送ってきたらしい。そのすべてを変える特権を与えられたというのは、少しうぬぼれた表現だろう。なにしろ、ジンと三粒のオリーブを利用して、ちょっとばかり強引なやりかたをしたのだから。

朝になったとき、ジャナに後悔をさせないことが肝心だった。ジェイクは、一夜限りの関係を求めているのではなかった。何を求めているのか——最高のセックスのほかに——はわからなかったが、彼女の記憶に残る夜にすることが、自分にとってひどく重要に思えた。ジェイクはしっかり身をうずめ、かすれ声でささやいた。「こんなにすばらしい心地を味わうのは、生まれて初めてだよ。あなたは、すごく熱い」

それはほんとうだった。彼女のなかはとてもきつく、ようやく根元までぴったりと身を収めたとき、喘ぐような叫びを耳にして、ジェイクは汗が吹き出すのを感じた。

体の下で、ジャナが半分目を閉じて、柔らかな唇を開いた。顔に浮かんだ表情は読み取りにくかった。しかし、まるでもっと奥へといざなうように、両手でジェイクの腰のくびれをさすっていた。「あなたは大きいわ」

以前にもそう言われたことはあったが、ジャナから聞かされるのはとても気分がよかった。ジェイクはにやりとした。「もし、この感じが好きだと解釈していいのなら、ありがとう」

黒く長いまつげが少し上向けられた。いつもどおり、鮮やかな青い目には、自信に満ちた挑戦の色があった。「心配しないで。この感じは好きよ」そう言われ、指で軽く背中を撫でられると、とてつもなく興奮をかき立てられた。

「こんなにぴったりくる人は初めてだ」ジェイクは後ろへ身を引いてから、ふたたびぐっと突き、根源的な悦びと、申し分のない摩擦《まさつ》を感じた。ジャナの腰が自然に反って、さらに奥まで貫くのを助ける。

ジャナがうめき、大きく息をはいて、豊かな胸を震わせた。「ジェイク」

「うん、だいじょうぶ、ここにいるよ」

ジェイクは動き始め、長く力強く突いた。ジャナがしっかりついてきた。リズムに合わせて腰をうねらせ、熱をこめてジェイクの硬い部分を隅々まで受け止めようとする。知的で名高いジョンソン教授は、聡明な女性というだけではなく、ひそかに世俗的な官能性も兼ね備えているようだ。自制心をかなぐり捨てたかのような反応に、ジェイクはほとんど息もできなかった。そのおかげで、現実とは思えないほど、さらに心地よくなった。

心から、なんて幸運なのだろうと感じた。もう少しこらえたかったが、睾丸《こうがん》が激しく引きつってきた。我を忘れるようなオーガズムになりそうだった。それは間違いない。ありがたいことに、彼女もそうらしかった。

最初の手がかりは、次に突いたときの小さなさざ波だった。濡れたひだだが、奥まった筋肉の隠しきれないさざ波とともに締めつけると、ジェイクの肺から息が漏れた。今回は叫び声はなかったものの、ジャナは唇を開いて頭をのけぞらせた。まるで、あまりにも私的なことだから、こちらに見せる気はないかのようだった。体を震わせ、ジェイクの上腕に爪を食いこませる。もし、ジェイク自身が今にもオーガズムに達しそうになっていなければ、腹を立てたかもしれないくらいに。

しかしジェイクは、なんの抑制もない純粋な肉体の悦びとともに、以前は手が届かなかったジャナのみごとな体の奥深くで達した。ふたりは同時にリズミカルに震え、ジェイクはジャナの収縮に締めつけられて、すべてを注ぎこんだ。

果てたあとの放心状態のなかで、ジャナの体にもたれ、少しぐったりしながらも肉体的な満足に浸る。そのとき突然、ほんとうに自分は彼女と愛を交わしたのだろうかという、不吉な疑問がわいてきた。

「ジャナ?」ジェイクはおずおずと声をかけ、片手を彼女の頬へ伸ばした。

ジャナがまつげを上向けてこちらを見た。束の間の疑いは、目のなかで揺らめく輝きによって消え去った。それは、まだ親密に結びついているふたりの体と同じくらい自然なものに思えた。ジャナが息を切らして言った。「あなたはあだ名どおりの人なのね。さっきは、心臓が止まるかと思ったわ」

別のことを考えていたようではなかったので、ジェイクはほっとした。夫の死というのは、自分の経験では想像もつかないことだったからだ。眉をひそめてきく。「言いたいことはわかるよ。でも……その……あだ名って?」

ジャナが笑った。まだ彼女の奥に身をうずめていたので、不思議な感覚が走り抜けた。

「知らないの?」

「知らないみたいだ。どんなあだ名?」

「教えないわ」ジャナの声には、からかうような響きがあった。彼女が慎重に隠している一面が、またちらりと現れたようだった。両手で挑発的にジェイクの胸を撫で上げて、乳首をかすめ、誘惑の意図を持って肌をまさぐりながらつぶやく。「ただし、わたしにすごく、すごく、優しくしてくれるなら別よ」

ジェイクはまた、信じられないという突発的な感覚に襲われた。これは史上最高の淫《みだ》らな夢かもしれない。「それなら、どうにかできそうだよ」よこしまな笑みとともに、そう約束した。

3

彼女は来なかった。

間違いない。〝監視人〟はほとんど空《から》の駐車場でもう一度ゆっくり車を走らせたが、黒いBMWはまだそこにあり、なめらかな曲線と光沢のある塗装でこちらをあざけっていた。もう明け方の三時だったが、彼女の前例のない日課の変更が気にかかり、とても眠るどころではなかった。

毎晩、高級住宅街にある家まで彼女を追いかけ、車庫に車を入れるのを見守り、部屋の明かりがつくのを待った。いつも、彼女がどこにいるのかを知っていることが、絶対に必要だった。そうやって自制を保っているのだ。

しかも確実に自制を保っている。彼女はそれを知らないとしても。毎日毎日、彼女が呼吸するあらゆる時間と、彼女が行うあらゆるものごとを容認してやっている。なぜなら自分は、それを奪い去れる人間だからだ。

もしそうしたければ。もし怒りに駆られれば。

彼女がこういう行動を取ったことは、これまで一度もなかった。動揺を抑えきれない。

学内のパトロールカーがゆっくり通りかかった。両手でハンドルを握りしめ、全身にうっすらと汗が吹き出すのを感じる。慎重に車を出し、角を曲がったところで、速度を上げた。

ジャナは寝返りを打って片方の目をあけてから、小さなうめき声を漏らした。太陽の光は、見苦しいジグザグ模様のカーテンでさえぎられ、床にはくしゃくしゃになった服が数枚落ちていた。ジャナは両肘をついて身を起こし、もう片方の目もあけた。かすかな頭痛が戻ってきたが、すべては自分が自分に対してしたことのせいだった。

とはいえジェイク・クインも、ジャナに対してたくさんのことをした。それは真実だった。ひどく乱れたベッド、しわくちゃのシーツに包まれた自分の紛れもない裸体、そしてもちろん、若い――精力のある――ミスター・クインがどれほど超人的だったかという鮮やかな記憶が、そのあかしだ。ジャナは三十六歳かもしれないが、ひと晩でこんなに何度も愛を交わしたことは一度もなかった。

愛を交わしたのではない。ジャナはベーコンを炒めるにおいを意識しながら、急いで訂正した。奔放《ほんぽう》で荒々しい、とても満ち足りた、動物的なセックスをした。まるで体を酷使したかのように感じられたが、たしかにそれだけのことはしていた。

恋人としてのジェイクは、間違いなく高得点が取れる人だ。

とはいえ、これが大きな過ちだという感覚はぬぐえなかった。ジャナの仕事は、現在のところ自分の存在のすべてを意味している。学生と寝るのは――たとえジェイクは同僚に近いとはいえ――少しばかり好ましくないことだった。

それどころか、マティーニを飲んだことは別にしても、まったく頭がどうかしていた。太腿がべたついている。ふたりが何回したかを考えれば、たいして驚くべきことでもなかった。しかし、コンドームを使ってほしいと頼むことさえ、一度も思いつかなかった。セックスだけでもよくないのに、無防備なセックスをするなんてあまりにも愚かだ。

ジャナはふたたびマットレスに倒れこみ、うめき声をあげた。しかし少しのあいだ横たわったあと、とにかくベッドから起き上がって、どのくらいすばやく上品に出ていけるか試してみるのがいちばんだと悟った。対処に慣れていないことがひとつあるとすれば、それは奔放な交わりを持った夜のあと、あまりよく知らない男性のベッドで目覚めることだった。そういう場合のエチケットなど、まったく思い出せなかった。

スカートは絹だったので、しわくちゃになっていた。セーターとブラジャーは、どうやらまだ別の部屋にあるらしい。ジェイクのTシャツが床に放ってあった。ジャナはそれを拾って身に着け、かすかに震える指で髪を撫でつけた。幸いにも、服は裾が太腿のなかほどに届くくらい大きかったので、どうにか体を覆うことができた。ただ、どうしてそれを気にするのかというのは、興味深い問題ではあった。どちらにしても、ジェイクはすでにジャナの体を隅々まで見て、味わい、まさぐっていたのだから。

口で秘所を愛撫されたことを思い出すと、軽く肌が火照《ほて》った。女性を口で悦ばせることについて、ジェイクにかなりの心得があることは間違いなかった。ほかのことについても、有能どころではなかった。

扉をあけてそっと部屋を出ると、短い廊下の向こうにバスルームが見えたので安堵した。

こぢんまりとした現代的な作りで、ここも驚くほどきちんとしていた。ジェイクは、思いがけない泊まり客を迎えるのに慣れているか、歯ブラシの交換に特別うるさいかのどちらかだろう。なぜなら、ほっとしたことに、洗面台の上には包装された真新しい歯ブラシが置いてあったからだ。

うれしい気遣いだった。歯を磨いて顔を洗うと、だいぶ人間らしい気分になった。引き出しのひとつに櫛《くし》があったので、できるだけ髪を整えた。やっとのことで、重い足を引きずりながら、小さなキッチンのほうへ向かう。いい香りからして、ジェイクは朝食を作っているらしかった。

「おはよう」ジャナがおずおずと声をかけると、ジェイクがこんろから目を上げて、こちらを見た。

「おはよう」ジェイクがあのセクシーな笑顔を向けてから、フライパンに注意を戻した。ジーンズだけをはいて裸の胸をあらわにしているジェイクは、ほぼ記憶にあるとおり、刺激的で若々しく、乱れた黒髪とたくましいみごとな筋肉を持つピンナップカレンダーのモデルそのものだった。「昨夜は夕食を食べなかったから、お腹が空いているだろうね」

たしかに食べていなかった。三杯のお酒があれほど効いたのも不思議はない。しかし、正直にいえば、そこまで酔ってはいなかった。少しふらついていただけだ。

「ええと……その……そうね」

「座って、もうすぐできるから。コーヒーを飲みたい？」

「ええ、死ぬほど」ジャナは本心からそう答えた。キッチンのすぐ横に小さなテーブルがあり、銀器とナプキンまで用意されていた。ほかにすることも見つからず、ジャナは腰かけて、ジェイクがこんろのそばのカラフェからマグにコーヒーを注ぐのを眺めた。ジェイクはむだなくてきぱきと動いた。数歩近づいてマグを手渡してくれたとき、ふたりの指が軽く触れ合った。ジャナは体の内側に震えを感じたが、今ではそれにも少し慣れてきた。

ジェイクの褐色の目には、かすかな笑いが見て取れた。まるでこちらの気まずさを理解していて、それを少しおもしろがっているかのようだった。「ねえ、教授。ぼくはずっと、起き抜けのあなたはどんな姿をしているのか見たいと思ってたんだ。まだちょっと眠そうにしていて、完全無欠ではないところを」

「なぜなのか、さっぱりわからないわ」ジャナはつぶやき、もつれた髪と崩れたアイメイクを思い出した。先ほど見たかぎりでは、服装はそれよりさらにひどいはずだった。

「いや、わかるはずさ」ジェイクが思わせぶりに言った。わずかに伸びた黒い無精ひげのせいで、どういうわけか、さらに魅力的に見えた。不思議なこともあるものだ。「だって、もしぼくが起き抜けのあなたを見るとすれば、それはぼくたちが夜をいっしょに過ごしたということだからね」

ジャナは冷ややかでまっすぐな視線を向けた。「ええ、たしかに。気をつけて。ベーコンが焦げそうよ」

ジェイクが低い声で悪態をつき、背を向けて急いでこんろへ戻り、ジュージュー音を立てているベーコンをすくいあげて、ペーパータオルの上にのせた。ジャナはコーヒーをひと口飲み、少し濃いめなのをうれしく思いながら、何を言うべきか考えた。

ああ、なんてばつが悪いのだろう。

なぜジェイクは平気そうなの？

たぶん、彼は男で、二十五歳で、昨夜は欲求を満たすことができたからだろう。それに反してジャナは、性別ではなく学界での実績と成功によって敬意を払われ、今の地位を得たことを誇りとしている専門職の女性だった。

ああ、とんでもない過ちだ。決して忘れられない、奔放ですばらしい、官能的な過ちだったが、過ちであることに変わりはない。

じっと眺めていると、ジェイクが二枚の皿にスクランブルエッグを盛り、そこにベーコンとトーストを加えて、テーブルに運んできた。ほんとうにいいにおいがして、お腹が空いてきた。「ありがとう」

「料理はあまり得意じゃないけど、朝食は作れるよ」ジェイクが席に着いて、眉をつり上げた。「もっとコーヒーを飲む？」

「いいえ、でもありがとう」ジャナはジェイクの目を見つめた。「ねえ、話をしなくては――」

「うん、でも食べるのが先さ」ジェイクが穏やかに言った。「そのあとで話そう」

一瞬の間のあと、ジャナは澄まして微笑み、フォークを手に取った。「いいでしょう」

朝食はおいしかった。玉子はジャナの好みに合うしっとりした仕上がりで、ベーコンはカリッとしていた。トーストも焦げすぎず、柔らかすぎず、おいしく焼けていた。ジェイクはジャナより先に食べ終わり、座ってコーヒーを飲みながら、ジャナが最後のひと口を食べるまで待っていた。それから、淡々とした口調で言った。「ぼくから先でいいかな？」

ジャナは一瞬ためらってから、うなずいた。「ええ、どうぞ」

「あなたは夢に見たとおりの人だった。ベッドでこの上なく熱くなれる女性だ」

なぜそんなことを言うのだろう？　しかも、とびきり柔らかくセクシーな口調で。

ジャナは深く息を吸った。「それはとてもうれしいわ、でも――」

「でもつき合うつもりはない、理由のひとつはぼくがまだ学生だからだが、おもな理由はぼくの年齢のせいだ、と言うつもりなんだろう？」

ほぼ的を射ていた。ジャナは、できるだけ理にかなったことを言おうとした。「昨夜のことは、つき合いの始まりとはいえないわ。わたしは少し飲みすぎていたし――ちなみに、あなたにもまったく非がないわけではないけど――あなたは果たしたかった特定の目的のために、わたしをここに連れてきたんでしょう。楽しんだことを否定するつもりはないわ、ジェイク。ふたりとも知っているとおり、わたしだって――」

「五回のあいだずっとね」ジェイクが口を挟み、少し自慢げに唇を結んだ。

五回？　いやだ、たぶんそのとおりなのだろう。快い疲れを感じているのも不思議はない。

こういう状況で落ち着いているのはむずかしかったが、なんとか努力した。「昨夜何回したとしても、その行為を反復するつもりはないわ」

「おもしろい言葉の選びかただ」ジェイクが唇の端を引き上げて、ゆったり椅子の背にもたれ、胸と引き締まったお腹を間近で見せつけるようにした。「言っておくけど、ぼくはあなたを酔わせてどうこうしようとたくらんだわけじゃない」

ジャナは、ジェイクの発言に含まれた挑戦と、いかにも〝超人クイン〟らしい魅力的な姿をできるかぎり無視しようとした。「ええ、たしかにそうね。それについては、自分で自分を罠《わな》にかけたらしいわ」

「今はそれを後悔している？」

ええ。そう言わなければならなかった。きっぱりと明確に。しかし、ジャナは一瞬ためらってからつぶやいた。「自分のふるまいを恥じているわ。あまりよく知らない、ずっと年下の男性とセックスしたのよ――しかも無防備なセックスを――生物学的な事実として、わたしたち人間は互いに惹かれ合うようにプログラムされているし、性交渉はその遺伝情報による自然な帰結だけれど、それでも軽率で向こう見ずだったわ」

「ずいぶん専門的だね、教授」ジェイクの褐色の目に、茶化すような光がよぎった。

皮肉っぽい言葉を聞いて、思わず弁解がましくなった。「あなたとはほとんど毎日、どこかで顔を合わせるのよ。これからはとても気まずくなるわ」

「どうしてなのかよくわからないな。セックスはすばらしかった」

「ええ、そうね。でも、肝心なのはそこじゃないのよ」

悔しいことに、ジェイクは少しも動じていないようだった。「ところで、あなたはまったく安全だよ、教授。信じないかもしれないけど、ぼくはたいていとても慎重だし、性病は何も持っていないから安心していい。つい最近、検査も受けたよ。大学が無料でやってくれるし、受けるに越したことはないと思ったからね。そういう心配は両方にあるわけだけど、ぼくたちの場合はだいじょうぶだ。ジャナ、昨夜ぼくがコンドームを使おうとしなかったのは、あなたもぼくと同じくらい健康だと確信していたからさ」

そう聞いて少し安心したが、それがあまり顔に出ていないことを願った。「ふたりとも愚かだったことに変わりはないわ」

「あなたとするときには、すべてをできるかぎり感じたかったんだ」ジェイクがゆっくり穏やかに言った。

ジャナはそのばかげたロマンチックな言葉にすっかり拍子抜けして、何を言うべきかわからなくなった。わたしは科学者で、現実主義者で、向こう見ずな性の冒険にふけったりはしないはずなのに。

五回？　ほんとうに？

ジャナは言葉を失って、ジェイクを見つめた。ジェイクがもう一度きいた。「もっとコーヒーを飲む？」

ジャナはただうなずいて、カップを差し出した。

土曜の遅い朝、教職員用の駐車場は閑散《かんさん》としていて、水色のピックアップトラックが一台駐《と》まっているだけだった。たぶん用務員の車だろう。なかには男がひとり座って、新聞を読んでいたからだ。ジャナは、ジェイクに送られてきたところを誰にも見られなかったことに、いかにもほっとした様子だった。ジェイクはまた自信が少しばかり失われていくのを感じた。

何かを始めるための探求に成功したのかもしれないし、失敗したのかもしれない。そう、この女性は昨夜のできごとを楽しんだはずだ。そのことに疑問はなかった。たしかに何回もオーガズムを経験して、それに見合ったとてもセクシーな声をあげた。見せかけの絶頂で体の芯を引きつらせることのできる女はいない。

しかし、もしジェイクの望みが手軽なセックスなら、それはいつでも手に入った。ジャナからは、もっと別のものが欲しかった。

ジェイクは大学の駐車場に車を入れ、ジャナの光沢のある高級セダンのとなりに止めた。助手席に座っているのは、性的な熱意にあふれた丸い目の下級生ではなかった。いつもは私生活を隠している、成熟した女性だ。自分のほうに大きな経験不足を感じるのは確かだった。

「楽しかったよ」ジェイクは言って、すぐに自分の選んだ言葉に恥ずかしくなり、顔を赤らめた。

やれやれ、クイン、口がうまいじゃないか。

ジャナが黒い眉を皮肉っぽくつり上げた。「なんて答えたらいいの？　どういたしまして？」

ジェイクは振り返ってジャナを見つめ、片腕で助手席の背を押さえた。「なぜそんなふうに言うんだ？　昨夜のことは施しか何かだったのかい？」

「いいえ」ジャナが目をそらし、みるみる頬を紅潮させた。「ごめんなさい。そういうつもりで言ったんじゃないの。見てのとおり、こういうことが得意ではないのよ。だからこそ、これまでに一度も起こらなかったんじゃないかしら」

「それとも、ふさわしい男に出会ってなかったんじゃないかな？」

「ものごとを複雑にしないで。まだ少しお酒が残っているの。その質問には答えられないわ」ジャナが車を降りようとした。

「待って」ジェイクはさっと手を伸ばして、彼女の手首をつかんだ。

ジャナがちらりと振り返った。ノーメイクで輝く髪は乱れていたが、すばらしくきれいで、とても魅惑的に見えた。「なぜ？」

「こんなふうにあっさりあきらめるのは、間違っている気がするから」ジェイクは素直に認めて、ジャナの唇を見つめた。柔らかくて、すてきな味がする唇。もう二度とキスができないなんて、どうしても耐えられなかった。そしてもちろん、あのみごとな胸と、すらりとした長い脚のあいだに身をうずめたときの、熱くきつい感触……。

「ねえ」ジャナ・ジョンソンがぐっと肩をそびやかした。「昨夜のできごとは、たしかに起こったわ。でもそれだけよ」

いいや、違う。ジェイクはどうしても同意できなかった。「あなたはそう言うけど、ぼくはまたあなたに会いたい」

「会うわよ。月曜の朝にはたいてい、わたしが最初の授業を終えたあと、廊下ですれ違うでしょう。それにあなたは、鍵を返す必要があるわ」

ちくしょう。

ジェイクはもうひと押ししてみた。「ベッドでぼくたちのあいだに起こったことを抜きにしても、あなたと話すのは楽しかった、というのがさっき言いたかったことだよ、ジャナ。たしかに、ぼくはあなたに惹かれている。生きて呼吸してる男の大半はあなたに惹かれていると思うけど、ぼくはあなたを好きでもあるんだ。あなたはとても頭が切れる。信じないかもしれないけど、それはぼくが女性に求める最も大事なものだ。少しくつろぐと、あなたは優れたユーモアのセンスを発揮する。ぼくはセックスだけを求めていたわけじゃない。チャンスを与えてほしい。今夜あなたを夕食に誘いたいんだ」

ジャナがそっと自分の腕を引き離した。「あなたは二十五歳なのよ、ジェイク」

「そこは、我慢してもらう必要があるな。どうしてそれが問題なのか、ぼくにはわからない。ぼくは大人の男だし、あと一年もすれば、あなたと同じ博士号を取得するんだから」

ジェイクの熱意に、ジャナがサファイア色の目をわずかに見開いた。少ししてから、ため息をついて言う。「いっしょに働いている人とつき合うのも問題だわ。わかっているでしょう。すべてがうまくいっているあいだはいいけれど、そうでなくなったら最悪よ。わたしは昔から、大学の人とは深い関係にならないと決めているの」

「ご主人だって、教授だったんだろう。どうしてつき合うことになったんだい？　ふたりが出会ったとき、彼は実際にあなたの教授だったって聞いたような気がするけど」そのことを持ち出すのは少しばかり卑劣な戦術だったが、チャンスを逃すわけにはいかなかった。「しかも、ご主人はかなり年上だった。そうだろう？」

「それとこれとはまったく違うわ」

「だったらどう違うのか、説明して」

　答える代わりにジャナは首を振り、なめらかな髪を肩にかすめた。晴れていたが、涼しい日だった。服はしわくちゃでも、ジャナはすがすがしい秋の陽射しのもとで、美しく優雅な姿を保っていた。「あなたなら、その気のあるおおぜいの若い女性のなかから、誰でも選び放題なはずよ、ミスター・IQ。どうしてそんなに粘る必要があるの？　もし征服するのが目的だったのなら、昨夜でそれは達成したように思えるけど」

　ジャナの口調に、おもしろがるかのようなかすかな降伏のしるしを見つけて、ジェイクはほっとした。微笑んで言う。「なぜひとりの男が、ほかの誰でもなくひとりの女性に惹かれるのかが解明できれば、興味深い科学上の発見になるだろうね、ジョンソン教授。ぼくの場合は、まだ満たされていない夢がいくつかあると言っておこう」

「あなたとまた寝るとは言っていないわ。たしかあなたは、夕食に誘ったんじゃなかったかしら」

「そうだよ」ジェイクはすかさず同意した。「あなたと食事をすることが、今言った夢のひとつさ」

先ほどよりずっとなめらかに言葉が出てきた。

ありがたいことに、それは効果を発揮した。

ジャナが、あの澄みきったまなざしを向けた。ハンドバッグから取り出した鍵がジャラジャラと音を立てる。「わかったわ。食事をしましょう。でもひとつ条件があるの。何もかも秘密にしておいてくれる？」

「それがあなたの望みなら、何も言わないよ。気づいてないといけないから言っておくけど、どっちにしても、ぼくは自分の恋愛生活について触れ回ったりしないさ」

ジャナがきびきびとうなずいて、キーのボタンを押し、高級車のロックを解除した。「それじゃ、七時にわたしの家に来て。もしよかったら、出かける代わりにわたしが料理をするわ」

これこそ、夢がかなうということだ。美しい女性に夕食を作ってもらうより、温かみのないレストランのほうが好きな男など、この世にはいない。

ジェイクは冷静に答えた。「行くよ」

4

缶ビールを一本飲み、もう一本あけて、落ち着こうと努めた。

テレビはついていたが、〝監視人〟は音を消し、画面に躍る映像をぼんやり眺めていた。

あの黒髪の男はいったい誰だ？

見覚えはなかった。とはいえあの男は、車から降りなかった。教授陣のひとりではない。今やあの駐車場のことなら、誰がどの車に乗っているかまですべて知っている。きれいな教授を送ってきた男の車は、ありふれた中型のセダンで、古くも新しくもなく、彼女の高級車とは比べものにならなかった。ふたりは少しばかり言い争いをしていたが、車を降りるとき、彼女は微笑んでいた。

あのあばずれは、男と一夜をともにしたのだ。

この世界を動かしているのは秩序だ。ものごとはきちんと整っている必要がある。日課を勝手に崩されるのは、我慢ならない。

彼女だけは、そのへんのふしだらな女とは違うと信じていたのに。あのエレガントな外見は、ただの見せかけだったのか。

すべてはだいなしになった。

陽射しは降り注ぎ、記録的な小春日和がきょうも続きそうだった。それはうれしいことだ。ジャナは、サッカーの試合のことをすっかり忘れていた。観覧席に向かって急いで芝生を横切りながら、頭のなかですばやく言い訳を考える。簡単なのは、仕事のせいにすることだった。姉は間違いなく信じるだろう。もちろんその言い訳を使えば、私生活が充実していないことや、仕事に時間を捧げすぎていることについて、またお説教されることになる。そのジレンマに顔をしかめたい気持ちで、金属の階段をのぼり、姉のとなりにするりと腰かけた。「遅れてごめんなさい」

クリスタルが愛想よく応じた。「忘れてしまったのかと思ってたわ。でも来てくれただけでうれしいから、なんの問題もなしよ。ありがたいことに、もうすぐ終わるわ。こてんぱんにやられてるところ。でもマーカスは、ゴールを決めたのよ」

「よかったわね」ジャナは、おおぜいの腕白《わんぱく》な七歳児たちがフィールドを荒々しく走り回っているのを眺めた。審判員を務める数人の父親たちががんばっているようではあったが、どうすればゲームの進み具合がわかるのか、不思議でならなかった。ようやく、甥《おい》がほかの子どもたちとともに大暴れしながら、あちこちさまようボールを蹴ろうとしている姿を見つけた。

姉が探るような視線を向けた。「きのうの晩、何枚か写真を届けようとして、あなたの家に寄ったのよ。でもいなかったわ」

「残業したのよ」

「ほんとうに？」黒い髪をした小柄なクリスタルが、疑わしげな顔をした。「九時過ぎだったわ。イーサンが三カ月も過ぎてから、ようやく結婚記念日の食事に連れていってくれたの。帰り際に、回り道をしてもらったのよ」

ジャナはまだ、ジェイク・クインとの奔放な一夜について誰かに話す気にはなれなかった。ましてや、詮索好きな姉にはなおさらだった。「呼び鈴の音が聞こえなかったのね。ベッドに入っていたんだと思うわ」

嘘ではないはず。

「家の電話と携帯電話にもかけたのよ」クリスタルが眉をつり上げた。「ところが、それも応答なし」

「人はときどき、あまり社交的な気分になれないことがあるのよ、クリス」

「あなたがわたしを避けてるとしたら、怒ってもいいんだけど。立ち寄ったのは、あなたがひとりぼっちで過ごしていないか、確かめるためだったのよ。イーサンが結婚記念日を忘れていたと言ったとき、あなたの結婚記念日のことを思い出したの」

思いやりのある言葉を聞いて、ジャナは嘘をついていることに少しやましさを覚えた。

「同僚と、一杯飲みに出かけたの」落ち着いた表情を保とうとしながら言う。「一杯のつもりが三杯になってしまって、応対できなかったのよ。わたしがあまりお酒を飲まないことは、知っているでしょう」

「まあ、少なくとも、ひと晩じゅうあの大きな家のなかでぽつんと座ってたわけじゃないのね」クリスタルが少し表情を和らげた。

「ええ、そうよ」ジャナはきっぱりと言って、覆いかぶさってきたジェイク・クインの裸体と、抱きしめられたときの力強い感触を思い起こした。ベッドでのジェイクは、優しくもあり、荒々しいほど情熱的でもあった。そのことを考えると、胸の奥に隠しきれないざわめきを感じた。

ほんとうに、〝超人クイン〟――かなり超人的であることは認めよう――と夕食をともにして、そのまま送り出すことができるのだろうか？

もっと悪いのは、ふたりがともにした夜の再現に抵抗できそうにないと、おそらくジェイクに気づかれていることだ。振り返ってみても、自分の肉体的な欲求は恥ずかしいほどだった。ジェイクとの情事は過ちだと感じた最初の印象はまだ消えなかったが、セックスだけに興味があるわけではないという彼の言葉を信じたことで、それも薄れてきた。

少なくとも、ジェイクの誠実さは本物に思えた。

かといって、つき合う気があるわけではないけれど。

ばかみたい。すでに面倒なことになっているというのに……。もう十五年も男性とデートをしていないから、ジェイクについて判断する力が自分にあるのかどうか、よくわからなかった。彼は、わたしをベッドに誘いこめると知って悦に入っているただの遊び人なのだろうか。それとも、気詰まりになるほどハンサムなＩＱは、ほんとうに別の意味でもわたしに関心を抱いているの？

どちらにしても、それについてどう感じているのか、自分でもよくわからなかった。ジェイクはわたしには若すぎる。頭のなかで、そのことに折り合いをつけるのはむずかしかった。ブライアンは十六歳年上だったから、逆に十一歳の年の差があるという事実に慣れるには、かなり時間がかかる。

「それで、スーザンは元気？」

ジャナは、子どもたちが駆け回っているフィールドから、ぼんやりした視線を引きはがした。「えっ？　ああ、わたしが知っているかぎりでは、元気よ」スーザン・ヒースマンは言語学の教授で、高校時代からの友人だ。同じく独身で、ときどきいっしょにランチを食べたり、映画を見たりしていた。

姉が、かすかにいぶかしむような目をした。「ふむ。スーザンが、昨夜の同僚かと思ってたわ。誰なの？」

「姉さんは、彼のことを知らないわよ」ジャナははぐらかそうとして、木綿のシャツの背中に当たる陽の温もりに負けないほどの、急な顔の火照りを感じた。

「彼？　その言葉の響き、気に入ったわ。もうそろそろだと思ってたのよ」

「そんな目で見ないで。仕事帰りの気楽な誘いだったの。なんの計画もなかったのよ」結果的に、気楽に飲みに行くどころではなくなったわけだが、それについてはすべて省いた。厳密には初デートですらなかったのに、ジェイク・クインとベッドをともにしたことを、今も恥ずかしく思っていた。

「あなたは私生活を充実させるべきだわ、ジャナ……あら、いやだ」クリスタルが不意に注意をそらし、両手を口のまわりに当てて叫んだ。「ブロックして！」

ほかの両親たちも、同じように反応した。子ども同士の試合に対する彼らの並々ならぬ熱意に笑うべきなのか、感じ入るべきなのか、ジャナにはよくわからなかった。なにしろ子どもたちは、フィールドのどちら側が味方のゴールなのかを間違えることもしょっちゅうだったからだ。どうやら甥のチームはブロックできなかったらしく、試合は歓声と落胆のため息が入り混じるなかで終わった。

「とても天気がいいから、今夜は外でバーベキューをするつもりなの」クリスタルが言って、放ってあったトレーナーを拾い上げ、下へ行ってしょぼくれた顔のマーカスを慰める準備をした。「六時ごろ、うちに来ない？」

姉は少しばかりおせっかいだから、その申し出も意外ではなかった。しかし、よかれと思って誘ってくれているのもほんとうだった。いつも散らかっている大きな家に住み、小学生、中学生、高校生と、さまざまな成長期にある四人の忙しい子どもたちと、大手建設会社に勤める愛想のよい夫がいる。姉とジャナは多くの面で気が合ったが、明らかに正反対の生きかたをしていた。

ジャナは微笑んだ。「ありがとう。でもだめなの。予定があるのよ」

「ほんとうに？　それとも、イーサンの焼きすぎたハンバーグを避けてるだけ？」

ジャナはジェイク・クインのことを考え、彼の温かくセクシーな微笑みと、あの褐色の情熱的な目を思い浮かべた。「ほんとうよ」そう答えながら、胸に小さな期待の震えを感じていた。

近隣は紛れもなく、裕福な住宅街だった。ジェイクは目的の番地を捜し、堂々とした正面《ファサード》と美しく手入れされた庭がある大きな家々のそばを、車でゆっくり移動した。曲がりくねった道のほぼ突き当たりに、ようやく目的の家を見つけた。ジョンソン教授の家は、かなり奥まったところにあった。ジェイクは私道に車を入れ、自分のささやかな学内アパートとここを比べて、小さく首を振った。煉瓦《れんが》と木材の上品な外観、短く刈り込まれた芝生、私道のわきに並ぶ数本の大きな美しい楓《かえで》。木々の葉は、うっすらと秋めいた金色に変わりつつあった。なかなか壮麗な家だった。とはいえ、ジャナの夫は亡くなったときには自然科学部の学部長だったのだから、当然かもしれない。ジャナの給与についても、見当はつく。たいていの教授は金持ちではなかったが、聡明な教授なら豊かに暮らせるはずだった。この家は美しいけれども、畏怖《いふ》を覚えるほど大きく、かなりひっそりとした場所に建っていた。ジャナがここにひとりぼっちで住んでいるという事実は、あまり気に入らなかった。

おまえが決めることじゃないだろう、とジェイクは顔をしかめて自分に言い聞かせた。独立心の強い世慣れたジャナ・ジョンソン教授は、ジェイクの男としての保護本能をあまり高く評価しないような気がした。

三台用の車庫の前に車を駐め、選んだ二本のワインを抱えて降り、まともな選択ができているといいのだが、と考えた。煉瓦の歩道は、小さなアーチ型をした屋根付の通路と、面取りガラスがはめこまれ彫刻が施された玄関扉へ続いていた。ジェイクは呼び鈴を押し、防犯システムが設置されていることに気づいてほっとした。小さな赤い光が消えてすぐに、扉が開いた。

「時間どおりね、IQ。さあ、入って」ジャナが、いつになく口もとにいたずらっぽい笑みを浮かべて、一歩退いた。

ばかげたあだ名に気まずさを覚えたが、口のなかがからからに乾いてきたのは、まったく別の理由からだった。

ジェイクはまともな挨拶もできないまま、言われたとおりにした。ジャナがこれまでとはまったく違う服装をしていることに、しばらくのあいだ言葉を失っていたからだ。赤い絹のシャツを色あせたジーンズにたくしこみ、長い脚とみごとなお尻の線をあらわにしている。アクセサリーは何も着けず、裸足《はだし》だ。しかも、あの挑発的な揺れから判断するなら——服を通してジャナの胸を見るのはお手のものだ——ブラジャーをしていない。絹のような漆黒の髪が軽く肩に垂れかかり、しなやかに輝いていた。ジェイクはジャナの後ろから、天窓のある吹き抜けの玄関広間を歩き、目を見張るほど広々とした空間に足を踏み入れた。一段床の下がった居間には、石造りの暖炉が備えられていた。その向こうには、裏庭に続く大きな両開きのドアがあった。右側にはキッチンが見え、そこからすばらしくおいしそうなにおいが漂ってきた。どこかの部屋で穏やかなクラシック音楽がかかっていた。

「よくわからなかったから」ジェイクはなんとか言葉を口にして、ワインを差し出した。「赤と白を両方買ったよ」

「ありがとう」ジャナが片方の眉をつり上げて、二本のボトルを受け取り、キッチンのほうを向いた。「でも、また飲みすぎるつもりはないわよ。一応警告しておかなくちゃね」

ジェイクは大理石のカウンターに寄りかかって、ジャナが冷蔵庫に白ワインをしまうためにかがみこむ姿をうっとり眺めた。「男は、大胆な夢を抱いても許されるんじゃないかな?」

ジャナが体をまっすぐに伸ばし、淡々とした表情を向けた。「かもね。ワインをいかが? 栓を抜いたものがあるのよ」

現実とは思えないこの〝かもね〟を聞いたあとなら、かびくさい塩水だって飲んだだろう。「ぜひ、いただくよ」

磨かれたカウンターの上には、ラックがつるされていた。ジャナがそこからクリスタルのグラスをふたつ取り、ジェイクが上着を脱いでいるあいだに手際よく赤ワインを注いだ。それから両方のグラスを手渡して、ジェイクのジャケットを持ち上げ、居間のほうを身ぶりで示した。「どうぞ座って。これを掛けてくるわ。夕食までは、あと三十分ほどよ」

「すごくいいにおいがする」ジェイクは心から言って、二歩進んで暖炉の前に置かれた革のソファーを選んだ。家具調度は上品で落ち着きがあり、厳選された骨董品《こっとうひん》と現代的な家具が途切れなく交じり合って、魅力的な空間を作り出していた。がっかりしたことに、ジャナは自分のワイングラスを取り返すと、一メートルほど離れたウィングチェアを選んだ。そこに腰かけ、優雅に脚を組んで、ワインをひと口飲む。

「美しい家だね」ジェイクはくだけた調子で言ってから、つけ加えた。「あなたによく似合う」

「ひと目見た瞬間に、ブライアンが惚《ほ》れこんだの。その日のうちに購入を決めたのよ」

ジェイクはグラスを口に運び、縁越しにジャナを見た。抑揚のない低い声で言う。「ご主人はすばらしく趣味がよかったんだね。まあ、それについてはもう知っていたけど」

ジャナが鮮やかなサファイア色の目でこちらを見た。黒いまつげをほんの少しだけ伏せる。

「わたしがアルコール作戦に対する防御を固めているから、甘い言葉で操ろうとしているのね。すてきなお世辞だったわ」

ジェイクはソファーに背中を預けて微笑んだ。「本心だよ、教授」

少しのあいだ、バイオリン協奏曲が部屋に流れる唯一の音になり、軽快な調べがときに低く、ときに高く響き続けた。それからジャナが話題を変え、家族のことを尋ねた。ジェイクは求めに応じて、母が保険会社の秘書をしていること、父が歯科医であることを説明した。年下のきょうだいがふたりいて、祖父母は国のあちこちに散らばって住んでいる。会話をジャナのほうに向けようとするたびにうまくかわされたので、あきらめることにした。居心地の悪い気持ちにさせることだけは、したくなかったからだ。

夕食は、じらすような香りが約束したとおり、すばらしかった。ジャナの料理は、鶏肉《とりにく》のマルサラ酒風味に、小さくカリッとしたローストポテトと軽く焼いたアスパラガスを添えたものだった。ふたりはぜいたくな内装のダイニングルームで食べた。天井を飾る凝《こ》ったアンティークのシャンデリアは、フランスから取り寄せたものだとジャナが説明した。話題はごく自然に、大学と一般的な生物学へと移っていった。ジャナが、生きがいとしている分野への隠しようのない熱意に顔を輝かせるのを見て、ジェイクはうっとりと魅了された。その分野は目下のところ、自分のおもな関心の的でもあったから、まるで夕食でのありふれた話題であるかのように、細胞や遺伝子のパターンについて楽しく話すことができた。すばらしく料理がじょうずで、美しく、情熱にあふれ、おそらく自分よりひたむきに同じ研究分野を愛している女性？　もしかするとぼくは死んで、天国にいるのかもしれない。ジェイクはデザートのあとのコーヒーを飲みながら考えた。

あるいは、楽園にいるのかもしれない。もしジャナを裸にして、ふたたびベッドに連れていけるのなら。

そのことを考えずにはいられなかった。皿を片づけるのを手伝いながら、ジェイクはまた、ブラウスの生地を押し上げる豊かな胸の膨らみに視線をさまよわせた。股間はほとんど夜じゅう、夕食のあいだでさえ半分硬くなっていて、ひどく落ち着かなかった。

行儀よくしろ、クイン。むらむらしているティーンエイジャーみたいにふるまって、すべてをだいなしにするな。

ジャナがようやく視線に気づいたらしく、かすかに頬を赤らめた。最後の皿を食器洗い機に入れる。

ジェイクは少し弁解がましく言った。「ごめん、でもぼくを拷問《ごうもん》するだけのために、ブラジャーをしなかったのかい？　もしこれがテストなら、ここまではけっこうよくやってると思うよ」

「あえて教えたくはないんだけど、ブラジャーはあまり快適ではないのよ」ジャナがあの冷静沈着なジョンソン教授のまなざしを向けた。「自分の家では、快適に過ごしたいの」

「だったら、もう二度と着けなければいい。それがぼくの提案さ」もうばれてしまったのだから、ジェイクは少しのあいだ、薄い生地の下の丸みを帯びた輪郭を貪欲《どんよく》に見つめた。視線を上げて、目をのぞきこむ。「帰ったほうがよさそうだ。夕食は完璧だったよ、ジャナ。ここですべてをだいなしにしたくはない」

短い間があった。気まずくはなかったが、張りつめた空気が流れた。

「わたしが帰らないでほしいと思っていることは、ふたりとも知っているはずよ」ようやく口を開いたジャナが、静かな声で言った。「でも、気遣ってくれてありがとう」

「もちろん、ぼくだって帰りたくないさ。言うまでもないけど」ジェイクはやっとのことで、自分を抑えた。ほんとうはすぐさまジャナに手を伸ばし、いちばん近くの平らな表面に押し倒して、セクシーなジーンズを引き下ろし、温かくきつい部分に身をうずめたかった。「でもそれは、あなたがそう望むならばだよ。強制はしない。あなたと過ごせただけで、とても楽しかったんだから」いたずらっぽい笑みを浮かべて言う。「いつでも家に帰って、自分を慰めればいい」

ジャナが小さなしゃっくりのような声で笑った。「わたしに言わせれば、それはたいへんなむだ遣いよ」

高揚感が、熱烈な期待とともに体にみなぎってきた。ジェイクは濃密な声で言った。「それなら、こっちへおいで」


この人は顔立ちが整っているだけではなく、キスもとてもうまい。そこには大きな力があった。ジャナはうめき声をこらえながら、乳房をジェイクの胸にこすりつけてしがみつき、唇を開いて彼の口を受け止めた。誘うように腰を彼の股間に押しつけ、求めているものを伝える。

これまでずっと、自分はとても強く、とても独立心が旺盛で、知的な選択のできる女性だと信じてきた。

しかし玄関のドアをあけたとたん――ティーンエイジャーのように三回も服を着替え、午後じゅう夕食の準備に追われたあと――ジェイク・クインがそこに立っているのを見て、あらゆる分別は消し飛んでしまったようだった。

瞬《また》く間に。

ジェイクをひと目見ただけで、脚のあいだが濡れてくるほどに。すべてジェイクのせいだ。彼がいつもどおり目の覚めるような姿をして、革のジャケットとジーンズと開襟のデニムシャツに身を包み、黒髪を例のごとく魅力的に少し乱して、うっとりさせるような男の情熱を湛《たた》えた目をしていたから。

いいえ、事実に向き合わなければならない。ジェイクを夕食に誘った瞬間、ふたたび彼と寝ることになるとわかっていた。それを求めていた。激しく、すばやく。あるいは、ゆっくり、優しく。できるならその両方を、ひと晩じゅう。記憶が正しければ、ジェイクにはそれが可能なはず。

今、キッチンに立ったまま、ジャナはジェイクの抱擁《ほうよう》に狂おしいほどの反応を示して、恥じらいもなく自分の弱さをあらわにしていた。両腕を彼の首に巻きつけて、相手に負けないくらい情熱的にキスを返す。

もしかすると、恋人が若いというのはいいことかもしれない。ジャナは欲望におぼれながら考えた。もしかすると若いほうが、もっといいのかもしれない。ブライアンのことは愛していたけれど、こういう燃えるほどの肉体的な情熱を感じたことはなかった。セックスは心地よいものではあったが、根源的な深い飢《う》えとは違っていた。

ジェイクが唇を離し、息を弾ませながら言った。「あなたを裸にして、ベッドに寝かせたい。ぼくはここの床でもかまわないけど、あまりロマンチックではないな。手を貸してくれ」

「二階よ」ジャナはなんとか落ち着きを取り戻して言った。

「行こう」ジェイクが手を取った。

ジャナは先に立って案内し、暗い部屋のなかにある、ブライアンと分かち合っていたベッドを見て、一瞬だけ立ち止まった。しかし、それは一瞬だけだった。ベッドわきの電気スタンドをつけて振り返り、ブラウスのボタンに指をかける。

ジェイクも同時に服を脱ぎ、こちらを見つめながら、シャツ、ジーンズ、靴と靴下を記録的な速さではぎ取った。柔らかな明かりが、力強い筋肉と日に焼けた張りのある肌をちらちらと照らし、堂々と大胆に隆起したものを際立たせた。それは硬くなめらかに、平らなお腹の前に突き出ていた。ジェイクがあらわになった乳房を貪欲に眺めているのと同じ興味を持って、ジャナはそれを見つめた。

「あなたが玄関のドアをあけた瞬間から、半分こうなっていたんだよ」ジェイクがあからさまな欲情のしるしを哀《かな》しげに示しながら説明した。「あなたがぼくにこういう影響を及ぼすことについては、もう言ったよね」

「今はうれしく思うわ」ジャナは心の底から正直になり、パンティーに手をかけて腰を振りながら脱ぎ、胸を挑発的に揺らした。

「あなたの体に、隅から隅まで触れたい」ジェイクが思わせぶりなかすれ声で言うと、ジャナの体が瞬く間に受け入れる準備を整え始めた。「ああ、一日じゅうこのことを考えていたんだ。すっかり気を散らされて、まったく何も手に着かなかった。ようやく出かけて、二、三時間バスケットボールをしたよ。余計な精力を発散させるためにね。夜更けまであなたと愛を交わして、目が覚めたあとだっていうのに」

ジャナも同じだったが、それを認めれば、まるで絶えずジェイクに熱を上げている未熟な新入生のような印象を与えるだろう。彼が裸で準備を整えている姿を目にして、太腿のあいだが鈍くうずいた。自分が性的に積極的だと思ったことはなかったが、今はジェイクがあの硬い部分で満たしてくれるのを待ち焦がれていた。

ジャナはカバーとシーツを引いて、ベッドにすべりこんだ。からかうように――そして大胆に――脚を開く。すでにしっとりと濡れていたので、太腿の内側に湿り気が感じられた。

「余計な精力を発散する必要があるなら、いい方法を教えてあげましょうか?」

「ああ、ぜひ」ジェイクがうなり声で答えてベッドに入り、ジャナに覆いかぶさった。唇をそっと重ねながら、そそり立つ笠の部分で湿ったひだを軽く突き、クリトリスをこする。

「もしそれが、こういう意味なら……」

前戯《ぜんぎ》はなしで、とジャナは欲求で朦朧《もうろう》としながら考え、手を下へ伸ばした。開いた太腿のあいだにある隆起したものを撫で、その大きさと硬さ、ぴんと張った肌のサテンのような手触りを、驚きとともに感じる。膨れた先端から小さなしずくがしみ出てきた。ジャナは指で温かい液体をぬぐい、ジェイクを自分の入口のほうへ導いた。

ジェイクがひだに分け入ると、ジャナは抑えきれず、あからさまなうめき声をあげた。大きさは大切なのかもしれない。体を心地よく広げられ、挿入を受け止めると、その太さと長さに、純粋な激しい悦びの揺らめきを感じた。ジェイクは完全に身をうずめると、ジャナの唇に唇を強く押しつけて、短いキスをした。どちらかといえば、おざなりなキスだった。ふたりの意識は、結びついた体に集中していたからだ。

「ああ、たまらない」ジェイクがささやいて、長く力強い動きで突き始めた。乱暴ではなかったが、優しくもなかった。まるでジャナの心を読み取れるかのように。「すごく、気持ちいいよ」

ジャナはジェイクの肩をつかみ、たくましい筋肉がこわばるのを感じた。背中を反らし、脚をさらに広げる。「いいわ……ああ、もっと強く」

ジャナの声の差し迫った響きに、ジェイクが腕を両側で支えてさらに速く動いた。ジャナは腰を引き上げて、ジェイクのすべてが燃える体の奥にできるだけ深く収まるようにした。湿った柔らかな情交の音が、ふたりの荒い息づかいと重なった。

感じやすい部分がこすれて、すばらしい心地にさせた。ふたりの体は呼応するなめらかなリズムで動き、共通の目的に向かって調子を合わせながら、緊張を強めていった。解放が間近に迫ると、ジェイクの顔が変わった。まつげを伏せ、肌をかすかに紅潮させて、口を少し開く。体の内側を何度も何度も貫かれるたびに、ジャナの悦びも高まった。ジェイクは褐色の目を半分閉じながらも、こちらに視線を据えていた。オーガズムに包まれ始めた顔をじっと見つめられているのは、なぜかひどく淫らだった。

抑えようもなく、体の奥がぎゅっと締めつけられた。それに反応して、ジェイクがうめき声でジャナの名をささやき、身をこわばらせた。

こうしてふたりは達し、互いの目をのぞきこんだ。ジャナは叫び声をあげずにはいられなかったが、興奮の波が何度繰り返し押し寄せても、一度も視線を外さなかった。ジェイクが勢いよく自分を解放したので、悦びにぼんやりしながらも、ほとばしる熱いものが感じられた。体のなかで、ジェイクがぴくぴくと収縮した。

これがセックスというものだ。

厄介なのは、それだけではないかもしれないという気持ちがわき上がってきたことだった。

5

もう遅い時間だが、あの車はいまだにずうずうしく彼女の私道に居座っている。あの黒髪の女たらしが、一夜を明かすつもりでいるのは明らかだ。

そうとも、べたべたと抱き合うふたりをキッチンの窓から見た。男が両手で彼女の尻をつかみ、口に舌を差し入れ、彼女もすっかりその気になっていた。それは疑いようがない。

〝監視人〟は激怒の震えを感じた。それは恐ろしくもあり、刺激的でもあった。すべて彼女のせいだ。ずっと彼女を崇拝してきた。完璧な女だった。美しく、頭が切れ、裕福で、手の届かない存在だった。ところが今や、どこにでもいる発情したメス犬になって、こちらの見立て違いを証明してしまった。

女はどれもこれも同じだ。なぜ、少しでも違っているなどと考えたのだろう？　毎度毎度、失望させられる。ひどく失望させられる。

まずは、男のほうを殺してやる。映画スターのような顔の若造を。あの女は娼婦《しょうふ》だ。しかし、そんなふうに彼女を変えたのはあの男だ。あいつを排除する必要がある。

ジェイクは片方の肘で体を支え、口に含んだ乳首のまわりに舌でゆっくり円を描いて、となりに横たわっている女性が悦びに喘ぐ声を聞いていた。

すばらしい。ジャナはありとあらゆる点で美しいだけでなく、これまでに知った誰より感じやすい恋人でもあった。澄ましたよそよそしい外見の下に隠れたジャナ・ジョンソンは、あらゆる意味で本物の女だった。

ジェイクは優しく吸いながら、もう片方の乳房をまさぐり、手のひらでその引き締まったしなやかな重みを確かめた。ジャナが細い指をジェイクの髪に差し入れ、愉悦のため息を漏らした。口のなかで乳首が情欲にすぼまり、ぴんと立った。

頭のどこかではまだ、いつも冷静なジョンソン教授とベッドをともにし、彼女のみごとな胸をもてあそんでいることが信じられない気持ちだった。ジェイクは顔を上げてにんまりとし、手のひらで乳房を包んで揺すった。「ぼくの推測ではDかな」

ジャナの顔は先ほどのオーガズムのせいでまだ上気していたが、裸の体はゆったりくつろいでいた。つやつやした黒髪は、白い枕カバーに映えて黒い絹のように見えた。ジャナが眉をひそめた。「なんですって？」

「これさ」ジェイクは乳房を持ち上げて、軽く締めつけた。「Dカップ？　ずっと前からそう推測してたんだけど」

「まあ」ジャナが笑い、かすかに首を振ってあきれ顔をした。「なぜそんな推測に時間を費やすのかわからないけれど、ええ、たしかにそのとおりよ」

「だって、ぼくは男だよ。ぼくたちはみんな、女性の体について推測するのに多大な時間を費やすのさ。あなたはもともとすごくほっそりしてるから、これが本物だってことが驚きだな。世間一般の意見は、ふたつに分かれているようだ」

ジャナが最高に教授らしい目つきでにらんでみせたが、裸ですばらしい胸をジェイクの手に包まれていては、ほとんど効きめはなかった。「わたしのブラジャーのサイズや体に関する何かが、学部のまわりで日常的に話題になっているなんて言わないでね。まったく、みんな知的な専門家だと思っていたのに。まるで子どもみたい」

ジェイクは肩をすくめて手を下へすべらせ、胸のわきからウエストのくぼみへとたどって、腰を撫でた。ジャナの肌はサテンのようになめらかで、激しい交わりによってかすかに汗ばんでいた。「男はセックスのことになると、相当の熱意を傾けるからね。たしかに、あなたは話の種になっている。すまないとは思うけど、事実に向き合ったほうがいい。あなたはとにかく、きれいなんだ」

ジャナが片方の黒い眉をつり上げて、きびしい口調で言った。「ありがとう。でもわたしは、〝超人〟と呼ばれてはいないわ。女子学生たちがあなたとすれ違うたびにくすくすささやき交わしているのを、あなたはどう感じているの?」

「素直にうれしく思うよ」ジェイクはことの成り行きにいまだに驚嘆しながら、ジャナを見つめた。「でもあだ名はともかく、あなたがぼくを魅力的だと思ってくれさえすれば、ほかのことはどうでもいいんだ」

繊細な顔に、少しだけ無防備な表情がよぎった。「どうやらそう思っているみたいよ。たぶんよくないことなんでしょうけど、あなたはここでこうしているわ。昨夜のあと、すっかり自分を恥じていたはずなのに、また同じことを繰り返しているし」

「ねえ、セックスを好むふつうの健康な女性に、悪いところなんてどこにもないよ」ジェイクはかがみこんで、唇で唇を小さく愛撫するだけの、ごく軽いキスをした。「とてもすてきだよ、ジャナ。ほんとうに。男は、パートナーが自分と同じくらいセックスが好きだとわかると、この上なく興奮するものなんだ」

ジャナが片手を上げてジェイクの頬を包み、もう一度唇をそっと近づけた。ジェイクの唇に向かってささやく。「意に反してあなたをここに来させてしまったんだから、どんなにわたしがそれを好きか、思い出させてちょうだい」

ジェイクはまだ完全には萎《な》えていなかったので——爆発的な解放のあとでさえ——なんの問題もなかった。思わせぶりな声の響きだけで、股間に血液がどっと送りこまれてきた。唇を重ねているうちに、すっかり硬くなった。前回は情熱に駆られたなんの技巧もない交わりだったが、今回はすさまじいほどの性急さは必要なかった。自分の思いのままにできるのなら、時間をかけるつもりだった。

ジェイクはジャナを引き寄せて、胸に優しく抱き、唇と唇をぴったり重ねた。隅から隅まで味わい、舌の先で彼女の舌をこすり、歯と唇のなめらかな輪郭をなぞる。軽く、崇《あが》めるように、両手で肌をまさぐって体を探索し、唇でそれを追いかけて、あらゆるくぼみ、あらゆる温かな曲線に触れた。

すらりとした太腿のあいだにある小さな黒い茂みは、完璧な三角形にきちんと整えてあった。ジェイクは湿った巻き毛に指をすべらせながら、ジャナの脚を開かせた。両手の親指でひだを分け、その下の柔らかなピンク色の部分と膨れたつぼみをあらわにさせる。ジャナが半分閉じたまぶたの下からこちらを見つめた。昨夜、ジャナがどれほどこれを気に入ったかを知っていたから、ジェイクは微笑んで、舌の先でじらすようにそっと刺激し始めた。

ジャナは瞬く間に達して、とても満ち足りた叫び声をあげた。ジェイクはあと二回、口でいかせた――ジャナが自制を失う様子が好きだったからだ――それから震える体に覆いかぶさり、湿った入口に自分の硬いものを沈みこませた。

たぶん、三度ほど突いただけで、理性が吹き飛んでしまった。ジャナに触れて味わったせいで情欲をかき立てられ、もう抑えられなかったからだ。ふたりは淫らに絡み合い、息を切らして、静かに横たわった。ジェイクは高揚と満足の両方を感じた。

ジャナが両手で軽くジェイクの背中を撫で下ろし、尻をきゅっと締めつけた。「とてもじょうずに思い出させてくれたわね」ささやき声で言って、ゆっくりけだるそうにジェイクの肩に舌を這《は》わせる。

「そのつもりでがんばったよ、教授」ジェイクは答えた。広がった絹のような髪に、まだ顔をうずめたままだった。かすかな花の香りが鼻孔をくすぐった。

どうしてジャナが小さく舌を振り動かすだけで、こんなに欲情させられるのだろう？たった今、記憶にあるかぎり最高に激しい解放を味わったばかりだというのに。

「月曜になったら、なにごともなかったようにふるまうのが、とてもむずかしいわね。そうじゃない？」

淫らなほど激しく熱いオーガズムの余韻に浸っている今この瞬間、ジャナにいちばんしてほしくないのは、ことの成り行きについて深く考えこみ、いかにも教授らしい冷めた分析をすることだった。

セックスだけは違う。それに対するジャナの姿勢に、冷めたところはまったくなかった。ジェイクは顔を上げてジャナの目をのぞきこみ、口もとの切なそうな笑みを見て取った。

「そのことは心配しないで。誰にも気づかれないようにするよ。もしそれがあなたの望みなら。仕事場では、ぼくは仕事をする。ぼくの知っているかぎり、あなたの考えも同じだろう。何も変わりはしないさ」

「きっとそうね」ジャナがため息をついた。まだ両手でジェイクの尻を包んでいた。「頭のなかで小さな声が、何度も何度もあなたの年齢を繰り返しているのよ」

「そんな声は聞かなくていい」ジェイクは唇でジャナのなめらかなこめかみをなぞった。「こういうふうに考えてごらんよ。二十五歳の男といっしょにいることには、利点がひとつある。もう少ししたら、またあなたに思い出させてあげられるよ。数分だけ待っていて」

柔らかな唇に小さな笑みが浮かび、美しいサファイア色の目にいたずらっぽい光が宿った。

「それは、ひとつの見かたかもしれないわね」

枕元の時計が、八時過ぎであることを告げていた。少しびっくりする。六時より遅く起きることはめったにないからだ。ジャナは身動きして、完全に目を覚ました。

となりで、ジェイクはまだぐっすり眠っていた。裸の胸が規則的なリズムでゆるやかに波打ち、片方の腕が黒い頭の上で曲線を描いている。シーツはウエストのところまでしか引き上げられていなかったので、ジャナはジェイクの男性的な美しさに見とれずにはいられなかった。笑いたくなるほど長く黒いまつげが彫りの深い頬に影を落とし、口は――たぐいまれな口は――軽い寝息を立てながらかすかに開いていた。

誰かのとなりで目覚めるのは、すてきなことだった。そう気づいて、少しだけ怖くなった。ジェイクの大きな体の温かさをベッドのなかで感じ、息づかいを聞き、自分がひとりぼっちではないと知ること。

じつをいえば、そんなふうに感じることはとても恐ろしかった。自分が無防備になっているのは間違いない。長く幸せな結婚生活を送り、それを恋しく思う胸の痛みは、まだ完全に癒えてはいないからだ。しかし、たとえどれほど知的で、魅力があって、ベッドですばらしく巧みだからといって、二十五歳の学生が、独身で少し孤独な現状の答えになるとは考えにくかった。

ジェイク・クインと恋に落ちるには、自分は実際的すぎる気がした。とはいえ、ほんの二日前なら、彼と寝ることなど絶対にないと言いきっていただろう。

まったく。ジャナとブライアンは毎年、交響楽団の演奏会のシーズンチケットを買っていた。ジェイクはたぶん、ロックコンサートに行くのだろう。

ジャナは定年後のために熱心に貯蓄をし、投資をし、住宅ローンも抱えている。ジェイクはまだ、初めての本格的な仕事にすら就いていない。

ジャナは、十三年の結婚生活を送ったあと未亡人になった。知っているかぎりでは、ジェイクに特定の恋人がいたことはない。あれほどベッドで巧みなのだから、明らかに女性との性体験は豊富なはずだが、深い大人の関係を持ったことはあるのだろうか？

それは性体験とはまた別の話だ。熱烈で奔放な交わりをふた晩続けたあとも、ジェイクのことはまだよくわかっていない。たしかに、話していて楽しいし、表向きの印象では優しく聡明な若者に見える。あけすけな親しみをこめて家族の話をし、礼儀正しく仕事熱心で、野心的でもあるから、なんの問題もなく出世していくことだろう。でも……。

人を知るには、セックスをするよりはるかに多くのことが必要なのよ、ジャナ。

もしジェイクと深い関係になって、大学のみんなにそれを知られたら、とても恥ずかしいことになる。年の差がありすぎるし、自分はこの先、言い寄りたがっている男子学生や教職員の格好の的になるだろう。今でさえときどきしつこく誘われるが、同僚たちのほとんどは、ジャナが仕事と私生活をきっちり分けていることに敬意を払ってくれた。たとえどんなに魅力的で説得力がある人でも、学生と寝るのはひどく愚かなことだ。

嘆かわしいことに、〝超人クイン〟はジャナにかなりの影響を及ぼしていた。脳の働きが一時停止して、体ばかりが活気づいてしまう。

ジャナは小さくため息をついて、ベッドから抜け出し、バスルームのほうへゆっくり歩いた。静かに扉を閉めてシャワーの栓をひねり、これまでに何度、朝早くベッドから起き出してブライアンを起こさないようにしたかについて考えた。日曜の朝は、夫が朝寝坊する唯一の時間だった。だから邪魔をしないよう、細心の注意を払ったものだ。

鏡をじっと見つめ、湯が温まるあいだ、自分の体に批評のまなざしを向けた。運動――週三回のスポーツクラブ通い――と、恵まれた遺伝子のおかげで、ほっそりとした体形と、適切な場所のまずまずの張りを保てている。二十歳の体ではないが、三十六歳でそれを期待する人がいるだろうか？

乳首は少し赤らみ、感じやすくなっていた。それも驚くには当たらない。若い恋人は明らかに胸が特別好きなようで、触れたり、舐めたり、吸ったりして、それだけでジャナをいかせそうなくらいだった。太腿のあいだも、過剰な性行為のせいでかすかにひりひりしていた。しかし軽い不快感があるからといって、地球上の女性の誰ひとり、ジャナに同情はしないだろう。

タイル張りのシャワー室に足を踏み入れ、熱い湯が敏感な肌を打つのを感じた。

三十分後にバスルームから出てくると、ジェイクはまだ眠っていた。ベッドのなかで無頓《むとん》着《ちゃく》に手足を伸ばす姿は、これまで以上に魅惑的に見えた。もしジェイクに夢中の女子学生が、今こうしてみごとな裸体をさらして美しく眠っている姿を目にしたら、いったいどう思うだろう。ジャナは胸のなかで皮肉っぽく笑いながら考えた。

もしかすると、わたしはすごく幸運な女なのかもしれない。

それを判断するには、もう少し時間がかかりそうだった。

二日続けて、麗しきジョンソン教授と朝のコーヒーを飲む。

最高だ。

ジェイクは椅子に背中を預けてカップを口に運び、この幸運の代償はいくらだろうかと考えた。この世に無料のものなどない。少なくとも、そんなに人生が好都合に進んだことはなかった。それでもいい。キッチンのわきにある朝食用の小部屋に座って、ほんとうにおいしいコーヒーを飲み、テーブルの向かいに座るジャナに微笑みかけるためなら、喜んで支払いをするつもりだった。

朝の光のなかで、ジャナは生き生きとして、いつもどおり魅力的で、髪は輝き、肌は明るく瑞々《みずみず》しかった。同じジーンズをはき、大学のロゴがついたシンプルな木綿のTシャツを着ている。半分の年齢だと言っても通りそうだった。

ジェイクの提案どおり、ブラジャーはしていない。

ジャナの夫もこんなふうに、彼女が呼び起こす性的な刺激を絶え間なく感じていたのだろうか、と考えずにはいられなかった。この幸運すぎる週末の前から、ジェイクは感じていた。廊下ですれ違って軽く挨拶されたときや、教授会のあとなどにたわいのない会話を交わしたときでさえも。

朝食に、ジャナはベーグルと新鮮な果物を用意してくれた。ふたりで食べながら、ジェイクは彼女がまた後悔しているのだろうかといぶかった。例のごとく、ジャナは表面上は控えめだった。あでやかなティーンエイジャーのような服装をして、奔放な官能の一夜を過ごしたあとでさえ。

ジェイクは次にどうすべきかよくわからないまま、コーヒーを飲み干した。「帰ったほうがよさそうだ。採点しなければならない答案が山ほどある」

ジャナがうなずいた。青い目は読み取りにくかった。「わたしは、遺伝学の中間試験を準備しなくては。いつも、気づくと試験がそこまで迫っているのよね」

ジェイクは少しのあいだためらって、空《から》のカップをもてあそんでいた。「言うまでもないけど、ぼくはまたあなたに会いたい」

ジャナが目をそらした。この非公式な食事室は円形で、背の高い美しい窓があった。ジャナは急に、外に生えた木の、深紅に染まりかけた葉に魅了されたようだった。ようやく、ゆっくりと言う。「このことをどう感じているのか、自分でもよくわからないの」

「ぼくたちは、ちょっと信じられないほど相性がいいみたいだよ、ジャナ」

「肉体的には、そう、そのとおりね」ジャナが木から目を離し、しかたなくこちらを見た。「でも、関係を築くには、はるかに多くのことが必要だわ。わたしたちはそれぞれの人生のなかで、まったく違う位置に立っているのよ。仕事、家、結婚、子どもたち。最後のひとつを除けば、わたしはそのすべての段階を通り抜けてきたわ。それに……すでに身を落ち着けているの。わたしは三十代半ばだけれど、あなたは三十歳になるまであと五年あるのよ」

「わかった」ジェイクはしぶしぶ同意した。「ぜんぶほんとうのことだ。でもあなたの主張は無効だよ、教授。ぼくと同い年の男の多くは結婚して、住宅ローンや子どもを抱えてる。博士号を取ること――あなたもよく知っているとおり――ぼくが常勤の仕事に就いていないのは、それだけが理由だ。それにぼくは、あなたが自分にふさわしい生活のなかで、身を落ち着けていることをうれしく思うよ。私生活でもう少し楽しめたら、もっといいんじゃないかな?」

「わたしは――」

「約束したとおり、無理強いはしない。それに、大学の誰にも、ぼくたちがつき合っていることを気づかれはしないよ。どちらにしても彼らの知ったことではないし、ぼくはそれでまったくかまわない。ぼくたちはお互いが好きだし、ベッドですばらしい時を過ごした。ぼくの見たところでは、ごく単純なことだと思うけど」

ジャナが髪をかき上げて、皮肉な笑みを向けた。「ジェイク、いつ男女間のことがそんなに単純になったの?」

ジェイクはにんまりと微笑み返して、主張がうまく伝わったことを願い、ジャナの表情が和らいだのを見て、勝利の可能性を感じた。「なるほど、一本取られたよ。でもぼくたちはどちらも知的で成熟した人間だし、ぼくはどんな関係においても、恋愛ドラマにのめりこみはしないよ。正直にいえば、それほど派手な社交生活は送っていない。今は、ふたつの世界のあいだにとらわれているからね。バーに行く気にはなれない――ずっと昔に飽きてしまったんだ――ほとんどの学生にとっては、それが〝楽しい時間〟の定義だろうけど。ぼくには同居している家族もいない。たいていの場合、働いて、教えて、毎晩家に帰る。ぼくのほうも、かなり身を落ち着けているよ。でも、何かが足りないんだ。ぼくの考えでは、昨夜は史上最高のすばらしいデートだった。おいしい食事、楽しい会話、とびきりのセックス。ぼくはばかではないよ。また会いたいと思わないはずがあるかい？　ぼくはセックスのために来たんじゃないんだ、ジャナ。あなたといっしょに過ごすために来た」

無粋《ぶすい》な言いかただったかもしれないが、まったくの真実だった。

短い間のあと、ジャナがコーヒーカップに手を伸ばして、かすかに眉をつり上げた。「ものすごく人を説き伏せるのがうまいって、誰かに言われたことがある、〝超人クイン〟？」

「だといいけど。それはイエスという意味かな？」

「〝試してみましょうか〟という意味よ。どう？」

「これまでに聞いたなかで、最高の知らせだよ」図に乗りたくはなかったので、ジェイクは立ち上がった。「それじゃ、電話するよ。いいね？」

「携帯電話の番号を教えるわ」

やった。

ジェイクはジャナに別れのキスをした。昨夜彼女の大きなベッドで起こったことを思い出してもらえるように、じっくりと唇を重ねる。車のところまで歩きながら、口笛を吹かずにはいられなかった。ロックを解除して乗りこんだときには、ばかみたいなにやにや笑いを浮かべていたかもしれない。

私道から車を出し、今度はいつ会えるだろうかと考えた。あすから始まる一週間は憂鬱《ゆううつ》だった。ジャナに言ったことは嘘ではなかった。きのうは試験の採点をするはずだったのだ。

三軒先の家の前に、淡い青のトラックが駐まっていた。いつもなら、まったく気にも留めなかっただろう。しかしその車には、はっと目を引かれた。今回は新聞を読んでいる男は乗っていなかったが、バンパーの上のさびた部分と、州外のナンバープレートには見覚えがあった。

なんだかひどく奇妙だ。ジェイクはゆっくり車を走らせながら考えた。

きのうの朝ジャナを車のところまで送っていったとき、教職員用の駐車場に駐まっていたトラックであることは間違いなさそうだ。あのときは用務員の車かと思っていた。どう見ても、こんな高級住宅街にはそぐわない。

偶然？

ジェイクは落ち着かない気持ちを振り払った。たぶんそうだろう。

6

彼女は車から降りて、建物のほうへ歩いていった。毎日そうしているように。まったくいつもどおり、輝く黒髪とあの完璧な顔をして、とても美しい姿で。

自分が犯した致命的な過ちに、気づいてすらいないことが見て取れた。

今や、彼女のすべてがこの手に握られている。彼女の行く末、運命までもが。

若い愛人はただの小道具係、堅い竿《さお》を持った背景の一部にすぎない。〝監視人〟は、あの男を殺しても、ささやかな満足しかもたらされないことを知っている。

欲しいのは彼女だ。

昨夜はほとんど徹夜で、どうやって実行に移すべきかを決めようとしていた。

彼女の目をのぞきこむのだ。そう、それがいい。

とびきり青いあの目を。

そろそろこちらの存在を、彼女に知らしめる潮時だ。

ジェイクは快く、頭の真上の棚に手を伸ばしてビーカーを取り、やや上の空でとなりにいる若い女性にそれを渡した。同じ大学院生のひとり、ジリアン・ウェスリーはそれを受け取り、ありがとうとつぶやいた。現在、研究室にいるのはふたりだけだった。月曜午後のこの時間なら、めずらしいことではない。

　背が低く、少しだけ太めで、茶色い巻き毛と気さくな笑顔を持つジリアンが、ピペットから液体を滴らせながら、またちらりと好奇のまなざしを向けた。「きょうはとっても機嫌がいいね、ジェイク。何があったの？」

「何って……」ジェイクは適切な言葉を探したが、うまい表現が見つからず、ようやくこう答えた。「……楽しい週末を過ごしたのさ」

「楽しい、ねえ」ジリアンがピペットを傾けて閉じ、淡々としたまなざしを向けた。

　ジェイクはにやりとした。「わかったよ。すごく楽しい週末さ」

「ひとことで言えば、あれをしたんだね。例の自己満足の表情をしてるもん」

「そうは言ってないだろう」ぴたりと言い当てられて、半分苛立《いらだ》ち、半分おもしろがりながら、ジェイクは首を振った。ふたりは数年来の仕事仲間で、よい友人同士でもあった。ジリアンは一風変わったユーモアのセンスの持ち主で、言いたいことをずばりと言うタイプだ。性的な興味は女性に向いているので、ふたりのあいだには男女間の緊張もなかった。

「言う必要なんてないよ。あたしはそういうことを感じ取れるの。それに、男ってほんとにわかりやすいんだから」ジリアンが小さく鼻を鳴らした。「相手は誰？」

「教えるもんか」

　ジリアンが長いテーブルのへりに腰をもたせかけて、豊かな胸の前で両腕を組んだ。「当ててみようか。あなたが落ちたとなると、それは細胞生物学のクラスにいるあの脚の長いブロンド娘たちの誰かだね。たぶん、英文学専攻か何かの。このあいだ、そのうちのひとりが廊下にいるのを見たよ。すごく短いスカートをはいてて、二年生らしい小さなかわいいお尻が、ほとんどはみ出しそうだった。いい眺めだったけど、あまりにも露骨だね」

ジェイクはきっぱりと首を振った。「ぼくには、教え子をものにして回る習慣はないよ、ジリー。もうちょっと信用してほしいな」

「あの子の服装からすると、したかったなら確実にできたのに、ジェイク。もしブロンド娘たちのひとりじゃないとすれば、誰さ？　いいから白状しなよ。あたしの性生活はすごく惨《みじ》めだから、あなたのを聞いて我慢するの」

ジリアンのいちばん最近の恋人が、二カ月ほど前に出ていってしまったことを、ジェイクは知っていた。しかしどうやら、ようやく乗り越えつつあるようだ。しばらくのあいだは、それについて冗談を言うこともできなかったようだから。

「そうか、でも悪いね、話すつもりはないよ」ジェイクはちらりと時計を見て、話題の人がおそらくオフィスに戻るころだと気づいた。ジャナの最後のクラスは、三十分前に終わっている。ジェイクはまだ、彼女に借りた備品室の鍵を持っていた。

ばかみたいだ。もう中学生ではないというのに、ただジャナに会いたいという思春期のようなむずむずした切望を感じた。

まるでタイミングを計ったかのようにドアがあいて、ジャナが研究室に入ってきた。きょうの彼女は、紺色のニットのワンピースを着ていた。丈とスタイルは慎ましやかだったが、今では隅々まで知っている体の線に、生地がぴったり貼《は》りつく様子はなかなか悪くなかった。ヒールの低い同系色のパンプスがすばらしい脚を引き立て、いつものごとく、とても魅力的で女らしいのに、完璧に教授然とした風貌《ふうぼう》を作り上げていた。

ジェイクは懸命に何気ないふうを装い、できるだけ抑揚のない声で言った。「こんにちは、教授。ちょうど鍵を返しに行こうと思っていたんです」

「いいのよ。数分後に会議があるの。通りかかったときに思い出したから」ジャナがこちらを見て、まったくふつうの声で言い、よそよそしくクールな笑みを向けた。

問題は、それと同時に顔を赤らめたことだった。

頬がみるみる薔薇色《ばらいろ》に染まった。いつもの冷静さを考えればずいぶんめずらしいことだから、ジリアンが気づかないはずはなかった。

ジェイクは急いで白衣のポケットを探り、その鍵を取り出して手渡した。「貸してくださってありがとう」

「どういたしまして」ジャナの声には、体の反応を示唆《しさ》するかすかな狼狽《ろうばい》の響きがあり、それを抑えられなかったことを恥ずかしく思っているようだった。「それじゃ、よい午後を。あなたもね、ジリアン」

ジャナが少し不自然なほど急いで振り返り、部屋を出ていった。

ジェイクはせっせと準備を進めていたスライドのほうに向き直ったが、ジリアンの興味津々のまなざしを感じていた。少したってから、ジリアンが言った。「信じられない。クイン、冗談でしょ?」
　ジェイクは目を上げ、ぽかんとした顔に見えることを願った。「なんだって?」

「あれはいったいどういうこと?」

「何がどういうことだって?」

「彼女があなたを見る目つき、あなたが彼女を見る目つき……ええっ、まさか、あなたの週末がそんなに楽しかったのは、それが理由なの? あなたとジョンソン教授?」ジリアンの言いかたは、滑稽《こっけい》なほど疑わしげだった。

「おもしろい結論だね。科学者であるはずのきみとしては、ずいぶん性急に判断したようだけど」ジェイクはさげすむように言った。「あの女性は二秒しかここにいなかったし、ぼくは彼女から備品室の鍵を借りていただけだ。なんの目つきもあるもんか」

「とぼけないで。あたしはここに立ってたんだよ、そうでしょ? 言っちゃ悪いけど、あなたはだいたいいつも、彼女をそういう目で見てる――紛れもない、〝ぜひともあなたとやりたい〟って目で――でもきょうは、彼女もその目つきを返してた。何かを思い出したかのように顔を赤らめてた。あなたがすでに、誰かとベッドのなかで週末を過ごしたと認めたってことは――」

「ぼくは何も認めてなんかいない」ジェイクはいきり立って口を挟んだ。ほんとうのことを話して秘密にするよう誓わせるべきか、否定し続けるべきか、よくわからなかった。何より困るのは、学部内になんらかの憶測が広まり始めることだった。ジャナは関係を持つことに慎重になっている。チャンスをつかむ前に、すべてがだいなしになりかねない。

ジリアンがわざとらしくスツールを引き寄せた。「座らなくちゃ。どうりで、妙にはぐらかしてばかりいると思ったんだ」まっすぐな視線を向ける。「まったく、運がいい男ね。今やあなたはあたしのヒーローだよ。で、どうだった？　いや、答えなくていい。その必要はないよ。まるで宝くじにでも当たったみたいな様子で歩き回ってたもんね」

ジェイクは長いあきらめのため息をついて、顎をさすった。「そのことは、黙っていてもらえるかな？」

「うわあ、これは大ニュースだ。近寄りがたいジョンソン教授と、超人ジェイク・クインが、いいことをしてる。あたしはこれを、胸に秘めておかなくちゃならないの？」

「そうしてくれるとありがたい」

「わかった、どうにかできると思う。でもそれは、あたしたちが友だちだからというだけの理由だよ」ジリアンがいたずらっぽい視線を向けた。「だけど、お代が必要だね。ホットなジャナ・Jについては、百パーセントあなたと意見が一致するってことを忘れないで。ちょっとだけ詳細を教えてよ。ねえ、そのくらいはいいでしょ」

ジェイクはほっとして、少しおもしろがりながら、皮肉っぽく尋ねた。「たとえばどんな？」

「何回したのか、オーラルセックスはしたのか、あのおっぱいは本物なのか、とかそういうこと」

ジェイクは笑って首を振った。「かなりの数、イエス、次もイエス。これでいいかい？」

「かなりの数？」

「スコアカードなんかつけてないよ、まったく」

「あなたは紛れもなく、あたしのヒーローだ」ジリアンが少し物欲しそうな顔で、にんまりした。「ちぇっ、ジョンソン教授がまわりでよだれを垂らしてる男たちにすごく冷たいのは、じつは同性愛者だからじゃないかと希望を持ってたのに」

ジェイクは絶対の自信を持って言った。「そうじゃないことは確かだよ」


わたしはなんなの、十六歳？

いつものジャナは、感情から遠ざかっていられることを誇りにしていた。そのおかげで、ブライアンの闘病生活を支え、その後の二年間、なんとか歩き続けることができた。

ジャナはハンドバッグから鍵を取り出して、胸の内でいくつか独創的な悪態をつき、階段を下りた。ジェイクは落ち着いて淡々とした様子に見え、なんらかの変化をほのめかすようなことは何もしなかった。

ところが自分のほうは、ジェイクに近づいただけですっかり顔を火照らせてうろたえてしまった。不運なことに、ローレンス教授門下の大学院生、ジリアン・ウェスリーの表情からして、気づかれたのは間違いなかった。

やっぱり、そんなにうまくいくはずがない。

でも、ジェイクはいつものごとく、すてきに見えた。引き締まった腰を色あせたジーンズで包み、白衣の下にどこだかの友愛会《フラタニティ》のTシャツを着て、とても柔らかく豊かな黒髪は、首のあたりでくるりと巻き上がっていた。できるだけ無表情を装ってこちらを見たが、美しい褐色の目に浮かぶ情熱は抑えきれないようだった。

「ばかみたい」ジャナは声に出してつぶやき、歩道を歩いた。

車は奇妙に傾いて駐《と》まっていた。

ジャナは近づき、助手席側のタイヤが二本ともパンクしていることに気づいた。少し沈んだり、わずかに空気が抜けたりしているのでなく、完全にパンクしている。

ふつうでは考えられないことだ。

かなり長引いた会議が終わったところだった。あたりを見回し、ふと、すでに暗いことに気づいた。駐車場は空っぽではなかったがそれに近く、建物に戻るのが賢明に思えた。ジャナはなかに入り、しかるべき選択として、まずは姉の家に電話をかけた。あいにく応じたのは留守番電話で、携帯電話にかけても同じだった。

まったくもう。

オフィスに電話帳があるので、ジャナはレッカー車を呼ぶためにそちらへ引き返した。喜ぶべきかどうかよくわからなかったが、分子研究室の明かりがまだついているのが見えた。

ジェイク？

ジャナは扉を押しあけて、なかをのぞいた。思ったとおりジェイクがそこにいて、テーブルのひとつに着き、書類をじっと見て眉をひそめていた。

ジャナは咳払《せきばら》いをした。「こんばんは」

ジェイクが目を上げ、すぐさま席を立って、黒い眉をつり上げた。「こんばんは」

「タイヤがパンクしたの」ジャナは言った。「二本。レッカー車を呼んで、タクシーも呼ぶつもりだったけど、あなたがまだここにいたから……もしよければ、送ってくれないかしら？」

「二本？　ほんとうに？」ジェイクが眉間《みけん》のしわを深くした。

その不安げな口調に、ジャナ自身の疑念も膨らんできた。「ええ、気味が悪いわね」

「うん、たしかに」ジェイクが険しい声で同意した。「もちろん送っていくよ、わかってるだろう。レッカー会社に電話するといい。ぼくは二秒で片づけるから」

「ありがとう」

自分の力でじゅうぶんにやっていけるとはいっても、有能な男性がそばにいるのは悪くない、と少しあとでジャナは考えた。第一に、タイヤが二本もパンクした状態で、ひとりで立ってレッカー車を待っているのは不安だったので、肩幅の広い健康な若い男性がそばにいてくれて、とても助かった。また、ジェイクはレッカー車の運転手と話し、ふたりで車のタイヤが切り裂かれていることを確認した。もしジェイクがいてくれなかったら、かなり動揺していただろう。

どちらにしても、少し動揺はしていた。

「あなたは歩いてきたのよね」ジャナは、自分のBMWを乗せたレッカー車が駐車場から遠ざかるのを見つめながらつぶやいた。

「そうなんだ、すまない。でも知ってのとおり、ほんの数ブロックだよ」

ふたりは歩き始めた。ジェイクが横目でちらりとこちらを見た。「誰がやったか、心当たりはある？」

ジャナは首を振った。「いいえ」

「逆恨《さかうら》みした学生かな？」

「そんなこと、これまでに一度もなかったわ」

「この世には、おかしなやつがあふれているからな」

「そうね」浮かべた笑みは、少し弱々しくなってしまった。

今回、アパートに着いたとき、ジェイクはとどまるように説得することもなく、鍵を取って車のほうへ案内した。

ジャナの家まで車で向かうあいだ、ふたりは言葉少なだった。車が私道に入った。ジャナは唇を噛《か》み、すっかり途方に暮れていた。この週末――そのうえこの状況――は、少しばかり手に余った。柄にもなく戸惑っているというだけでは、とうてい表現しきれない。長いあいだ、ジャナの生活はとても穏やかだった。これまでは。〝超人クイン〟が現れるまでは。

「ありがとう」ジャナはつぶやいて、ドアハンドルに手を伸ばした。

「いっしょに家に入ってほしい？」ジェイクの声は、低く柔らかかった。

そう、まさにわたしが考えていたこと。

先ほどからぞっとするような不吉な予感がして、気分が悪かった。ジェイクには、そばにいてほしかった。

「ソファーで寝てもいいよ。そのほうがよければ」ジェイクが淡々と言った。「朝になったら、大学まで車で送っていこう」

「なぜわたしがあなたに、ソファーで寝てほしいと思うのかしら？」ジャナは、かすかな辛《しん》辣《らつ》さと茶目っ気を含んだ口調で尋ねた。「金曜と土曜の夜のことは、憶えていると思うけど」

「もちろん憶えているさ」ジェイクが魅力的に唇をひねった。「そりゃあ、ソファーの申し出のほうを選ばないでほしいとは思ったけど、無理強いしたくなかったんだ」

ジャナは微笑んだ。「冷凍庫にラムチョップがあると思うわ。夕食はそれでいい？」

「ひとりで食べる冷凍ピザの代わりにってこと？　もちろん、いいよ」

「そう、それなら、帰らないで」

ジャナは煉瓦の歩道を歩いて家に向かい、ドアをあける前に防犯装置をいったん切ったが、ジェイクとともになかに入ると、すぐにふたたび作動させた。まっすぐ冷蔵庫のところへ行き、ジェイクが持ってきた白ワインのボトルを取り出して栓を抜く。「信じないかもしれないけど、いつもはあまり飲まないのよ。でも、きょうは必要ね」できるだけくだけた調子で言う。「ねえ、わたしが研究室から出ていったあと、ジリアン・ウェスリーは何か言っていた?」

答えを聞くまでもなかった。

ジャナはつぶやいた。「わたしのせいだわ」

ジェイクは、ジャナがふたつのグラスにワインを注ぐのを見ていた。「安心して。ジリアンは何も言わないよ」

「だったらいいんだけど」ジャナは一方のグラスをジェイクに渡してから、シャルドネをぐっと飲んだ。

ジェイクが少年のように唇の両端を引き上げて、にんまりした。「ジリアンはちょっと嫉《しっ》妬《と》してたけど、それも無理はないな」

いつもはとても謙虚なのに、ずいぶん尊大な言いかたに思えた。「少しいい気になっているんじゃない、クイン?」ジャナは言ったが、思わず口もとがゆるんでしまった。

「あなたに嫉妬してるんじゃない、ぼくにしてるのさ」ジェイクが説明して、眉をつり上げた。「気づいてないかもしれないから言っておくけど、ジリアンは男性より女性のほうがずっと好きなんだよ。週末あなたとベッドで過ごすのは、ぼくより自分であってほしかったと思ってるのさ」

それほどショックを受けはしなかった——現代社会に生きているのだし、大学ほど進歩的な場所はほかにないのだから——が、それでも女性の空想の対象になることには慣れていなかった。「知らなかったわ」

「ああ、やっぱり」ジェイクが低い声で言って、ワインをひと口飲み、百八十センチを超えるみごとな長身を、キッチンのカウンターにもたせかけた。「あなたは観察力が鈍いのかな、ジャナ？」

「どうもそうみたい」ジャナは認めた。

ジェイクの顔が、からかうような表情からきまじめな表情に変わった。長い指でワイングラスのわきを撫でる。「観察といえば、近所に青いトラックを持っている家はある？　淡い青で、かなり古びていて、あちこちさびている、フロリダ州のナンバープレートの？」

「ないと思うわ」ジャナは首を振った。

「土曜の朝、あなたを教職員用の駐車場で降ろしたとき、そのトラックを見たんだ。日曜の朝ここから出たときも、三軒先の家の前に駐まっていた。そしてきょう、レッカー車を待っているあいだに二度、そのトラックが通りかかった」

ジャナは冷えたワインをひと口飲んでから、ゆっくり言った。「言われてみると、わたしも見たわ。ほとんど毎晩、同じトラックがあの駐車場に駐まってた。大学で働いている誰かの車だと思っていたわ」

「ナンバープレートを控えておいたほうがいいかもしれない」

不意に、外がとても暗く感じられた。ジェイクは怖くなるほど真剣な表情をしていたし、誰かが意図的にジャナの車をパンクさせたのは確かだ。

「そうしたほうがよさそうね」ジャナは弱々しい声で同意した。

7

たった三十分で、すべてがわかった。名前、社会保障番号、銀行の預金残高……ジェイク・クインがどんな下着をはいているのかすらわかっている。アパートに忍びこむのは、たやすい仕事だった。きれいな教授の若い愛人は、たいして秘密を守る努力はしていない。

まあ、家に帰ったら、ちょっとばかり驚くことになるだろう。それは間違いない。〝監視人〟は、居間のテーブルに置かれていたあいつのパソコンを立ち上げ、手袋をはめた指でメッセージを打ちこんだあと、静かに立ち去ったのだから。

トラックを駐《と》めた場所まで一ブロック歩き、あのふたりがいっしょにいるところを想像しないように努めた。想像すると怒りが抑えきれなくなる。過去の経験から、それが不注意を呼ぶことはわかっていた。

アトランタのあの女……もう名前も思い出せないが、あいつがひどい邪魔立てをしたのだ。あの女がいちばん最初だった。おかげで危うく捕まりそうになった。

車に乗りこみ、にやりと笑う。

あのときより、今はずっと、ずっと上達している。

ジャナが絹のように腕のなかにすべりこんできて、ジェイクは情欲とともに胸の鼓動が速まるのを感じた。ジャナはどこもかしこも柔らかかった。柔らかな乳房が裸の胸に押し当てられ、柔らかな唇が唇に触れ、柔らかな髪が指をかすめる。ジェイクはうなじを手のひらで包み、キスをした。最初のふた晩をふたりで過ごしたとき、ジャナは最初、とても熱くなっていた。ジェイクも同じ反応を返し、互いの体をもっとゆっくり楽しむ前に、すばやく熱烈な交わりで欲望をなだめた。

今夜のジャナは、少し緊張しているのかもしれない。もしかすると、関係を築くという考えに慣れてきたのかもしれない。きょうのジャナは、何か違うものを求めている気がした。夕食のあいだでさえ、それが感じられた。ふたりは、ほんの少し違うまなざしで見つめ合った。そこには、もっと親しみのあるつながり、簡単に燃え上がってしまう体の強烈な高まりだけでなく、感情のこもった何かがあった。

ゆっくり、そっと、優しく。もちろん、できるとも。ジャナが求めるものならなんでも、どんなときでも与えられる。たぶん生まれてこのかた、これほど夢中になった女性はひとりもいない。思春期に経験した、のぼせ上がるような初恋のときでさえ。

まったく比べものにならない。

いやはや、とジェイクは胸につぶやいた。ジャナを抱きしめ、ただゆっくり、心ゆくまでキスをして、柔らかいベッドのなかで体を重ねる。ほんとうに、この女性と恋に落ちてしまいそうだ。もうそうなっているのかもしれない。手を触れる前から、恋に落ちていたのかもしれない。

縮み上がってしまいそうな考えだったが、なぜかそうはならなかった。ジェイクはとなりに寝そべる体の温かい曲線を、さらに強く意識した。ジャナが指で両腕を撫で下ろすと、小さな興奮のうずきが高まっていった。唇の味に股間が脈打ち、髪の香りさえもが、肉体的なものとは少し違う渇望を呼び覚ました。

ジェイクは彼女の耳にささやいた。「あなたと愛を交わしたい」

「今まさに、そうしてると思っていたんだけど」ジャナが穏やかに応じて、首のわきにキスをした。

「これは違う感じがする」口に出して、ただでさえおびえているジャナをさらに刺激すべきではなかったかもしれないが、とにかく言ってしまった。

少しのあいだ、ジャナは体を寄せたまま、じっと動かなかった。それから静かな声で言った。「ほんとうに？　見せてちょうだい」

少なくとも、ジャナは否定しなかった。その挑戦に、喜んで応じるつもりだった。「ほら、こんなふうに」ジェイクは優しくジャナを仰向《あおむ》けにさせた。太腿が自然に開き、そのあいだに体を置いて、硬い部分で彼女の入口をそっと突いてから、しっかり奥まで入っていく。

あまりにも心地よかったので、しばらく目を閉じて、ただそのひとときに浸った。なめらかな挿入を許す蜜の湿り気は、自分を求めてくれているしるしだった。熱い絹のようなひだに完璧に包みこまれると、心臓が激しく高鳴った。健康な大人の男として、ジェイクはいつもセックスを楽しんできたが、これは一段上の経験だった。ジェイクはただジャナと抱き合い、究極の親密さを味わった。

まぶたを開いてつぶやく。「たった今ぼくたちは、ふたりの人間がこれ以上近づけないところまで近づいているよね」

ジャナが震える笑みを浮かべ、薄明かりのなかで目を煙らせた。「女のほうがロマンチストなはずなのに。それは、わたしが考えるはずのことじゃないかしら」

ジェイクはまだ動かず、ただ彼女のなかでじっとしていたが、解放への欲求が全身を覆いつつあった。「ほんとうは何を考えていたんだい?」

「今その話がしたいの? こんなふうにしながら?」ジャナが軽く腰を上げ、さらにジェイクを奥へ導いた。

「話して」

「すべてが急すぎて、速すぎて、行きすぎていると考えていたの。それでも、今夜あなたがここにいてくれてうれしいわ。これがわたしの考えていることよ、ジェイク」

「ぼくも同じことを考えてた」ジェイクは微笑んだ。腰のくびれに当てられた指が懇願するようにぐっと力を加え、ジャナの美しい体がもどかしさを覚えていることが感じ取れた。

「というか、それにかなり近いことを」

「それから、なぜわたしたちの年の差が思ったほど気にならないのか、考えていたの。たぶん、今こうやってしていることに、あなたがかなり熟練しているからだと思うわ。気に障るかしら?」

「それだけ？　セックスに熟練してるから？」

「いいえ」ジャナが見るからにしぶしぶ認めた。「わかっているでしょう。何かを感じるわ。もう一度聞くけど、気に障るかしら？」

ちっとも気に障りはしなかった。最後に聞いた告白に有頂天になり、ようやく長く力強い動きで腰を上下させ始める。ジャナが例のごとく情熱的にリズムを合わせ、豊かな胸を震わせて、突かれるたびに背中を反らし、ジェイクの肩に軽く爪を食いこませた。

それは正常位での飾らない交わりだった。ジャナの開いた脚のあいだを、ジェイクが硬い分身で何度も貫き、オーガズムへとのぼりつめていくふたりの息づかいだけが響いていた。

飾らない交わりかもしれないが、あまりにも心地よく、ジェイクには信じられないほどだった。

「ああ、いきそうよ」ジャナがあっという間に喘ぎ始めた。「ジェイク……ああ」

ジェイクは決定的な瞬間に、ジャナが望むものを与えた。引きつる内側に向かって深く突くと、ジャナが小さく、とてもセクシーな叫び声をあげて達した。

睾丸のこわばりからして、ジェイクの解放もそう遠くなかった。ジャナの体がゆるみ始めると、ジェイクはあと二回動いてうめき、荒々しいエネルギーとともに絶頂感にのみこまれた。全身が反応して震えた。

しばらくたってから、ジェイクはジャナの背中を撫でてぴったり抱き寄せ、彼女が眠りに落ちるのを見守った。自分も疲れているはずだったが、元気そのものだった。暗い寝室に目を凝らし、次に何が起こるのだろうと考える。

将来を予測することはできないさ、とジェイクは胸につぶやき、寝そべってジャナの規則的な息づかいに耳を澄ませた。去年からずっとチャンスを待ち、実現を願い、今こうして、ジャナのベッドで二度めとなる夜を過ごしている。まったく自然に思える一方で、どこか幻想のようにも感じられた。

不快ではあったが、論理的には、タイヤを切り裂いた人物に少し感謝すべきかもしれない。あの事件がなければ、これほど早くふたたびジャナとベッドをともにしてはいないだろう。今夜のふたりの親密さは、ひとつには、ジャナが必要とするときその場にいたからだという気がした。

ジョンソン教授は、人に頼ることには慣れていない。とはいえ、今夜はジェイクがそばにいることでだいぶ安心しているようだ。

もし自分の思いどおりにできるなら、いつだってそばにいるのだが。

青いトラックの男がひどく気にかかり、頭の片隅がもやもやした。車が二度めに通りかかったときには、少しだけ長めになかをのぞきこめたが、それでも明るい色の野球帽と、ほぼ間違いなく白人らしいということしか確認できなかった。

たいした手がかりにはならない。

ジャナの車に起こったこととはなんの関係もないかもしれない、と自分に言い聞かせ、天井を眺めた。ジャナがとなりにぴったり寄り添い、息を吐くたびに胸を柔らかくくすぐった。

科学的とはいいがたいが、直感は、あの男に関係があると告げていた。しばらくしてようやくジェイクは、落ち着かない眠りに落ちていった。

IQが約束したほど、しっかり秘密は守られそうになかった。ひとつには、朝七時半に生物学部棟の前まで車で送ってもらったとき、おそらく五、六人の知り合いが、ジェイクの車から降りて階段をのぼっていくジャナを見ていたことだ。まったくジェイクのせいではないけれど、望んでいたようなひそかで目立たない関係とはいえそうになかった。

まったく。それだけでもじゅうぶん悪いのに、次はこれだ。ジャナは椅子の上でわずかに背中を反らし、オフィスにいる警察官たちを眺めた。ひとりはかなり若かったが、それでもジェイクよりは年上で、どこから見ても礼儀正しかったものの、ジャナは気恥ずかしさとかすかな屈辱を感じた。もうひとりはもっと年上で、もう少し無愛想で、どことなくジャナの決まり悪さをおもしろがるような様子を見せながら、侵入者がジェイクのパソコンにどんな言葉を打ちこんだかを説明した。

〝おまえが彼女とやっているのはわかっている〟

「ありふれたメッセージとはいえません」若いほうの警察官が、申し訳なさそうに説明した。「クインさんが通報してきたとき、どういう意味だと思うか、尋ねる必要がありました。彼は話したくなさそうでしたが、最後には話してくれました」咳払いをする。「どうやら、対象に当てはまるのはあなただけのようです。あなたの身が心配だと言っていました。あなたの車と彼のアパートに起こったことを考えると、それも無理はないでしょう」

「われわれが知っておくべき人物はいますか、ジョンソン教授？」年長のほうの警察官が、ぶっきらぼうにきいた。「昔のボーイフレンドや恋人で、あなたがほかの男性とつき合うことに難癖をつけそうな人物は？　ほんとうのことを話してもらえると助かります」

ジャナはきっぱりと首を振った。「いいえ、誰もいません。ほんとうです」

「ジェイク・クインを除けば、ですか」

「それはどちらかというと、ごく最近のできごとなんです」ジャナは答え、自分が冷静で平然として見えることを願った。「二年前に夫を亡くしてから、ジェイクとのことがあるまで、あなたが言う意味でつき合った人はひとりもいません」

「青いトラックについては？」

「ジェイクに言われるまで気づきませんでしたが、言われてみると、ときどき見かけていたことを思い出したんです。持ち主がここで働いているのかと思っていました」

若い警察官は穏やかな物腰をしていた。「あなたが駐車している教職員用駐車場の許可証によると、そうではなさそうです。われわれが話した大学の警備員は、厳重に警戒すると言っていました。彼らはときどき駐車場の様子を見て、すべての車がそこに駐める許可を得ているか確かめているはずですから」

「それに、男がいつメッセージを打ちこんだのか、正確にわかっていることも忘れないでください。男はそれを保存していました。つまり、クインさんが自宅にいないと知っていたということです。ふつう、午前二時には自宅にいるものでしょう。どうやら、男はほんとうにあなたを監視しているようだ」

なんてこと。ますますひどい展開になっていくわ。

ジャナは、ふたりの警察官の顔を順番に見た。「ええ、たしかに何もかもがとても気がかりですけど、ジェイクのアパートに押し入ったり、わたしの車をパンクさせたりするような人物について、まったく心当たりはないんです。どうすればいいんですか？」

年長のほうの警察官が言った。「気をつけてください。油断しないように。戸締まりをして、夜はひとりで出かけず、駐車場は避けてください。まあ、どんな女性でも心がけるべき一般的なことですけどね。しかしあなたの場合は、今現在、細心の注意が必要です。唐辛子スプレーを持っていないのなら、買ってください」

「どれも理にかなった助言ですね」ジャナはかなりの落胆を覚えながら応じた。

ふたりが立ち去ったあと、ジャナはコーヒーを淹れて、震えそうになる両手を情けない思いで見つめながら、カップを持ち上げて口に運んだ。

机の上の電話が鳴り、ジャナは反射的に手を伸ばした。「はい、ジョンソンです」

「監視しているぞ」

一瞬、言葉が聞き取れなかった。シューシューと歯の隙間《すきま》から漏れるような声に、ひどく驚いたからだ。「なんですって？」

「監視しているぞ」男が繰り返した。「警察がたった今立ち去った。そうだろう?」

みぞおちに、ねじれるような吐き気を感じた。「誰なの?」

「じきにわかるさ、教授。クインに新たなメッセージがある。伝えておけ。〝教授はおまえにとって、最も高くつくお相手になるだろう〟と」

電話が切れた。ジャナはショックを受け、心の底からおびえて、しばらくその場に座りこんでいた。危険が迫っている可能性を考えるだけでも怖いのに、不気味な声を聞いたせいで、突然すべてがひどく現実味を帯びてきた。両手をぶるぶると震わせながら、受話器を置く。

ジェイク。

ジャナは急いで立ち上がり、廊下に出て研究室に向かった。午前の半ばで混雑していて、少なくとも六人の学生が、さまざまな実験に取り組んでいた。ほっとしたことに、ジェイクもそこにいた。もちろん、たいていはいるのだけれど。

目を上げてこちらを見たとき、何かおかしいと気づいたのは間違いないようだった。

こそこそしている場合ではないわ、とジャナはおびえながら考えた。重大な事態だ。それに、たった今気づいたことがあった。心配そうな褐色の目でこちらを見つめている若者の身に、何ごとも起こってほしくなかった。その考えそのものが恐ろしく、あとで分析する必要がありそうだった。

「話があるの」ジャナは差し迫った声で言った。誰に聞かれていようとかまわなかった。

「ジャナ、幽霊みたいに真っ青だよ。何があった?」

「わたしのオフィスでいい？」ジャナは震える声で言い、ジェイクの手をつかみさえした。その指は温かく力強く感じられ、自分の指は氷のように冷たかった。

「わかった」ジェイクがきびしい顔でうなずき、あとについてドアから出た。ジャナはぼんやりと、学生全員がこちらをじっと見ていることを意識した。いったい何ごとだろうといぶかっているのだろう。ジャナが駆けこんできて、大学院生を引っぱっていくことなど、めったにないのだから。しかし彼らにどう思われようと、今はほとんど気にならなかった。

オフィスに入るとすぐに、ジャナはドアを閉めて、椅子に座りこんだ。「男が電話してきたの」

「男？」ジェイクは一瞬戸惑った顔をしてから、勢いよく言った。「まさか、冗談だろう？そいつはなんて言った？」

ジャナは言葉どおりにすべてを伝え、現実に起こっていることに対する理解の色が、ジェイクの顔に浮かぶのを眺めた。話し終えると、ジェイクはしばらく黙ったままでいた。それからつぶやくように言った。「どうやらそのろくでなしは、深刻な心の問題を抱えているようだな。もう一度、警察に電話したほうがいい。あなたの通話を録音するとか、何かできることがあるはずだ」

ジャナはジェイクのほうを見て、深く息を吸った。「最後の部分は、あなたに対する直接的な脅しだったたわ」

「うん、たしかにそんなふうに聞こえたたな」

「あの男は、簡単にあなたのアパートに入りこんだのよ。あなたは、わたしのところに泊まったほうがいいかもしれないわ。とりあえず、うちには防犯システムがあるし」

ジェイクが、例の少年のような表情でにんまりした。「ぼくがその招待を断ると思うかい？　百パーセント同意するよ、教授。昨夜の一件も考えると、あの男はぼくにたいへんな恩恵を施《ほどこ》していることに気づくべきだな」

ジャナは、お手上げだというしぐさをした。「こんなときにどうして冗談が言えるのか、よくわからないわ、ジェイク」

「ほかにどうしたらいいか、わからないんだよ」ジェイクが椅子のほうに身をかがめてキスをした。温かくゆっくりと、唇が押しつけられた。まっすぐ背中を伸ばしてから、もう一度微笑む。「あのさ、あなたから申し出てくれてうれしいよ。どっちにしろ、ぼくから提案するつもりだった。自分のためじゃなく、あなたのためにね」

ジャナは首を振った。「すっかり呆然《ぼうぜん》としてしまったわ。いやでたまらない。なんだか……わたしらしくなくて。腹立たしくもあるわ。何者かが、こんなふうにわたしたちの人生に干渉するなんて」

「その響きは気に入ったな」

ジャナは目を上げて、ジェイクの褐色の目を見つめた。まなざしは揺らがなかった。「なんですって？」

「〝わたしたちの人生〟」

そう、たしかにそう言ったわよね？「そういう意味で言ったんじゃないのよ」ジャナはささやいた。

「いつかそういう意味で言うのを、もう一度聞きたいな」ジェイクがつぶやいた。

8

楽しみの大半は、計画と期待感のなかにある。ついにその段階に差しかかり、飢えと渇望《かつぼう》に駆り立てられ、これから起こるはずのことに活力を吹きこまれたとき、そう気づいた。きれいな教授は、今やおびえている。若い愛人も、おそらく少し不安になっているだろう。あいつらがこちらの気配を察し、目的を感じ取っているのは明らかだ。メッセージが受け取られてから一週間がたち、見たところふたりは始終ともに過ごしている。クインは、小柄な男ではない。スポーツ選手並みの体格で、背が高く、筋肉は引き締まっている。おそらく、彼女と自分の身を守れると思っているのだろう。

だが、力不足だ。〝監視人〟はにやりと笑いながら考えた。まったくの力不足。時がくれば、容易に片がつく。

しかし、終わらせるにはまだ早すぎる。この楽しみをおしまいにしてしまうには。ビデオを送りつける時だ。そうすれば、もう一段階先へ進められるだろう。

包みは車の助手席に置かれていたが、ジャナはたしかに鍵をかけた記憶があった。本能的に顔を上げ、あたりを見回す。青いトラックはなかったが、ここは大学のキャンパスで、たくさんの人が歩いていた。本格的な秋の冷気が訪れて、最近は気温がぐっと下がり、みんな上着の襟を立てている。

「いったいこれはなんだ?」ジェイクがドアをあけて、包みを見据えた。何も書かれていない小さなマニラ封筒は、ごく無害に見えた。今朝ここに着いたときにはなかったという以外は。

「見当もつかないわ」ジャナは、みぞおちに不快感を覚えながら言った。

一瞬ふたりは、BMWの屋根越しに視線を交わした。ジェイクの褐色の目には、ジャナの反応が投影されていた。混じり合う怒りと苛立ちに、かなりの恐怖が加わっている。端整な顔がこわばり、冷たい風が髪を乱した。「あなたの車には防犯装置があるのに」

「そうね」ジャナは身震いした。冷たい秋風のせいばかりではなかった。「警察を呼ぶべき?」

「これがなんなのか、どこから来たのかすらわからないんだ」ジェイクが首を振って身をかがめ、包みを取り上げて封を切った。なかには、ケースに収められたなんの表記もない簡素なディスクが入っていた。「指紋や何かが残っている見込みはまずないだろう。あの男は、そういうことにはひどく巧妙だから。車に乗ろう。外は寒すぎる。家に持って帰って、なんなのか見てみよう」

家。ジェイクはとても自然にそう言った。正直なところ、身に危険が迫ってさえいなければ、この二週間はすばらしい日々といってもよかった。なんだか、女として、人間として、ふたたび息を吹き返したみたい。内側から何かが溶けていくようで、ちらりと垣間見える幸せに、自分でも切望しているとは知らなかった充足を感じた。

ひとことで言えば、ジェイク・クインは完璧に思えた。優しく、知的で、責任感が強く、ほかにもたくさんの美点がある。ベッドで情熱的なのはもちろん、普段から察しがいい。華々しい外見の下にはとても善良な男性がいて、いまだに年の差を感じはしたが、それははぐくまれつつある関係のなかでは、ごく些細《ささい》な瑕《きず》に思えた。

たしかに、同僚からは何度か〝超人クイン〟のことでからかわれたけれど、それも考えていたほど煩《わずら》わしくなかった。ただひとつの問題は、あまりにもあっという間に、あまりにも居心地よく感じられるようになったことだった。いったいどうしてふたりは、ふつうなら乱暴に思えるほど唐突な生活空間の共有に、するりと移行できたのだろう？　あの家は、長いあいだジャナだけのものだったというのに。

でも、それはほんとうに問題なの？

ストーカーの存在に関係なく、ジェイクが家にいてくれるのはうれしかった。ベッドのなかにいてくれるのも、人生のなかにいてくれるのもうれしかった。いや、単純にジェイクが好きだった。

好きというだけでは、足りないかもしれない。

どうして誰かにそれを壊されなくてはならないの？　ジャナは憤《いきどお》りを覚えながら、運転席に乗りこんで車のエンジンをかけた。

「あいつはたぶん、どこか近くにいて、これを見つけたぼくたちの反応を観察してるんだ」

ジェイクが窓の外をじっとにらみ、ジャナは車をバックさせて駐車場から出した。「あいつを見つけてぶちのめしてやりたいという、本能的な欲求を感じざるをえないな」

「あなたがそうするところを見たいという、本能的な欲求を感じるわ」ジャナは応じて、運転に集中して不気味なディスクのことは考えないように努めた。

「ああ、でもまずはあいつの正体と、何が目的なのかを突き止めなくては」

ジャナは、また胃がむかむかしてくるのを感じた。「タイヤのことを除けば、ほんとうの悪事を働いたわけではないわ」

「まだ、ね」ジェイクは手短に答え、視線を動かさなかった。

簡潔な言葉は真実で、反論はむずかしかった。

家は静かで平穏に見えた。入念に錠を下ろされ、高価な防犯システムを備えた避難所だ。それはブライアンが、自分の出張中に必要だと言い張って取りつけたものだった。ジャナが車庫に車を駐《と》め、ふたりは家に入った。ジェイクはすぐさま居間に足を向けた。壁際の大きな桜材のキャビネットに、AV機器がこぢんまりと収まっていた。ジェイクが扉をあけ、DVDプレーヤーにディスクを入れて、ボタンを押した。

ジャナはコートを脱ぎながら、自分の声を聞いて凍《こお》りついた。くるりと振り返って、テレビの画面を見据える。

映像が揺らめいてから、ピントが合った。

言葉ではない。うめき声。

た。

まさか、そんな。

一瞬の間のあと、状況をのみこみ、激しい怒りに駆られて、不意に全身がかっと熱くなった。

画面のジャナは裸で仰向けになり、ひざを曲げて大きく広げていた。ジェイクの黒い頭が、開いた脚のあいだにあった。あのときは夢心地に感じられた巧みさと熱心さで秘めた部分を舐め、両手で裸のお尻を包んでいる。屈辱と恐怖のまなざしで見つめていると、画面のジャナはジェイクの口に向かって背中を反らし、またうめいてから、彼の名を呼んで絶頂に達し、体をわななかせた。

「なんてことだ」ジェイクが荒々しくつぶやいた。「冗談だろう？　これはあなたの寝室だ」

「消して」ジャナは頼んだ。

ジェイクが振り返ってこちらを見た。その顔にもやはり、怒りに駆られた驚きがあった。

「いや、待って。撮られた日がわかるかどうか、見てみよう」

「たった今、男がここにいてもおかしくないのよ」ジャナは少なからずうろたえて指摘した。

「家のなかに」

「それはないと思う。あいつはぼくたちをからかってるんだ」

画面が空白になり、それからまた動き出した。今度はジャナがひざをつき、裸の胸をカメラの中心に向け、乳首をぴんととがらせていた。ジェイクは枕にもたれて寝そべり、みごとに勃起した分身をお腹の上にそそり立たせていた。ふたりで凝視していると、ジャナが身をかがめて、ジェイクのものを口に含んだ。それは大きかったので、ジャナは同時に手で撫でつけ、睾丸をもてあそびながら上下に動き、吸ったり舐めたりした。

「火曜日だ」ジェイクが聞き取れないほど低い声で言った。

ジャナはちらりと目を向けて、自分の声とは思えない声できいた。「どうしてわかるの？」

「だって、あなたが初めて口でしてくれた日だよ。ぼくが忘れると思うのかい？　注意しながら、見続けるんだ。あの一夜だけか、数夜にわたるのか、確認できるかもしれない」

ジャナはそうした。自分たちを悩ませている誰かに、こんな親密なひとときを見られていたなんて、考えただけで不快だった。

事態はどんどん悪くなっている。

DVDは一時間近くも続き、明らかに編集されていた。まるで劣悪なポルノだ。あるいはもしかすると、最高のポルノかもしれない。なぜならふたりは演技しているのではなく、ほんとうに互いの体を楽しんでいたからだ。かなりバラエティに富んでいて、ふたりが試したほとんどの体位が含まれていた。ジャナが上になってジェイクに乗り、目を閉じて頭をのけぞらせ、悦びにはあはあと喘いでいる。ジェイクがジャナの背後に覆いかぶさって胸をつかみ、突いたり引いたりのリズムに合わせてふたりで動いている……。

あらゆる断片は、ふたりが分かち合った性の交わりを映し出し、そのすべてが生々《なまなま》しく私的なものだった。

悪夢だわ。ジャナは取り乱しながら考えた。

画面が空白になると、ジェイクがボタンを押して振り返った。「カメラは一度も動かなかった。数夜にわたって撮られている。あなたの寝室のどこかだ。たぶん、一日のある時間になると自動的に始まる設定か、動きを感知して作動するかのどちらかだろう」

「どうやって侵入したの？」ジャナは寒気を覚えながら尋ねた。「ジェイク、どうすればいいのかしら？」

「まずは警察を呼ぼう。カメラを見つけてくれるかもしれない」

「警察にビデオは見せられないわ！」

ジェイクが豊かな髪を指でかき上げ、黒髪をいつも以上にくしゃくしゃにした。「ぼくだって乗り気なわけじゃないけど、もしこれが唯一のディスクだと思っているなら、考え直したほうがいい。ことによるとぼくたちは今や、インターネットでスターになっているかもしれないよ。ジャナ、やっぱり、通報したほうがいい」

「警察はこれを見たがるはずだわ。絶対いやよ」

「そうかな」ジェイクが唇を固く結んだ。「もしかすると、こういうものがあると言うだけですむかもしれない。タイヤを切り裂かれ、アパートに押し入られ、脅迫電話までかかってきたんだ。これ以上証拠がなくても、信じてくれるかもしれない」

「ポップコーンを山ほど買って、楽しむかもしれないわ」ジャナはとげとげしく言った。「たぶん、これがあの男の望みなのよ。わたしがビデオのことを通報したがらないとわかっていたんだわ。きっと今ごろどこかに座って、わたしたちふたりに屈辱を味わわせながら、自分は罪を免れることを考えてほくそ笑んでいるのよ」

ジェイクが両手をジーンズのポケットに入れた。濃い色の目は揺らがなかった。「わかった。判断はあなたに任せるよ。ぼくが自分でカメラを捜して、黙っていることにする。でも言っておくけど、そういうやりかただと、あの男に主導権を与えることになるような気がするんだ」

たしかに、このままではいられないだろう。ジャナは柄にもなくヒステリックな激情にとらわれながら、そう感じていた。涙がこみ上げてきて、ごくりと唾《つば》をのんだ。「わたしたちがしたことを、何ひとつ恥じてはいないわ」ジャナは言った。「だけどこれは、わたしとあなたのあいだだけのことなのよ」

「そうであってほしいよ。もちろん、そのはずだったんだ」いつも実際的な科学者であるはずのジャナが、そういう部分を失いかけている一方、ジェイクは腹立たしいほど落ち着いて見えた。「でもあの変質者が相手となると、それは危ない賭けだ。考えてみれば、わかるはずだよ。あいつは、ぼくたちの知り合いの誰かにＤＶＤのコピーを送るかもしれない。あの野郎は、ぼくの小切手帳とメールを見た。両親の住所まで知ってるんだ、まったく。きょうにも、両親がコピーを受け取っているかもしれない」

「ジェイク」ジャナは弱々しい抗議の声をあげてから、ほかにどうにもできず、ソファーのほうへ歩いて座りこんだ。脚にまったく力が入らなかった。「そんなこと言わないで。まだお会いしたこともないのよ。ああ、あなたの言うとおりだったら、どうしましょう？　それこそ最悪の事態だわ」

「いいや」ジェイクが反対してから、歩いてきてとなりに座った。両腕をジャナの肩に回して、なぐさめるようにこめかみに唇を押し当てる。「恥ずかしいけれど、最悪の事態じゃないさ。最悪の事態は、あの男の病的な計画がなんであろうと、やつにこの件で勝たせてしまうことだ。さあ、警察に電話しよう」

どうしてそんなことができるだろう？

でも、ほかにどうすればいいの？

ジャナは力なく言った。「わかったわ」


これが正しい行動であればいいのだが。そして自分たちがものごとをきちんとわきまえていればいいのだが、とジェイクは考えた。

まったく、そうであってほしいと祈らずにはいられない。

ありがたいことに、刑事はＤＶＤの始まりの部分をちらりと見ただけだった。ふたりの制服警察官は二階に上がっていた。彼らはカメラを見つけられなかったが、ベッドの頭板の裏に粘着物の跡を見つけた。まるで最近何かが貼りつけられ、はがされたかのように。

ブロンドの髪をした若く控えめなラーキン刑事は、アパートへの不法侵入があったあと、捜査に来た人物だった。こちらに同情し、深く案じているようだった。「カメラがなくなっていることには驚きませんね。どうして高価な電子機器を失うリスクを冒すでしょう？　男はあなたたちが盗撮のことを知った瞬間、それを捜すとわかっていたに違いありません」

ジャナはまだ、趣味のいい居間のソファーに座って、ショックを受けた様子だったが、先ほどよりは少しだけ落ち着いて見えた。「男はどうやって入ったの？　わたしはいつもしっかり防犯システムをセットしているわ。誰かが窓やドアをあければ作動するはずだし、直接警察につながるようになっているのよ」

「業者に点検させて、すべて正常に動いているかどうか確かめたほうがいいでしょう。わたしの経験では、そういう装置は抑止力にはなりますが、断固として侵入するつもりの者なら、それをかいくぐることもあります。とりわけ、犯人がその技能を持っている場合はね」ラーキンが少し間を置いてから、冷静な声で言った。「男は、自分がすぐ近くにいるとあなたにわからせたいのでしょう。それははっきりしています。自分があなたの家に侵入したこと、あなたの職場や寝室でのできごとまで知っていることをわからせたいのです、ジョンソン教授。ストーカーはたいてい、被害者に対して強い独占欲をいだきます。どうやら、あなたがクインさんとつき合い始めたのを知って、怒りに火がついたようです。男が電話であなたに言ったことと、パソコンに打ちこんだことからして、あなたに対する興味が高じて、ほかの誰かと性的な関係を持ったことに憤慨していると考えられます」

「ぼくも、そんな印象を受けていますよ」ジェイクはそっけなく言った。「ききたいのは、次にあいつがどうするつもりなのか、です」

ラーキンが肩をすくめた。「なんとも言えません。それが問題です。ああいう男たちは、われわれと考えていることが違いますからね。今思いつくのは、近隣の住民に見知らぬ男に気をつけるように伝え、ときどき警察官に見回りをさせることとくらいです。脅しの効果はあるかもしれません」

「きっとそういうことは予測しているはずだ」ジェイクはつぶやいた。「登録されている性犯罪者のリストはないんですか？　近隣に住む者たちを確認して、電子機器に関わるなんらかの仕事に就いている人物がいないか、調べられますか？　カメラはぼくたちが気づかないほど小さかったはずだし、あいつは彼女の家や車の防犯装置まで突破しているんですから」

「調べてみましょう」ラーキンが答えて、腕時計をちらりと見た。疲れたように唇を結ぶ。「何か興味深いものが見つかったら、あした電話します」

刑事たちが去ったあとも、ジャナは座ったままでいた。ジェイクはとなりに戻って、ためらいがちに手を取った。ジャナの指は繊細で壊れやすく感じられた。「あした防犯システムの点検が終わるまで、モーテルに行くべきかもしれない」

「あいつが追いかけてきたら？」

ジェイクは男なので、ジャナがどう感じているかは一部しか理解できなかった。自分は何より怒りを覚えていたが、ジャナの手の震えだけからしても、おびえきっているのが感じられた。「ぼくが運転するよ。あなたは、少しでも追いかけてきているように見える者がいないか、見張っていてくれ。どうだい？　ぼくたちはどちらも賢い人間だし、今起こっていることをきちんと把握している。疑わしいものを見つけたら、すぐに通報しよう」

「わかったわ。いい考えかもしれないわね」ジャナが立ち上がってスカートのしわを伸ばし、笑みを浮かべてみせた。すばらしくまつげの長い目は、いつもより濃い青に見えた。「これまでずっと、自分にはどんなことにも対処できる能力があると考えてきたわ。ブライアンに最初の診断が下ったときでさえ、打ちのめされたけれど、なんとか負けずに耐え続けた。でも、今回は……」

「わかるよ」ジェイクはきまじめな口調で言った。「今回のことは、ぼくの得意分野からもずいぶん外れているからね」

「あなたがそばにいてくれて、とてもうれしいわ」胸を刺すようなかすれ声だった。

「もちろんそばにいるよ。あなたを愛しているんだ」

こんなふうに初めての告白をするつもりではなかった。あまりロマンチックとはいえないタイミングで、出し抜けに言うつもりではなかった。しかし、その言葉は止めようもなく唇からこぼれてしまった。

ジャナが柔らかな唇を開いて、こちらをまじまじと見た。

ジェイクは急いで言い足した。「あなたは何も言う必要はないよ。このことについては、いつかその気になったときに話せばいいさ。今は、二階に行って、一泊分の荷造りをしたらどうかな」

ジャナがうなずいて階段のほうへ向かったとき、ジェイクは自分ががっかりしたのか、それともほっとしたのか、よくわからなかった。数分後、ジャナは小さな革のスーツケースを持って現れた。玄関扉の錠を下ろすときには顔をしかめてみせたが、とりあえず防犯システムの暗証番号を打ちこんだ。小さな赤い光がぱっとついた。

ジェイクはゆっくり車を運転して近隣を抜け、少しでも警戒心を刺激するものがないかと目を凝らしたが、通りはがらんとしていて、冷たい風が吹きすさぶ十月の夜に家々の明かりが映え、青いトラックはどこにも見当たらなかった。ジェイクは繁華街に車を向けた。追いかけてくる者がいれば、見逃すことはほとんどありえない地区だ。一方通行の道と信号がいくつも続き、よほど詳しい人間以外には迷路のようなものだった。ジェイクは、人気の騒がしいステーキ店を選び、席に着いたとたん、ビールを注文した。

ジャナはマティーニを注文し、完璧な漆黒の眉をつり上げてみせた。ウェイトレスが足早に去り、ジェイクはくすくす笑った。「ふさわしい注文でしょう」ジャナが言った。

「まさに」ジェイクは同意して、口もとをぴくりと動かした。煌々《こうこう》とした明かりや騒がしさや人込みに、ジャナがそれほど緊張した様子でもなかったので、ほっとした。「三杯飲むといい。ぼくに幸運が訪れるかも」

「逆よ、IQ。徐々《じょじょ》に、幸運なのはわたしのほうだという結論に達しつつあるわ」ジャナがそう言いながら、かすかにまつげを伏せ、一瞬目をそらした。「いい考えだったわね」いきなり話題を変える。「いつもは、何よりも家にいたいと思うんだけれど。楽な服装に着替えて、気が向いたら暖炉の前でワインを一杯飲むの。あなたも知っているとおり、料理も大好きだし。リラックスできるのよ。でも今夜は、このほうがいいわ」

ジャナの顔にこの状況に対する不安や緊張が表れていないのなら、それに越したことはなかった。それよりジェイクは、ジャナが最初に口にした言葉に、まだ少し心を揺さぶられていた。しかし、飲み物が来たおかげで、返事を考えずにすんだ。

ジェイクは泡立つビールを飲みながら、ジャナがミディアムレアのリブロースステーキと、サワークリームとバターを添えたベイクドポテト、ブルーチーズドレッシングのサラダを注文するのを聞いていた。それから若いウェイトレスに向かってうなずき、こう言った。「同じものを」

ふたりは食べながら、自分たちの人生を刑事ドラマのようなものに変えてしまった男のことは話さないように気をつけた。食事が終わると、州間高速道路に車を向けて、ありふれたモーテルを選んでチェックインした。ジェイクは両親が住むミシガン州の住所を使い、現金で支払いをした。とはいえ、追跡されていないという自信はあった。部屋に入ると、ジャナがすばやくドアに錠を下ろした。

「ぼくたちがここにいることは、誰も知らないよ」ジェイクは優しく請け合った。

「わかっているわ。そういうことではないの」ジャナが靴を脱ぎ捨て、スカートのファスナーを下ろした。「ほんとうに、心から、あなたと愛を交わしたいの。ついでに、もしあなたが火曜日のことを再現してほしいなら、それもするわ。服を脱いで」

ジェイクはにんまりした。瞬く間に股間が膨らんできた。「その必要はないよ。でも、どうしてもと言うなら……」

ジャナはスカートが床に落ちるに任せて、頭からぐいとセーターを引っぱった。小さな黒いパンティーと黒いレースのブラジャーだけという姿は、思わず息をのむほどだった。ブラジャーの前のホックをパチンと外すと、透き通るように白く美しい乳房が豊かにこぼれ出て、乳首はすでに硬くとがっていた。次はパンティーだった。ジェイクは、自分もできるかぎり急いで服を脱ごうとした。

ベッドでのジャナはときにいたずらっぽく、ときにひたすら情熱的になったが、ジェイクが思い描いたことのあるどれほど奔放で淫らな空想より、いつも上をいくのだった。

ジェイクが先に寝そべり、その胸をジャナがぐいと押して上に乗り、腰にまたがった。太腿のあいだはすでに濡れていた。勃起した部分の上でジャナが軽く体を揺すり、先端をこすると、熱い湿り気が感じられた。

「もう一度言って」ジャナがかすかに息を切らしながら言い、脚を広げて体を前後させ、胸を軽く揺り動かした。

「何を言えって？」ジェイクは、ジャナの変わりやすい気分に少し慎重になって尋ねた。

「さっき言ったこと」

ほんとうにそれがジャナの望みなのだろうか？　行きすぎてしまうことが心配だったが、要求を誤解したふりはしなかった。

両手でジャナのお尻を包む。「愛している」ささやき声で言った。

「早すぎるわ」ジャナが反論し、淫らに体を動かして、自分たちふたりにじらすようなすばらしい悦びを与えた。

「いいや、そんなことないよ、教授。相性がぴったりだから、反応が加速されただけさ」

ジャナのなかに入りたくて、小さなうめき声が漏れた。

「あなたが愛しているのは、これでしょう」ジャナが体の位置を変え、片手を下へすべらせて硬いものを握り、体を沈ませて、きつく熱い内側へジェイクを導けるようにした。

「うん」ジェイクは同意して、軽く上へ突いた。「これを愛しているよ。でも、あなたのことも愛している。ジャナ・ジョンソンという人を。女性としてだけでなく」

「セックスのせいよ」

ジェイクは不意に動き、しなやかな一度の回転でふたりの体の位置を変え、自分が上になって主導権を握った。ジャナにキスをしてから、きっぱりと言う。「いいや、それだけじゃないさ。さあ、ぼくはそれを知っている。あなただって、知っている。あなたはそれが怖いんだ」

ジャナは瞳を輝かせ、唇を震わせて、ジェイクの上腕をぎゅっとつかんだ。「あなたの言うとおりかもしれない」

押し殺したささやくような告白は、ほとんど聞き取れないくらいだった。

「怖がらないで」ジェイクは優しく諭《さと》して、もう一度キスをしてから、動き始めた。

9

あいつらはどこかに隠れている。

すばらしい。こちらがすべてを支配していることを、そろそろあいつらも認める頃合いだ。

おかげでひと晩休みが取れた……まあ、ある意味で。

〝監視人〟はソファーにもたれかかった。座り心地はよくないが、この粗末なアパートに心地よいものなどひとつもない。とはいえ、大きな目的のためには犠牲がつきものだ。犠牲を払う用意はあったし、そのための鍛錬《たんれん》も積んでいた。しかし今は、ただ楽しく過ごすつもりだった。

さっと指を動かすと、テレビ画面が変わった。

リモコンをわきに置いて、ジーンズのファスナーを下ろし、性器を取り出す。一心不乱に絡み合う映像を見ながら、ゆっくり撫でつけ始めた。

あいつらは、おそらく今もやっているのだろう、と考える。

まあ、クインはできるうちに楽しんでおいたほうがいい。あすにはすべてが終わるのだから。

呼び出し音を聞いたジェイクはポケットに手を伸ばし、携帯電話をさっと開いた。見覚えのない番号だった。いつもはそういう電話には出ないのだが、今の状況を考えて、とりあえずボタンを押した。「もしもし？」

「クインさんですか？　ラーキン刑事です。ええとですね、ちょっとした進展がありました」短い間があいた。「あなたとジョンソン教授の問題がすべて解決するわけではありませんが、多少のヒントにはなりそうです」

「なんですか？」ジェイクは、研究室にいるほかの学生たちから遠ざかるため、並んだ冷凍庫の近くにある別の一室に向かって歩いた。「今の時点では、ジャナもぼくも、役立ちそうな情報ならなんでも聞いておきたいと思います」

「あなたは、青いトラックがどうも奇妙だと指摘しましたね。そのことで、大学の警備員が電話してきました。二カ月前、教職員用の駐車場の、ジョンソン教授が車を駐《と》めている場所で、違反切符を切ったことがあるそうです。フロリダ州のプレートをつけた青いピックアップトラックでした。切符は自動的に発行されて、大学から登録証の所持者に郵送されます。この場合は、支払いは行われませんでした。持ち主が、盗難を報告していたからです。運よく、システムからデータを呼び出せました」

「なるほど。たしかに、青いピックアップトラックがますます疑わしくなってきましたが、さらなる見通しが得られたわけではありませんよね？」

「少しは得られたかもしれません」ラーキン刑事が不吉なほど深刻な声で言った。「トラックの持ち主は、リサ・グリーソンといいます。彼女によると、車を盗んだのは弟のジョンだそうです。フロリダ州警察が、フォートマイヤーズ近郊の自宅で強姦《ごうかん》され殺された女性について、聞き込みに来た直後に。弟が車に乗って走り去るのを、実際に見たそうです」

ずっと、何かがおかしい、何か悪いことが迫りつつあると感じてはいたが、これは歓迎すべき知らせではなかった。「ちくしょう」ジェイクはつぶやき、髪をかき上げた。

「まだあります。グリーソンは、別のストーカー殺人事件の容疑者でもあったんです。これは、ジョージア州アトランタで起こりました。五年前ですが、警察は逮捕できませんでした。じゅうぶんな証拠がなく、やつは逃れました。この事件では――」ラーキンが重々しく続けた。「最初に女性の恋人が殺されています。よく似た手口です。まず脅し、電話、不法侵入。フロリダの事件では、恋人は行方不明で、いまだに発見されていません。警察は最初、その男を主要な容疑者としたんですが、グリーソンに狙いを定めてからは、もしかすると先に消されたのではないかと考え始めました」

ジェイクは自分よりはるかにジャナのほうが心配だったが、それでもあまりほっとした気分にはなれなかった。「アトランタでは、やつがどんなやりかたをしたのか、話してもらえますか？」

電話口の向こうから、ラーキンがおもしろくもなさそうに小さく笑うのが聞こえた。「きかれるんじゃないかと思いましたよ。わたしがあなたの立場なら、気になりますからね」

「どうも」ジェイクはそっけなく言った。

「やつは家に押し入って、ナイフか鉈《なた》のようなものを使いました。もっと聞きたいですか？」

「どうかな。それで元気づけられることはなさそうですね。でも、いいですよ。続けてください」

「グリーソンは電気技師です。大きな大学を好成績で卒業して、短いあいだですが、よりによって、警備システムを設計する会社に勤めていたことがわかっています」

なんてことだ。

ジェイクが黙っていると、ラーキンが続けた。「グリーソンは現在、フロリダ州で指名手配されています。われわれがすべきことは、逮捕できるよう、やつを発見することです。たしかにやつは頭が切れますが、妄執に取りつかれてもいます。FBIとも話しました――午前中ずっと、電話していましたよ。現時点では、ジョンソン教授を追いかけ回している男はグリーソンだとほぼ確信しています。他の犠牲者の特徴からして、彼女はぴったり当てはまりますからね。聡明で美しい、専門職の女性。それにいいですか、ふたりとも大きな大学で働いていたんです。やつが簡単に紛れこめる場所で」

手のなかの携帯電話が重く感じられた。ジェイクはゆっくり言った。「ぼくも、グリーソンが犯人だと思います。ききたいのは、どうやるかです。どうやってやつを見つけるんですか？」

「そうですね、グリーソンが州外へ逃げた連続殺人事件の容疑者であることを考えると、今回の件に対するわたしの興味もがぜん強くなります」刑事の声は、ぞっとするほど真剣だった。「もしやつがあなたとジョンソン教授を追いかけてくるなら、われわれはぜひともその場にいたいと思います」

「ああ、もちろん、どうぞご遠慮なくお越しください」ジェイクは皮肉っぽく言って、いったいどうやってジャナにこのことを話そうかと考えた。あの男がちょっとした連続殺人犯だと知ったことは、ジェイクにとっても衝撃だった。間違いなくジャナは、これまで以上におびえてしまうだろう。

「まじめに言っているんですよ」ラーキンの声が物思いをさえぎった。「今回の件に、間近で目を光らせていたいんです」

「お願いしますという言葉が、まじめじゃないとでも思うんですか？　鉈を振り回すどこかの変人なんて、まったくぼくの趣味じゃありませんよ。ぼくは生物学者です。今回の件は、ぼくの専門分野からはだいぶ外れています。具体的には、どんな対策を取るつもりですか？」

「警察官をふたり、家のなかに張りこませます。あなたがたがふたりとも仕事に出ているあいだは、少なくとも同じ人数を、通りの目立たない場所に配置します。ですがわたしは、やつが家を襲うと考えます。以前にもそうしていますし、ものごとを同じように進めるのが、やつの儀式の一部であるらしいからです。わたし自身はこの種の事件を扱ったことはありませんが、われわれでなんとか対処します。あなたとジョンソン教授は、ただふつうにふるまって、待機していてください」

「それはずいぶん、簡単そうですね」

「われわれ抜きで、ふたりきりでいるよりましだと思いますが」

「わかりました。それは認めますよ」

「また連絡します。手はずを整えましょう」

ジェイクは携帯電話を閉じ、少し考えてから、また開いてボタンを押した。呼び出し音を三回鳴らしたあと、母が出た。なじみ深い声が、ジェイクの朝に表面的な日常を運んできた。

「おはよう。ぼくだよ」

お決まりの近況報告として、母から町でのできごと、弟が先日のフットボールの試合で勝利したこと、父の血圧などについて聞かされたあと、ようやく話すきっかけをつかんだ。

「母さん、お願いがあるんだ。何か普段と違うことが起こったら、ぼくの携帯に電話して。いいね?」

「どういう意味?」

「差出人不明の郵便小包を受け取るとか、誰かが電話してきて変なメッセージを残すとか、そういうことさ」グリーソンが不法侵入によって両親の住所を知ったことには、冷や汗が出る思いがした。実家までは、車で四時間の道のりだ。もし誰かがジェイクを本気で困らせたいと考えれば、家族を利用することは大いにありうる。

「ジェイク、何か悪いことでもあったの?」

「そうとも言えるし、そうでないとも言える」ジェイクは認めた。「ただ、用心してほしいってことさ、いいね？　ふつうじゃないことが起こったら、すぐに電話して」

「なんのことだか、よく――」

「最近、会ってる人がいるんだ」

この言葉で、母の注意をすばやくそらすことができた。「会ってる人？　女の子ってこと？」

いろいろ心配ごとがあるとはいえ、思わず口もとがゆるんだ。「女性だよ。けっこう真剣なんだ」ジェイクは打ち明けた。「じつは一年前から知り合いなんだけど、つい最近になって、ようやく交際にまでこぎ着けたんだ。うまくいってるよ。すごくうまく」

もちろん、連続殺人犯につけ回されていることを除けばだが。

いやはや、これはふたりの関係にとって明らかな障害だな。ジェイクはうんざりしながら胸につぶやき、話を終えて電話を切った。


「電話が壊れてるとうかがったんですが」

おずおずしたノックの音に、ジャナは目を上げた。修理工が、先ほど生じた単純な故障を詫《わ》びるかのような様子で、オフィスのすぐ外にたたずんでいた。「ええ」ジャナはてきぱきと言った。「まったく通じないの。さっき報告したばかりよ。ずいぶん早いのね。悪気はないけど、いつもは何日もかかるでしょう」

男が気安い笑みを浮かべた。「混んでるんですよ。この大学には、三百棟以上の建物があるんで。よろしければ、どこが故障してるのか見てみましょう」

「ええ、ありがとう」ジャナは椅子から立ち上がった。「十分後に授業があるの。終わったら、ドアを閉めておいてくれれば、それでだいじょうぶよ。自動的に錠が下りるから」

「わかりました」男はかなり若く、たぶん三十歳くらいで、茶色の髪をしてさっぱりとひげを剃《そ》っていた。ジャナが部屋を出ていこうとすると、うなずいて床に工具箱を置いた。なんとなく、以前にこの男をどこかで見かけたような気がした。まあ、大学の建物内を修理して回っているなら、それもありうるだろう。

遺伝学の講義のあいだは、上の空に近いほど、気が散ってばかりいた。ありがたいことに、これがその日最後の授業だった。ジャナは足を引きずるようにしてオフィスへ向かった。一日の仕事が終わった安堵と、神経をピリピリさせる夜がやってくることへの不安を同時に感じていた。

警察はジャナとジェイクに、何ごともなかったかのように家にとどまることを求めた。警備会社が電話してきて、防犯システム全体が機能していないと告げたにもかかわらずだ。どういうわけか電気は通じていたので、ライトは作動しているかのように点灯するが、実際の警報器の部分は配線から外されていた。

なんてこと。

ジェイクは、ラーキン刑事との会話をすべて伝えてくれた。ジャナの人生を損なおうとする青いトラックに乗った顔のない男に名前がつけば、もっと落ち着いた気持ちになれるだろうと、自分に言い聞かせてきた。しかし、それはまったく役に立たなかった。それどころか、男がふたりの女性と少なくともひとりの男性を残忍な方法で殺したと知って、事態はさらに悪くなった。

男が利口で、努力して学位を取った大卒者だというのも信じたくなかった。講義をするたび、教室に歩み入るたび、また新たな犯罪者が現れるのではないかと考えてしまいそうになる。

オフィスのドアは閉まっていた。電話が通じるようになったのだろう。喜ぶべきではあったが、どちらにしてもきょうは一日じゅう、誰とも話す気にはなれなかった。鍵をあけ、なかに入る。

ほとんど即座に、手で口を覆われ、耳にきしるような声が響いた。「こんばんは、教授」ジャナは必死に動いて抵抗したが、腕が容赦《ようしゃ》なく首に巻きつき、気管を痛いほど締めつけた。

「だめだ、あばれるな。そんなことはするな。まだその時じゃない。男が先だ」襲撃者が、おそらく足で押してドアを閉めた。ジャナは息をしようと抗い、耳にとどろいたうなり声の向こうに、錠がカチリと下りる音を聞いた。

男の腕に爪を食いこませたが、ジャケットのようなものを着ているので、痛手を与えることはできなかった。少したって、気を失うかもしれないと考えていたちょうどそのとき、圧力がゆるんで、喘いだりむせたりしながら息をつくことができた。男はすぐさま、また締めつける力を強めた。

「あんたはいいにおいがする」男が耳にささやいた。「思ったとおりだ」

まさか、嘘！

「クインは、あんたが何時に仕事を終えると思ってる？　じつに都合がいい。あんたは遅くまで働くし、あいつもそうだ。あんたたちふたりがまだここにいても、誰も何も思わないだろう」

ジャナの頭はぐらつき、肺は空気を求めて焼けつくようだった。男をどなりつけ、どういうつもりか問いただしたかったが、あいにく、答えは知っていた。

レイプ……殺人……頭がくらくらして、取り乱した声で小さく喉を鳴らすと、襲撃者が含み笑いをした。

「あんたはきっと気に入るよ」男が、人間的な感情を失ったかのような恐ろしいしゃがれ声で言った。「約束する」

ああ、そんな……。

いきなり床に押し倒されたとき、ジャナは転がって逃げようとしたが、容赦ない手と重たい体にがっちり押さえこまれてしまった。これまで一度も気を失ったことはなかったし、今はふさわしいタイミングとは思えなかったが、激しいめまいがしていた。そのとき襲撃者がジャナの髪をつかみ、ぐいと顔を上向かせた。

何かねばねばしたもので口をふさがれても、どうすることもできなかった。

どうすることも。

むきだしの床はとても冷たく、ジャナは手首と足首に電話線のようなものを巻きつけられ、むなしくもがき続けた。


ジェイクは研究室のドアに錠を下ろした。首の筋肉がこわばり、背中が痛んだ。おそらく一日じゅう神経をとがらせていたせいだろう。自分と同じくジャナが家に帰りたがっていないとしても、驚くには当たらない。ラーキン刑事がだいじょうぶだと請け合ったとはいえ、餌《えさ》として利用されているような気がしないでもなかった。警察官——本物の銃を携帯し、本物の訓練を受けている——が今夜家にいてくれることには感謝していたが、ジャナをどこか安全な場所にかくまっておかずに、人殺しのストーカーの通り道にとどまらせることには今も不安を感じた。

守りたい、という深い感情がこみ上げてきた。

ほぼ全員が帰宅してしまい、二階の廊下はがらんとしていた。ジャナのオフィスまで歩く。ドアは閉じ、明かりは消えていた。ジャナがひとりで帰るはずはない。帰れないはずだ。車を運転してきたのはジェイクだし、鍵はポケットのなかにある。ジェイクは眉をひそめて、軽くノックした。「ジャナ？」

答えはなかった。

そのとき、何かが聞こえた。かすかな物音、小さなうめき声。ジェイクは凍りついた。

「ジャナ！」ドアノブをがたがたさせると、簡単に回ったので、すばやく押しあけた。

最初に目に飛びこんできたのは、床にこぼれたジャナの髪、飾り気のないリノリウムに広がるつややめく黒い色だった。横向きに倒れてこちらに顔を向け、両手を背中で縛られて、両足首は電話線で固くひとつに結ばれている。片方の靴が脱げ、不埒《ふらち》なほど傾いてかたわらに転がっていた。口にはテープのようなものが貼られていたが、サファイア色の目はしっかり開いている。

ジャナがまた束縛に抵抗する高い声を漏らし、激しく首を振った。

いったいこれはどういうことだ？

ジェイクはとっさにジャナを助けようとし、部屋に足を一歩踏み入れたが、目の端で何かの動きをとらえて、さっと後ろに下がった。

ナイフの最初の一撃が、持ち上げた腕を包むジャケットの袖をとらえた。前腕のちょうどまんなかあたりで、刃が革をバターのように切り裂き、皮膚と神経に触れるのを感じた。

くそっ！

ジェイクは片足を軸にして回転し、傷を負った腕を振り上げて、身を守ろうとした。襲撃者はすばやく、部屋は狭かったので、次の一撃を受けて後ずさると、机にぶつかってしまった。

グリーソン――に違いない――が飛びかかってきて、棍棒《こんぼう》のように大きなナイフを振り回した。

ジェイクはひょいとかがんだ拍子に、ほとんどジャナの上にのしかかるように倒れこんでしまった。おそらく自分のほうが三十キロ以上重いのだから、ひどく痛い思いをさせたに違いない。

それが腹立たしくてならなかった。

ほんとうに、ほんとうに腹立たしかった。出血もしていたが、あまり気にかけなかった。襲撃者が突進してくると、ジェイクは片脚を上げて思いきり蹴った。男のひざ頭に足が命中し、大きなバキッという音がした。男が痛みに叫んだ。徹底的にやるつもりらしく、机のわきをつかむ。

「まだこれからだ」ジェイクは歯を食いしばって言った。血がシャツとジャケットを濡らすのを感じながら、急いで立ち上がる。「この変態野郎め」もう一度蹴り、今回は立ち上がりかけた男の顎先をしっかりとらえた。

グリーソンは頭をのけぞらせたが、どうにか転倒せずにこらえた。

まだ手放さずにいた邪悪なナイフをさっと振り、ジェイクの脚をぎりぎりでかすめる。ジェイクは跳び退《とびすさ》り、ジャナのうつぶせの体でつまずかないように気をつけた。

武器も持たずに流血の戦いをするには、あまりにも狭すぎる場所だった。

しかし、実際にはそれはこちらの有利に働いた。ジェイクのほうが大柄ですばやく、部屋じゅうに血をこぼしてはいたが、いつになく激しい気持ちに突き動かされていた。床に倒れておびえている女性が、地球上の何よりも大切だったからだ。

さっと切りつけたり、けん制したり、退いたり。

グリーソンは、先ほどの蹴りのせいで口から血を流しつつ、また襲いかかってきた。目を憎しみでどんよりさせ、胸を波打たせて、ナイフを振り上げる。

ジェイクはとっさに横へ飛びのき、持てるかぎりの力で拳《こぶし》を突き出した。

ぐしゃりという恐ろしい音がして、指関節に痛みが炸裂《さくれつ》した。顔を狙ったのだが、代わりに思いきり首を打ちつけてしまった。鈍い音にぞっとさせられた。グリーソンはくずおれたが、ひざをつきながらも、まだ手に持った武器を中途半端に振り動かそうとした。

幸い、それは空を切った。

一瞬ののち、部屋は静まり返り、自分の激しい息づかいだけがジェイクの耳に響いていた。呆然として、終わったのだと気づくまでに少し時間がかかった。アドレナリンの分泌があまりにも高まっていて、グリーソンが明らかに意識を失っているにもかかわらず、もう一発殴りたい気持ちを抑えるのがたいへんだった。

それから震える息を吐き出し、ようやくジャナのとなりにひざをつくことができた。口に貼られたテープを引きはがす。「ひどい目に遭《あ》ったのかい？」ジェイクは尋ねた。あまりにも取り乱した声だったので、ジャナが理解できたかどうかわからなかった。

「いいえ」喘ぎ声が答えた。「あいつは機会を待っていたの。ああ、なんてこと。あなた、ほんとうに血だらけよ」

ジェイクは力ない笑みを浮かべてみせた。「ああ、わかってる。あなたの両手の束縛を解いたら、救急車を呼んでくれるかな？　それからラーキンも、このことを知りたがると思うんだ」

ジョンソン教授が目に涙を浮かべてうなずいた。「ええ、もちろんそうするわ」


二十九針縫う傷、動脈の損傷、指の骨折。もっとひどいこともありえたと考えるのが、この知らせを前向きに受け止める唯一の方法だった。

実際、出血の量から予測していたよりは、軽傷といってもよかった。ジャナは座って椅子の背に頭をもたせかけ、周囲の騒がしさを遮断《しゃだん》した。病院のことはよく知っている。待合室のこともよく知っている。状況はまったく違うけれど、押し寄せる記憶はつらいものだった。

愛は、失うことに対して人を臆病にさせる。

もう一度それを味わう心の準備はできているのだろうか？

できていようといまいと、すでにそれは始まっている気がした。

ジェイクは緊急治療室からは出たが、出血多量のため入院していた。病院にいられるのはいいことだった。かなりの痛みがあるだろうし、片方の腕を切り裂かれ、もう片方の手をギプスで固定されていては、ほとんど自由に動けないだろうからだ。

「コーヒーをおごらせてもらえませんか？　病院のまずいやつじゃなくて、本物の」

穏やかな声を聞いて、ジャナは少しだけ背中を伸ばした。ラーキン刑事がそばに立ち、カップがふたつ載ったトレイを手にしていた。微笑んで続ける。「巡査に、通りの向こうから買ってこさせたんです。このくらいしかできませんから」

「すごくうれしいわ」ジャナは湯気を立てるカップをありがたく受け取り、フレンチローストの香りを感謝の思いで吸いこんだ。

ラーキンが疲れたようにとなりに座った。「慰めになるかどうかはともかく、グリーソンはジェイク・クインよりもっとひどい状態ですよ。顎の骨折と、脊椎《せきつい》の損傷。首への一撃が原因で、かなりの運動障害が残るだろうということです。あなたの彼氏は、すばらしいパンチを持っていますね」

そう、たしかにジェイクは、名前に恥じない行動を取った。まさに超人だ。勇ましさと猛々《たけだけ》しさを発揮して、ヒーローになった。自分の命のために戦い、自分たちふたりを救うためにすばらしい働きをした。

まったく、学部の崇拝者たちがこのことを知ったら、いったいどうなることやら。ジャナはぐったり疲れながらも、胸の内で小さく笑った。

「おぞましい戦いでした」生きているかぎり、扉から入ってきたジェイクにグリーソンが飛びかかっていく光景を、忘れることはできないだろう。

「あなたのオフィスの状況とふたりの容態からして、たしかにそうでしょうね。こういう結果に終わったことを、ただ感謝するだけですよ」ラーキンがコーヒーをひと口飲んでから、床を見つめた。「見込み違いをしていました。グリーソンは最初の犠牲者たちを彼らの自宅で殺害したので、また同じ手口を使うだろうと推測したんです。あなたを職場までつけ回していたことは知っていたのだから、すぐさま大学周辺の見張りをもっと厳重にすべきでした」

「刑事さん、ここは大きな大学で、数百の建物があり、四万人の学生を抱えているんです。紛れこもうと思えば、簡単にできます。生物学部棟も同じです。広くて、一日にありとあらゆる種類の、数千人の学生が出入りしているんです。わたしの遺伝学のクラスだけでも、二百人以上の学生がいるんですから」ジャナは首を振った。「大学であの男を見つけるのは、ほとんど不可能に近かったでしょう。まっすぐオフィスに入ってこられて、話しかけられても、本物の修理工ではなくあの男だとは、思いもしませんでした」

ラーキンが首の後ろをさすって、ため息をついた。「おっしゃるとおりかもしれません。ああいう連中のことは、誰にも予測がつきません。事例を聞かされても、わたしには決して理解できないんです。グリーソンはその典型的な例ですね。工学の学位を取るほど頭がよく、見た目も悪くなく、平均的な中流階級の家に生まれています。なのに、どこかしら頭の配線に欠陥があったんですね」

あの混じりけのない恐怖の時間。成り行きを見守ることしかできず、両手両足を縛られ、自分だけでなくジェイクまで殺そうともくろむ殺人犯を目の前にして……。まだ生々しすぎて、そのことについて考えるのは耐えがたかった。

「きっとそうね」ジャナはつぶやいた。コーヒーはおいしかった。温かく、元気づけてくれるかのようだ。現実より悪夢に近い夜のなかで、ひとつ好ましいものが見つかった。

ラーキンが横目でちらっとこちらを見た。「グリーソンがクインさんを先に襲うことにしたのは、致命的な失敗でしたね。ＦＢＩが、プロファイリング部門から一日かけて膨大な資料をファックスしてきました。グリーソンのような男たちは、自分が大きな力を持っていると感じる必要があります。それが、連中の存在を支えているんです。だからたいてい、犠牲者たちは若く、小柄で、肉体的にか弱い人たちです。小児性愛者やレイプ愛好者、連続殺人犯などは、みなそれと同じ欲望に駆られて動く傾向があります。グリーソンは、自分より体格的にまさっているだけでなく、七歳も若い男性とあなたがつき合い始めたことを、ひどく不愉快に思ったに違いありません。あの男は、平均的な身長で、おそらく七十キロそこそこですからね。それでも、勝てると考えたのでしょう」

ジャナはあの男の顔を――あの男に関わるすべてを――頭から遮断してしまいたかった。

「二十五歳の男性とつき合う、もうひとつの利点ということかしら」ジャナは淡々と言った。となりに座っている人に、ほんの少しとはいえ露骨な映像を見られたという事実を、恥ずかしく思いながらも受け入れていた。

刑事が眉をつり上げてから、言葉の意味に気づいて笑った。「第一の利点がなんであるかは、きかないことにしましょう。心配しないでください、ジョンソン教授。グリーソンのアパートの捜索は行われますが、写真やビデオが見つかっても、証拠として使う必要はないでしょう。ビデオが存在することは、わたしがいつでも証言できます。あの男が、最初のふたりの犠牲者と同じようにあなたをつけ回していたことは、はっきりしています。きょうの襲撃が、間違いなくそれの裏づけとなるでしょう」

「長く暗い一日に、ひと筋の陽の光が射したわ。ありがとう、刑事さん」

となりに座った若い男性が、穏やかな視線を向けた。「まったく逆ですよ、ジョンソン教授。きょうは暗い一日じゃありません。わたしが目にしてきた暗い日々というのは、すべてが悪い結果に終わってしまうときのことです。あなたにとってきょうは、たった今太陽が顔を出し、空には雲ひとつない、そんな日だと思いますよ」

エピローグ

さて、興味深い展開になってきた。

ジャナは背筋を伸ばして歯ブラシをつかみ、ゆっくり歯を磨きながら鏡を眺めた。

いつもとまったく同じに見えた。ほどいた黒髪、青い目、顔も同じ、何もかも同じ。

いや、そうでもない。

バスルームから出ると、ジェイクはまだ眠っていた。ベッドの彼の横に戻り、温かさに浸る。ジェイクはいつもどおり自由奔放に悠々と眠り、細身の体をゆったり休め、ベッドの半分よりはるかに広い場所を占領して、長い脚を伸ばしていた。右手はまだギプスで固定されていたが、左腕はくっきり残る傷跡を除けば正常に見えた。

ジェイクがそばにいてくれるのは奇跡だ。ジャナは押し寄せる熱い気持ちに、喉が詰まりそうになった。

ああ、なんて幸運なのだろう。

ためらいがちに、ジェイクの胸のたくましい曲線に手をすべらせる。驚くほどがっしりと男らしく感じられた。

じりじりと身を寄せ、片方の太腿をジェイクの脚にかけた。

ほとんどすぐさまジェイクが身動きして、濃いまつげをかすかに上向けた。「うーん……

おはよう」

「おはよう」ジャナはジェイクの顎にキスをして、早朝の粗《あら》い無精ひげを軽く舐め、もう少し動いて体の上に乗った。

ジェイクは気に入ったようだ。濃密な声で言う。「こんなふうに起こされるのは歓迎だけど、きいていいかな、いったい今何時だい？」

「六時よ」ジャナはジェイクの乱れた髪に指を差し入れ、下唇をついばんだ。

「六時？」

「朝のね」

「朝の六時にセックスをするのは、健康に悪くないのかな？」ジェイクがきいたが、本気で言っているのではなかった。すでに股間が膨らみ始めているのが感じられた。

「セックスと言えば……」こんな伝えかたでいいのだろうか？　よくわからなかった。これまでの人生では、経験しなかったできごとだから。

ジェイクがまだ目を半分閉じたまま、片手でジャナの背中をゆっくり撫でた。「うん、セックスと言えば？　ぼくたち、していたっけ？　ぼくのほうは、ぐっすり眠っていたと思うんだけど」

「ええ。あのね、わたしのほうは、妊娠したみたいよ。今テストしたところなの。陽性だったわ」

この言葉は明らかに、ジェイクの注意を引いたようだった。褐色の目を大きく開き、ぴたりと体の動きを止める。「今、なんて言った？」

「ここ二週間くらい、もしかして、と思っていたの」ジャナは打ち明けた。「そんなに気にはしていなかったんだけど、ただ……もしかすると、って。わたしたちは何も使っていないでしょう。でも、ブライアンとわたしもそうだったのよ。子どもが欲しかったけど、ふたりとも仕事に没頭していたし、いつまでたってもできないから、気にしなくなっていたの」

「ぼくたちに、赤ちゃんができたのかい？」ジェイクが呆然とした表情で言った。

そう、これが正しい言いかたなんだわ。ジャナは夢のような満足感のなかで考えた。体を動かして、完全にジェイクの上に乗り、裸の胸に裸の乳房を押しつけて、腰の上にまたがる。

「ええ、わたしたちに赤ちゃんができたの。気づくのに時間がかかったけれど、体が変化していくのがわかるわ。現代科学は、それがすべて真実だと告げている」

「すばらしいよ」ジェイクがよくなったほうの手を上げて、ジャナの頬に触れた。例のセクシーな微笑みが、お腹に欲求の渦を送りこんだ。「ジャナ、ほんとうに？」

「すばらしいのはあなたよ。いいえ、あなたは超人的よ」身をかがめ、軽く優しく唇に唇を押しつけて、キスをする。「さあ、もしよかったら、すべてがそもそもどうやって始まったのか、再現できないかしら？」

「もちろんできるさ」ジェイクが約束した。

幸運なことに、〝超人クイン〟は約束を守る男だった。

愛は吹雪のなかで

献辞

アシュリーとチェルシーに。医者と連邦捜査官？
あなたたちが子どものころ部屋を共用できなかったのも無理はないわね。

主な登場人物

ケリン・バーク……………………………医者。
ジェシー・マカッチャン…………………建設会社社長。
ロブ・バーク………………………………会計士。ケリンの兄。

1

最初に落ちてきた大きくふわふわした白い雪片は、まったく脅威には感じられなかった。たしかに、ラジオは午後じゅう陰気な声で、大吹雪《おおふぶき》が発生し、アメリカ中西部の北からカナダへ向かうだろうと力説していた。しかし天気予報はしょっちゅう外れているし、運に任せてあと数キロ車を走らせる価値はあるように思えた。

一キロ、一メートル、一センチ進むごとに、少しだけ安全になった気がした。

しかし、ケリン・バークは、このくねくねとした細い郡道を取ったのは大きな失敗だったと認めるしかなかった。もちろん、殺伐《さつばつ》とした雰囲気の高速道路で苛立《いらだ》たしげな運転手たちに囲まれるより、はるかにのんびりできる。それに、ふつうは取りそうにないルートだから、はるかに目立たなくてすむ。周囲にはとげ立った松林があり、ときどき雪に覆われた北部らしい素朴な湖がちらりと見えたので、はるかに美しくもある。それでも、失敗は失敗だ。雪が本格的に降り出し、風で横殴りに吹きつけてくるまでは、少しくつろいで楽しみ始めてさえいたのに……。その風はどこからともなくやってきて、細い道路に白く巨大な柱を何本も渦巻かせた。あまりの激しさに一瞬何も見えなくなり、ときどき心臓が止まるような思いをした。

美しく小さな白い雪片が最初にフロントガラスに落ちてきてからたった二時間で、状況は急速に死の危険をはらむものへと変わりつつあった。

時速十五キロでのろのろと進んでも、あまり役には立たなかった。ケリンはハンドルの上に身をかがめ、目を見開いて、手探りで地図を捜した。動揺を声に出してつぶやく。「あのいまいましい町の名前はなんだった？ ここからどのくらい？」

かさかさという紙の音で欲しいものが見つかったことがわかり、さっと目の前に引き上げた。トマホークの町の位置を確認して、すばやく地図を下ろす。まずまず大きな黒い点で表示されているから、モーテルがあるかもしれない。

もしたどり着ければだが。道路は目の前で消えてしまったかのようだった。大きくしなう木々の確かな姿だけが、どこへ向かうべきかを教えていた。吹きだまりが恐ろしいほど車の制御をむずかしくさせ、すでに何度か突っこむはめになっていた。風はラジオから流れるロックを上回る音で、木々の頂から不気味なうなり声を響かせていた。

しかし災厄は、自然の猛威でも、ますます暗くなっていく広大な森でもないところからやってきた。

最初にそれとなく危険を知らせたのは、ダッシュボードに瞬《またた》く赤い光だった。車が故障してしまったのだ。

インディアナポリスを出てからすでに何度かエンジンが止まっていたが、毎回たやすくかけ直すことができた。それに、停止して誰かに見てもらおうとはまったく考えなかった。

パワーステアリングが効かなくなり、ゆるゆるとすべったあと、一メートルほどの吹きだまりに助けられ、がくんと揺れて止まった。雪がフロントガラスを打ちつけ、ワイパーはただ動いているだけで、雪を取り除いてはいないようだった。ヘッドライトが白い壁をぼんやりと照らす。空はあまりにも暗くなっていたので、まだ夕方前だということが信じられなかった。ケリンの両手が震えた。イグニッションキーを手探りする。

エンジンが息を吹き返したと思ったとたん、いきなり静かになった。

まさか。ケリンは取り乱しながら考えた。冗談でしょう。よりにもよって、あれほどひどい数カ月を経験した者が、こんな不運に見舞われるなんてありえない。猛吹雪の田舎道で、車の故障？　よっぽど神様に嫌われているらしい。

もし神様がいるのならば。これまでずっと、いると信じてきたが、最近は疑問に思えてきた。

もう一度試す。今回は、反応の点火音も、心をほっとさせるエンジン音もしなかった。今回は、ただキーが静かにカチリと鳴っただけだった。

「いい加減にして！」ケリンは狼狽《ろうばい》と痺《しび》れるような恐怖で、むせびながら悪態をついた。もう何キロも、別の車とすれ違っていなかった。それに、正気の人間なら外出はしないだろう。もしかすると、除雪車が通りかかるかもしれない……いや、こんな天候では、道路整備の人たちは主要幹線道路の除雪をするだけで手一杯だろう。インディアナ州でさえ、冬の嵐のあいだ、枝道はかなり危険になることが多い。

通行不能になる道もある。

ケリンはヘッドライトをつけたままにした。それが理にかなった行動に思えた。五分間、苦しい思いで待ってから、ふたたびエンジンをかけようとした。うまくいかなかった。金《かね》のかかる役立たず。ケリンは胸の内でののしり、必死でパニックを起こさないように努めた。数分が過ぎた。もう一度キーを回そうとする。この、どうしようもない無能なキー。すでに不安になるほどすばやく、寒さを感じ始めていた。窓からぼんやり外をのぞいても、ガラスの向こうで白いものが吹きつけたり、引いたり、波のように躍ったりしている以外は何も見えなかった。ケリンは震えながら待った。みごとなまでの皮肉な状況が、周囲の凍《こお》りついた森の深い深い沈黙と同じくらい、重くのしかかってきた。

ひたすら待った。ただ座っているのはつらかったが、ほかにどうすればいいのかまったくわからなかった。

これで、どちらにしても死ぬのかもしれない。

少なくとも、こちらの死は安らかだわ。ケリンは自分に言い聞かせ、座席の背に頭を預けて、目を閉じた。上着は仕事のときに着ていく軽い羊毛製で、悪天候には不向きのドレスコートだった。両手をしっかりポケットに入れていても、指が冷たくかじかんだ。じきに、車のなかでも息が白く見えるようになるだろう。

状況が悪くなるにつれ、とうとうほんとうに息が見えるようになった。明るい兆候ではない。

出し抜けに、すぐ近く、左耳から数センチのところでノックの音がして、ケリンは跳ねるように身を起こした。ぱっと目をあけ、首を傾けて、運転席の窓から外を見据える。降りしきる雪でかすんではいたが、人の顔が、なかをのぞきこんでいた。

「だいじょうぶですか？」叫び声は風でくぐもって聞こえた。

人の顔。もうひとりの人間。ここまで来る交通手段を持っているはずの誰か。

救助だ。ぼんやりと認識する。少したってから、ようやく落ち着きを取り戻し、ドアのわきにあるボタンを手探りした。バッテリーが上がりかけていて、窓があくまでにひどく時間がかかった。冷たい風と雪が吹きこんで顔に当たり、息をのむ。「だいじょうぶです。でも車がエンストしてしまって」

窓の外にいる人が、体をまっすぐ伸ばした。背の高い男性だ。風のうなり声の向こうから、なめらかなエンジンのアイドリング音が聞こえた。言葉はほとんど吹き飛ばされそうだったが、男性はこう言ったようだった。「車を降りて、ぼくといっしょに来たほうがいい」

まったく知らない人の車に乗るですって？

とんでもない。

ケリンは首を振って、また吹きつける雪を吸いこんだ。窓をあけていたほんの短いあいだに、横の座席には小さな雪の山ができていた。ケリンは大声で言った。「ありがとう。でもけっこうです。よかったら、レッカー車を呼んでいただけますか？　わたしがここにいることを知らせてくれます？」

一瞬、男性の姿が白い柱にのみこまれて消えた。長身の体さえ覆い尽くされてしまったようだ。風のなかで叫ぶ声がした。「数日は……誰も……ここには……来ませんよ。きっと……大雪警報で……通行止めです」

「でも……」

男性が不意に身をかがめ、あいている窓から車のなかに頭を入れた。ケリンははっと身を引いたが、雪に覆われた黒い髪と、褐色の瞳、固く結んだ唇を見て取った。男性がきっぱりと言った。「喜んであなたを車に乗せてあげるつもりですが、あと一分でもここで待っていたら、ぼくたちはふたりとも、どこへも行けなくなりますよ。さあ、いっしょに来るか、やめるかです。ここは自由の国だから、あなたが凍《こご》え死《じ》にしたいなら、止めはしませんけどね」


ジェシー・マカッチャンは、ゆっくりトラックのギアを入れた。タイヤが数秒間空回りしたあと、四輪駆動が作動して、車は目をくらませる雪の壁のほうへぐらりと前進した。

少なくとも、ここ三年で最もひどい吹雪なのは間違いない。突然襲ってきて、あまりにもすばやく雪を積もらせ始めるので、どこにも行けなくなり、何もできなくなり、自然の猛威という概念をまざまざと見せつけられることになる、恐ろしい現象だ。

となりに座っている女性が身震いした。浅い呼吸の音が聞こえ、抑えきれない体の震えが伝わってきた。ジェシーは言った。「もしエアコンの温度を上げたいのなら、どうぞ。やってあげたいんですが、道路らしき場所から目を離すと、確実にオッター湖のどこかに沈みそうですからね。そのいちばん上のボタンです。赤のところまで回してください」
「ありがとう」つぶやくような声だった。

数秒後にはファンが勢いよく回り、暖かい空気がジェシーの顔にも吹きつけた。髪についた雪が溶け始め、コートの襟から首の下へ流れ落ちた。となりの若い女性が、この車に乗ったことに不安を覚えているのは明らかだった。斧《おの》を持った殺人鬼や連続強姦魔《ごうかんま》に間違われることには慣れていなかったので、何を言えばいいのかよくわからなかった。気軽な調子で質問をしてみる。「あそこにどのくらいいたんです？」

「わかりません。一時間か、もっと長かったかも」女性の声は小さく、かすかな南部訛《なんぶなま》りがあった。

「ヘッドライトがついていなければ、通りすぎていたかもしれない」

「幸運でした。あなたがあと五分遅かったら、間に合わなかったでしょうね、ミスター……？」

「マカッチャンです」ジェシーはよどみなく答えた。

「ミスター・マカッチャン」堅苦しいほど丁重に応じる。「なにしろ、バッテリーが上がりかけていましたから。もう窓も、完全には閉まりませんでした。雪のせいで、車の内装がだいなしにならなければいいですけど」

「どんな損害をこうむろうと、自分がゆっくり氷のかたまりになっていくよりはましでしょう」ジェシーは無頓着《むとんちゃく》に聞こえるようさらりと言い、懸命にルーン通りに入る脇道を捜した。

もしそれを見逃したら——この猛吹雪のなかではじゅうぶんありうる——かなり厄介な事態に陥るだろう。直感ではもう少し先だと確信していたが、視界のきかない状況と徐行《じょこう》のせいで、まともな判断材料は何ひとつなくなっていた。

女性からの答えはなかった。

タイミングのいい救助への、ありがとうの言葉も。

ジェシーはすばやく横に視線を走らせてみた。女性は長いコートのなかに縮こまり、襟を立てて、小柄な体をぴんとこわばらせていた。緊張感が波となって伝わってくる。とはいえ、頭のてっぺん以外はほとんど見えなかった。ジェシーは道路に、というより道路だと思える場所に、すばやく視線を戻した。「よかったら、ちょっと手助けしてもらいたいんですが」

声をかけると、女性がはっと身動きした。「どんな？」

「コロラド唐桧《とうひ》の木を捜しているんです。道路のあなた側、交差点の角にあります。そこに標識があるんですが、こんなひどい状態では見えません。木は大きくて、まわりの松の木よりずっと高さがあります」

女性が前かがみになって、フロントガラスの外をのぞいた。「やってみますけど、何も見えないわ。こんなに早い時間に暗くなるものかしら？」

ジェシーにも何も見えなかったが、それを口にする気にはなれなかった。つぶやくように言う。「吹雪のせいですよ。吹雪といえば、あなたは道路で何をしていたんですか？　午前中ずっと、テレビやラジオが悲観的な天気予報を放送していたでしょう」

女性は質問には答えず、そっけなくきき返した。「知っていたのなら、あなたは道路で何をしているんですか、ミスター・マカッチャン？」

「予報が外れればいいなと思ってたんです」それはほんとうだった。

女性が笑った。うなる風と打ちつける雪に驚いたかのような、軽い声だった。「わたしもです」

「なるほど、ぼくたちはふたりとも間抜けというわけだ」ジェシーは低い声で言った。外の気温は急激に下がっていたが、汗ばんできた。ヒーターの熱風のせいか、それとも何度も走っているはずの道路が幻想的なおとぎ話の世界のように見えるせいか、よくわからなかった。深い吹きだまりがほとんど数メートルごとにトラックを横すべりさせ、ここまではどうにかひとつずつ切り抜けてきたものの、その傾向がずっと続くという希望は徐々に薄れてきた。

ちくしょう、道路はどこだ？

「あそこよ！」女性が突然、窓の外を指さした。「大きな木だわ。きっとコロラド唐桧よ……よく見えないけれど」

時間の感覚では、適切な距離を走ったかどうか、まったくわからなかった。しかし隙間があるように見えるのは、道路かもしれない。ジェシーはハンドルを切った。車は中途半端に曲がって、雪に覆われた松林の真正面でがくりと停止した。

バックするのはさらにむずかしかった。

数十センチ下がっては、ハンドルを回して前進し、少しずつ位置を修正する。唯一の朗報は、たしかにこれがルーン通りだと確信したことだったが、それだけでもだいぶ心強かった。同乗者は、首を縮めたくなるほど危うい操作が続くあいだ何も言わず、身を守るかのようにコートにくるまって座っていた。

ジェシーの別荘まであと一・五キロだ。たった一・五キロ。しかし、少なくともひざまである雪のなか、その距離を歩く気にはなれなかった。ジェシーは力いっぱいハンドルをひねって、エンジンを吹かし、車の後部を揺らしながら、なんとか別荘の小道につながる狭い道路に入った。

ようやく、小さな幸運に恵まれた。この道路では、風は重たい雪をそれほどうずたかく積もらせてはいなかった。木々がさらに密生し、風はまっすぐ北から吹いていたので、少しだけ視界がよくなった。郵便受けが見えてきたときには、心底ほっとした。

私有地の小道は長かった。意図的に長く、意図的にひっそりとして、曲線を描いてくだり、急な坂をのぼって続く。年間のほとんどは、それが気に入っていた。別荘は奥まった位置にあり、湖から以外は誰にも見えず、曲がりくねった私道は、背の高いまっすぐなストローブ松と、ところどころに交じる優美な樺《かば》の木に縁取られている。しかしさすがに今夜は、まるで目隠しされたまま、どろどろの沼のなかを進もうとしているかのようだった。

トラックは坂の下あたりで止まってしまった。すでに恐ろしいほどの吹きだまりができていて、上り坂をさえぎっている。風の方向と木々の壁が、豊かすぎる自然の恵みの完璧な集積場になっていた。いつもこの場所の吹きだまりには苦労するが、こんなにすばやく大量に積もるのはめったにないことだった。

　同乗者は、木を見つけたあとずっと、ひとことも口をきこうとしなかった。怖がっているのか、ただよそよそしいだけなのかはわからない。ジェシーは少しばかりぐったりして、キーを抜いてポケットに入れた。「ここからは、歩くしかないな」

　あたりはすでに、ほとんど真っ暗だった。女性が振り返った。その顔は青白く光っているように見えた。「歩く？　どこへ？」

「ぼくの家へ」ジェシーは淡々と答えて、フロントガラスを指さした。「この丘の上にある」

「あなたの……家？」ありがたくなさそうな質問だった。卵形の顔から、ちらりと視線だけを横に走らせる。「いちばん近い町までどのくらい？」

「約三十キロ。遠すぎるよ。あの道路を見ただろう」

「ええ、でも……」女性の声はしだいに小さくなって消えた。

　女は誰でも幼いころから、知らない男に気をつけるよう教育されている。家に入るという考えに乗り気になれないのも無理はなかった。とはいえ、ジェシーにしてみれば、車を止め、同じ人間として親切にしただけだった。それが気に入らないなら、あとは相手の問題だ。ジェシーはそっけなく言った。「ついてきて」

　そして、車のドアを押しあけた。

ケリンはひざまで積もった雪のなかでもがき、目と口と靴を雪にふさがれて、なすすべのない惨《みじ》めさと不運を感じていた。できるのは、なんとか前へ進むことだけだった。ミスター・マカッチャンは長い脚と断固たる足取りで、一、二分後にはかなり先を歩いていた。

彼が振り返ったちょうどそのとき、ケリンは雪に埋もれていた何かにつまずき、うつぶせに倒れた。まさに顔から、ばったりと。両手をポケットに入れていたので、衝撃を受け止める時間さえなかった。座りこんで口から雪を吐き出していると、小さな悪態が聞こえ、体を引き上げられた。ミスター・マカッチャンが口をケリンの耳もとに寄せて言った。「さあ」

ケリンは半分支えられ、半分引っぱられるようにしながら、急な坂をのぼった。そこは私道であるはずだったが、木々の隙間以外、他の風景とほとんど見分けがつかなかった。針葉樹がうっそうと茂り、吹きつける風と雪の吠《ほ》え声《ごえ》を幽霊のように反響させている。手助けのおかげで前進が楽になったのは確かだが、知りもしない男性の手にしがみついて、雪と風の刺すような猛襲に目をしばたたいていると、とても奇妙な気持ちになった。

丘の上に着くと、家が見えた。最後の数メートルはもっと楽だった。ケリンはほっとして、車庫らしきものに囲われた通路に走りこんだ。目の前にある四角く暗い建物をちらりと見る。二階建てらしいが、激しい吹雪のなかではよくわからなかった。男性が手を離し、ポケットから何か出した。鍵だ。ケリンを押しのけるようにして、ますます濃くなる暗闇のなかでしばらく手探りをする。ドアがさっとあき、魔法のような暖かさがこちらへ伸びてきて、ケリンに触れたようだった。

「お先にどうぞ」

一瞬の間のあと、ケリンは先に入るのを待ってもらっていることに気づいた。急いで小さな暗い玄関に足を踏み入れる。ミスター・マカッチャンが、あとに続いてドアを閉めた。そこに生まれた静けさは、外の荒々しい風音に比べると、落ち着かない気持ちにさせるほどだった。

もっと落ち着かない気持ちにさせるのは、自分の車のなかで凍え死ぬことはなかったものの、まったくの他人と人里離れた場所にいるという事実だった。

明かりがぱっとついて、暗闇を温かな金色の輝きに置き換えた。ケリンは、自分たちが小さな玄関の間にいることに気づいた。簡素な羽目板張りの壁と、磨かれた木の床に囲まれている。ミスター・マカッチャンが淡々と言った。「靴とコートを脱いでもらえるとありがたい。ぼくたちはどちらも雪だらけだけど、なかに持ちこむ量が少ないほど、掃除も楽になるからね」

右側にようやく、救助を申し出てくれた人の姿が見えた。

背が高いのは、すでにわかっていたことだった。少なくとも百八十センチ、もしかするともっと高いかもしれない。襟のところまで伸びた黒い髪は、今は溶けた雪で頭と首に貼《は》りついていた。男性が振り返ってクロゼットの扉をあけ、自分のコートをかけるハンガーを出した。ケリンは、黄褐色のフランネルシャツに覆われた幅広い肩をじっと見た。それから視線を動かして、背中と、引き締まった腰と長い脚をぴったり包むジーンズを眺めた。太腿《ふともも》のなかほどから下はびしょ濡れだった。男性がこちらに向き直って、手を差し出した。

その顔は際立っていた。あらゆる人間と同じように目と鼻と口が並んでいたが、褐色の目には生命力がみなぎり、かすかにゆるめた唇は形がよく、顎《あご》の線は上品だった。

ミスター・マカッチャンはハンサムな人だ、とケリンは気づいた。

とてもハンサムな人。

黒い眉がわずかにつり上げられた。「ええと、イボでもある？」

ケリンのコートからしずくが滴り落ちた。堅木張りの床に当たる、かすかなぴちゃりという音が聞こえた。「イボ？」ぼんやりと相手の言葉を繰り返す。

「突然ぼくの顔に生えてきたのかな、と思ってね」ミスター・マカッチャンが微笑んだ。まるで何かを受け取ろうとするかのように、まだこちらに手を伸ばしている。歯は白く整っていた。言うまでもなく。

何を思ったですって？……いやだ。わたしがただ突っ立って、彼の顔を見つめていたからだ。頬がかっと熱くなり、ケリンはあわててびしょ濡れのコートを脱ぎ、男性に手渡した。口ごもりながら言う。「ごめんなさい。いつもはこんなに無作法じゃないんですけど、きょうはつらい一日で、その……本来の自分ではなくなってしまって」

ミスター・マカッチャンは落ち着き払った様子でケリンのコートをかけ、クロゼットの扉を閉じた。「気にしないで。電話のところへ案内しよう。とりあえずレッカー会社に電話して、あなたの車の場所を知らせれば、いつ運んでもらえそうかわかるだろうから」

「ありがとう」ケリンはかがんで靴を脱ぎ、かじかんだつま先をくねらせた。靴下もびしょ濡れだったので、ついでにそれも脱ぎ、靴の上にかけて、閉じた玄関扉のそばに置いた。ミスター・マカッチャンは小さな玄関の間を離れて、さらに多くの明かりをつけた。ケリンはいくらか好奇心に駆られてあとに続いた。

足を踏み入れた部屋は、ひとことで言えば、印象的だった。家全体が、目の前に広がっていた。左側に伸びたキッチンは、スツールを並べた長いカウンターで巨大な部屋と仕切られている。キッチンはほかの空間と比べてとても現代的な作りだった。磨かれた大理石のカウンター、丸い青銅の取っ手がついた松材の戸棚。冷蔵庫とこんろ、電子レンジはつやつやと清潔で、カウンターには、彼が無造作に放った鍵以外、染みひとつなかった。居間はとても広々として、高い丸天井と、巨大な石造りの暖炉があり、そのまわりにソファーといくつかの椅子が置かれていた。奥の階段は上のロフトにつながって、広い空間を手すりから見下ろせるようになっていた。右側には目を見張るような壁一面の窓が、吹雪の猛威を見せつけ、ガラスの向こうには白い小山がいくつもでき始めている。木材と石が使われた空間は暖かく魅力的に感じられた。とりわけ、地獄のような外の状況を経験したあとでは。

頭のおかしい殺人鬼は、こんなきちんとした家を持っていないものでしょう?

この部屋はとにかくすばらしく、引き出された反応はひとつだけだった。ケリンはほとんど無意識に口にしていた。「すごいわ」

「ありがとう」家の主人がさりげなく、キッチンの右側の壁にかかった電話のほうを指さした。「電話帳は、下の引き出しに入っているよ。あなたはこのへんの人ではなさそうだから、参考までに言っておくと、トマホークのほうが近いけれど、ラインランダーのほうが大きな町だ。レッカー会社もたくさんある。両方試してみてもいいと思う」

ケリンの服もぐっしょりと重く、髪は冷たく湿ったかたまりになって顔に貼りついていた。なぜか相手の視線が気になり、手で撫《な》でつけてできるだけ整えようとする。電話帳は、インディアナポリスのものと比べると薄かったが、たしかに三つのレッカー会社が見つかった。ケリンが電話しているあいだに、ミスター・マカッチャンは二階の寝室らしき場所へと消えた。電話を切ったちょうどそのとき、彼が下りてきた。乱れた髪は先ほどより乾き、シャツとジーンズを着替えていた。「うまくいった?」

ケリンは受話器をそっと揺するようにしながら答えた。「ええ、なんとか。大雪警報が出ています。あのとき道路で、あなたもそう言っていましたよね。今あそこにいたら、警察に違反切符を切られていたかも。レッカー会社は、通行止めが解除されしだい、修理工場まで運んで点検してくれるそうです」

「そうだろうと思った」

「雪は少なくとも、二十四時間はやまないみたい」

「ほんとうに?」ミスター・マカッチャンの表情は落ち着き払っていた。広い胸の前で腕を組み、キッチンカウンターにさりげなくもたれかかっている。巻き毛は生まれつきなのだろう。乾いてきた黒い髪が、たくましい首のあたりでくるりと縮れかけていた。唇はまっすぐに固く結ばれている。

「それに」ケリンは暗い気分でつけ加えた。「風はそれより長いあいだ、このままの状態らしいわ」

ミスター・マカッチャンは何も言わなかった。数日間雪で外へ出られなくなりそうだというのに、望んでもいない泊まり客を迎えて戸惑っているのだろう、とケリンは憂鬱《ゆううつ》な気分で考えた。こちらがまったくの他人とともに閉じこめられることに気詰まりと不安を覚えているとしたら、彼のほうは長期間にわたって知らないどこかの女性を家に置くことをどう感じているだろうか？　ケリンは深く息を吸って、すばやく言った。「ミスター・マカッチャン、まだ助けていただいたことにお礼を言っていませんでしたね。できればご負担はおかけしたくないんですが、ほかにどこにも――」

「ジェシー」さらりと口を挟む。

ケリンは目をしばたたいた。「失礼、なんとおっしゃいました？」

みごとな褐色の目は、おもしろがっているかのようだった。「ぼくの名前は、ジェシーだ。ミスター・マカッチャンはちょっと堅苦しいから」

ケリンは当惑して、つぶやくように言った。「わかりました、それなら、ジェシー」

黒い眉がわずかにつり上がった。「で、あなたは？」

名前すら教えていなかったのだろうか？　ケリンは少し間を置いてから、低い声で答えた。

「ケリン。ケリン・スミスです」

ほんとうの名前を教えないほうが、どちらにとっても好都合だろう。

そうじゃない？

よくわからなかった。

ジェシー・マカッチャンは、独創性に欠ける偽名を聞いてもまばたきひとつしなかった。ただ、すばやくケリンの全身に視線を走らせただけだった。「あなたが着られるような乾いた服があるかどうか、見てみよう」

知らない男性の家に滞在して、彼の服を着る……どうかしている状況だ。自分が逃げてきた状況と同じくらい、どうかしている。ケリンはあわてて首を振った。「これ以上ご面倒はおかけできません。わたしはだいじょうぶです」

猛烈な突風が家のわきを吹き抜け、キッチンの窓をガタガタと揺らして、傷ついた動物のような不気味なため息を響かせた。家の主人が丁重に尋ねた。「ほんとうに、ずぶ濡れの服を着たまま、夜を過ごしたいのかい？」

「その、いいえ」

「探してみるよ」

「わかりました」ケリンの答えは、自分にさえ少しぶしつけに聞こえた。表現を和らげるために言い添える。「もうたくさんのことをしてくださったのに」

ミスター・マカッチャンがわずかに首を傾けて、どぎまぎさせるような知的なまなざしでこちらを見た。「あなたがもし、立ち往生している車のそばを通りかかったとしたら、そのまま吹雪のなかに置き去りにする？」

家のなかは暖かかったが、脚や上半身に貼りつく濡れた生地のせいで寒さを感じた。言われたとおり、着替えたほうがいい。ケリンは首を振った。

「いいえ、もちろんしません」

ミスター・マカッチャンの声には、半分おもしろがるような、かすかな苛立ちの色があった。「だったら、少し肩の力を抜くといいよ、ケリン・スミス。ぼくは次の獲物を狙ってうろついていたんじゃなくて、家に向かって車を走らせていただけだ。それに、あなたを死という運命に誘うために車を止めたわけでもない。あなただってそうするはずのことをしただけさ。ぼくは善良な男だ。ほんとうだよ」

そのとき、家全体が突然真っ暗になった。

2

母なる自然は、じつにうまいタイミングを選ぶものだ。ジェシーは皮肉っぽく胸につぶやかずにはいられなかった。うまいタイミングというのは、もしこの状況がブロードウェイかロンドンのウエストエンドの舞台で演じられているロマンチックなコメディーだったとしたら、ということだ。この場面は、主人公が無垢《むく》な主演女優に、彼女の貞操《ていそう》を脅かすつもりなどないと請け合った瞬間に明かりが消えて、観客が笑うところだろう。

ケリン・スミスは、不意に暗闇に投げこまれたことをおもしろがってはいないようだった。明かりが消えたとき、はっと息を吸う音が、まるで小さなうめき声のようにはっきり聞こえた。猛烈な一連の風がふたたび吹きつけて、その音をのみこんだ。

おかしなことに、部屋が視界から消え、真っ暗ななかでまばたきをしながらも、ケリンの目はまだ見えていた。大きく見開かれたとびきり青い目が、真剣なまなざしでこちらをじっと凝視していた。もしこの女性が怖がっていることがこれほど明らかでなかったなら、どぎまぎさせられたかもしれない。

ジェシーのことだけを怖がっているのではなかった。車の窓をノックしたとき、ケリンの顔はすでに青白くこわばり、誰かが手助けのために止まってくれたことを喜ぶのではなく、悪魔になかへ入れてくれと頼まれたかのように、びくりとしていた。

ジェシーは穏やかな声で、安心させるように言った。「発電機がある。ウィスコンシン州の片隅までは、なかなか電力会社が目を配ってくれないからね。あと一、二分しても電力が戻らなかったら、車庫に行って始動させよう」

暗がりのなかから、よくわからない叫ぶような声が返ってきた。彼女の狼狽が、波となって部屋の向こうから伝わってくるかのようだった。ジェシーも、ボイラーが使えなくなったり、井戸が役に立たなくなったりすることに、決してわくわくしてはいなかった。だからこそ金《かね》と労力を費やして、発電機を取りつけたのだ。ろうそくの明かりで本を読むのはかまわないが、暖が取れなくなったり、ポンプが動かないせいでトイレの水が流せなくなったりするのは、また別の話だった。窓の外の薄明かりに目が慣れてきたので、ジェシーはキッチンへ移動し、懐中電灯がしまってある戸棚をあけた。外のすさまじい突風からして、建物全体が揺れていないのが不思議なほどだった。電力会社が修理工をよこせるとはとても思えなかった。これより小さな嵐のときでさえ、数時間にわたって電力なしで過ごしたこともある。

ジェシーは懐中電灯をつけた。光が磨かれた木の床で跳ねてから、車庫へつながる階段近くの扉をとらえた。「すぐにすむよ」

ミズ・スミス――それが本名かどうかはともかく――には、沈黙の才能があるようだ。ただすらりとした影となって、濡れた服をまとったままそこに立ち、間違いなく惨めな気分で凍えている。

ジェシーは肩をすくめて、車庫の扉のほうへ向かった。

建物のなかをのぞき、寒さに顔をしかめて、足もとを懐中電灯で照らしながら、客人のことを考えた。ずぶ濡れではあったが、頬と優美な首に貼りついた湿ったダークブロンドの髪と、にじんだマスカラの下に見える肌はとてもなめらかで、染みひとつなかった。繊細な眉が鮮やかな青い目を縁取り、ピンク色の唇は柔らかに形作られている。体つきも、スポーツ選手のようにすらりと均整が取れていて、濡れたブラウスの生地が胸の曲線に貼りつき、黄褐色のぴったりとしたスラックスが完璧な丸い腰を際立たせていた。年齢は、おそらく三十歳前後だろう。ウィスコンシン州北部の動きの速い猛烈な低気圧に吹き飛ばされそうになってもじゅうぶんにきれいなのだから、ふつうの状況ではきっとものすごい美女なのだろう。

これほどすばやく心を惹《ひ》きつける女性に会ったのは、ずいぶん久しぶりだった。

そんなことを考えている場合じゃない、とジェシーはうんざりしながら自分に言い聞かせた。少なくともこれから二十四時間、あの疑り深い若い女性のそばを離れられないというのに。

ほっとしたことに、発電機はあっさり調子よく始動した。すぐにエンジンが回転する音が聞こえ、少なくとも凍え死にはしないことがわかった。家のなかに戻ると、大きな部屋――ジェシーの気に入りの部屋――にふたたび明かりがともった。柔らかな可動式の照明が、天井の下に渡した巨大な梁《はり》に沿って並んでいた。

ケリン・スミスは動いていなかった。ジェシーの見たところ、一センチも。いまだにキッチンの端にじっと立ち、革のハンドバッグを片手に握って、青白く湿った顔をしていた。

まるでショック状態にある人のようで、こちらが落ち着かない気分になるほどだ。数秒ごとに、ぶるりと全身を震わせている。

電気が消えただけで？

ジェシーはゆっくり尋ねた。「ミズ・スミス、だいじょうぶかい？」


しっかりしなければならない。それは確かだった。事態はすでに、じゅうぶんすぎるくらい悪化しているのだから。インディアナポリスから無計画にいきなり逃げ出し、遠回りして慣れない道を取り、恐ろしい悪天候の猛襲にさらされた末に、まったく知らない男性に身の安全をゆだねることになり……そのうえ部屋が突然真っ暗になったときには、骨の髄《ずい》まで震え上がってしまった。

動揺していることをジェシー・マカッチャンに隠す努力は、まったくうまくいかなかった。もちろん、ほんとうの問題は別にある。ここ数週間、日常生活が少しずつ崩れていくなかでのいちばん大きな打撃は、人間に対する信頼が損なわれてしまったことだった。もし二カ月前に同じできごとがあったとしたら——親切な男性が車を止めて手助けし、暖かい避難場所を提供してくれて、表面上なんの脅威も感じないとしたら——きっと感謝して、信頼しただろう。

しかし、ああ、突然暗闇のなかでふたりきりにされたときには……。

喉が引きつり、思いも寄らない涙が目にこみ上げてきた。今では明かりがつき、部屋は暖かくとても快適で、ミスター・マカッチャンは褐色の目に隠しようのない困惑と驚きを湛《たた》えてこちらを見据えていた。

ケリンは奇妙で不安定な、脱力感に近いものを覚えた。深く息を吸って、どうにか笑みを浮かべようとする。「だいじょうぶです。少し混乱してしまったみたい。ちょっと前まできれいな田舎道を車で走っていたのに、次の瞬間には見知らぬ人の家に取り残されているなんて……。でも平気です。バスルームを使わせていただけますか？」

ミスター・マカッチャンは笑みを返さなかった。黒い眉をひそめて言う。「顔が真っ青だよ。もしや、ぼくが知っておかなければならないような持病があるのかい？　糖尿病とか、そういう？」

「いいえ」少しヒステリックな笑い声が唇から漏れた。「ほんとうです。どこも悪いところはありません」

ミスター・マカッチャンは信じていないらしかったが、それも無理はないように思えた。自分がどんな姿をしているのか見当もつかない。けれども、ミスター・マカッチャンは振り返って、階段を指さした。「バスルームは二階の、寝室の外れだよ」

部屋を横切って、幅広く開放的な木の階段をのぼるあいだ、じっとこちらを見つめる視線が感じられた。なんておかしな迷子を拾ってしまったんだろうと考えているに違いないわ。

ケリンの胸に皮肉な笑いがこみ上げた。

寝室は、ほかの場所ほど素朴な内装ではなかった。ロフト部分全体を占める広い部屋で、煙突の両側に大きな三角形の窓がついていた。深緑と赤の糸でぜいたくに織られた東洋の絨《じゅう》毯《たん》が、堅木の床を覆っている。巨大なベッドには、どうやら時代物らしい、凝った彫刻が施された頭板がついていた。この部屋も、ほかの部屋と同じくらい美しく、同じような飾り気のない上品さと、男っぽくはあるが魅力的な居心地のよさがあった。

ドアから二歩入ったところで、ケリンは立ち止まり、私的な場所の親密な空気にとらえられた。整えられていないベッドのカバーはめくられて、まるで彼が今そこから起き上がったばかりのように見えた。ふたりで雪のなかを逃げてきたときの湿った服が、床に置かれていた。

不意に、ハンサムな家主がベッドに寝そべっている姿が目に浮かんだ。その突然の小さな空想に、ケリンは意表を突かれ、まごついた。

左側のバスルームは、光沢のある白い壁に覆われ、タイル張りのシャワー室と台座付の洗面台を備えていた。大きな鏡に映ったのは、あまり心楽しい姿ではなかった。ケリンは自分のよごれた顔とぼさぼさに乱れた髪を、ちょっとした落胆とともに見返し、洗面台の蛇口《じゃぐち》から湯を出した。シャワーのそばの戸棚にタオル類が入っていたので、髪を拭《ふ》き、落ちた化粧をぬぐい取った。仕事が予期せず長時間になることが多く、櫛《くし》と化粧品をハンドバッグに常備してあった。胸の内で小さく感謝する。見た目を整えれば少し気分が上向き、奇妙な状況をもっとよく把握できるような気がした。髪をとかして、いつもどおりの肩までのストレートへアにどうにか近づける。それから、マスカラとリップグロスをつけ直し、顔に軽くシアーパウダーをはたいた。服はまだ湿っているかもしれないが、とにかくだいぶまともな外見になった。最後にもう一度ちらりと鏡を見て、背筋をしゃんと伸ばし、ドアをあけた。

バスルームにいるあいだに、ミスター・マカッチャンが二階に上がってきたらしかった。整えられたベッドの上に、青いシャツがきちんとたたんでのせてあり、柔らかな羊毛の靴下もいっしょに置かれていた。

優しく、思いやりがあり、しかもハンサム。バスルームに戻ってびしょ濡れのブラウスを脱ぎながら考えた。もしかすると、思ったほど神様に嫌われてはいないのかもしれない。

車を止めて手助けし、避難場所を提供し、快適に過ごせるよう服まで貸してくれる親切な人。それでも、そのシャツの大きさは、ジェシー・マカッチャンがずっと大柄であり、紛れもなく男性であることと、自分が吹雪のせいで事実上囚《とら》われの身であることを思い出させた。

彼のことは何も知らない。分別のある女性なら誰でも、ケリンの立場に置かれたら緊張するだろう。

しかしケリンは、人を判断する自分の力をかなり信頼していた。ミスター・マカッチャンには、悪い印象を与える部分はどこにもない。少なくとも、出会ってからの約一時間、まだそんな印象は受けていない。

ケリンは着古されたデニムシャツの袖をまくり上げ、冷えきった足を大きな靴下で包んでから、背筋を伸ばして階下へ戻った。スラックスはまだ、ひざと足首のまわりがかなり湿っていたが、先ほどよりずっと暖かくなった。ミスター・マカッチャンがキッチンの向こうへ歩いていくのが見えた。どこかでラジオのスイッチを入れたようだ。クラシック音楽の低い音が、ひさしや窓をガタガタ鳴らす吹雪の音の下から聞こえてきた。ケリンが長いカウンターに近づいていくと、彼が目を上げた。ケリンは一脚のスツールを選んで、慎重に身をすべらせ、背の高い座席に腰かけた。

「ありがとう」片手をさっと動かして、シャツを示す。

「どういたしまして」ミスター・マカッチャンが隠そうともせずケリンの姿をじっくり観察した。「ましになったかい？　少し顔色がよくなったみたいだ」ランプの明かりが黒い巻き毛と高い頬骨を照らし出した。

柔らかな、淡い光だった。ケリンは首をすくめ、パニックに陥りかけたことをどれほど恥ずかしく思っているかをごまかそうとした。つぶやくように言う。「ええ、だいぶよくなりました」

「電話を使うなら、どうぞご自由に」

「もう使わせてもらいました」ケリンは目を上げた。

ミスター・マカッチャンが唇の端を引き上げ、問いかけるようなまっすぐな視線を向けた。

「誰かに、居場所を伝える必要があるだろう、ミズ・スミス」

じつのところそれは、この異常な状況におけるただひとつのよい点だった。目の前に立っている男性以外、世界の誰もケリンの居場所を知らないということが。ケリンはごく冷静に応じた。「いいえ、別に」

「夫も、両親も、友人も？　吹雪のことを耳にして、あなたの身を心配しそうな人は誰もいないのかい？」

「その……」ケリンは口を開いて、また閉じた。どう言えばいいのかわからない。電話すべき人が誰もいないのは確かだった。あえて電話すべき人は誰も。とはいえ、いくらミスター・マカッチャンがいい人に見えても、それを正直に言うのは賢いやりかたではない。ケリンはぎこちなく答えた。「あとでそうします」

「いいよ」ミスター・マカッチャンが微笑んだ。とても魅力的な微笑みだったが、半分よじれた唇の曲線が、その瞬間の決まり悪さを映し出していた。「いつでも好きなときに。さしあたり、ワインでも一杯どう？」

一杯のワイン。なんてすてき。大雪と突風のまんなかにとらえられていながら、この男性は心地よい音楽とワインまで差し出せるのだ。ケリンはまずまず礼儀正しく言った。「ええ、ぜひ。きょう一日を過ごしたあとでは、ワインは天国の飲み物に思えるわ」

ミスター・マカッチャンが笑った。その顔が、不安にさせるほど魅力的に輝いた。「ぼくもまさにそう思う。赤、それとも白？」

「お持ちのものなら、なんでも」

赤があることがわかった。深く濃いブルゴーニュワインで、いつもなら夕方のこんな早い時間に飲むことはないが、とても口当たりがよくおいしかったので、ケリンはひと口めですっかり気に入ってしまった。しかもそれは、適切なグラスに注がれて出された。香りをとらえるとともに、ワインを適度な空気にさらして呼吸させる、丸みを帯びた深いグラス。この男性が、多少なりとも洗練されているしるしだ。

洗練されていて、察しがよくて、ハンサムで。リストが長くなっていく。お金持ち、も加えなければ。ワインは間違いなく高価なものだった。この家は現代的な便利さと田舎の魅力が巧みに調和していて、かなりの大金が投じられていることを物語っていた。ケリンは香りと味を楽しみながらもうひと口飲み、つぶやいた。「すばらしいわ」

「だといいけど。さもないと、ひと箱分をぜんぶ流しに注ぎこむはめになるからね。考えてみれば、これはぼくたちの強いられた出会いにとって、幸先《さいさき》のいいスタートだよ、ミズ・スミス。すでに共有できるものがあるんだから。ぼくたちはどちらも、このワインが気に入った」

「たしかに」ケリンは思わず、小さな笑い声を漏らした。いったい笑ったのはいつ以来だろう？　そう考えると恐ろしくなった。急いで言う。「わたしたちはどちらも、天気予報の正確さを不当なほど低く評価しているということも、忘れないでおきましょう」

ミスター・マカッチャンが反対側のカウンターに背中を預けて、グラスのなかの液体をとてもゆっくりと回した。「これでふたつ。幸先のいいスタートだ。ほかに何があるかな？　オペラは好き？」

ケリンは首を振った。「残念ながら」

「これで三つ」ミスター・マカッチャンがにんまりして、ワインをひと口飲んだ。「スポーツは？」

「そうね、フットボールのシーズンには、コルツを応援しているわ」

「ああ、だとしたら、あなたはインディアナ州の出身なんだね。インディアナでは、どんなお仕事を、ミズ・スミス？」

「ケリンです」反射的に言って、すばやく頭を働かせる。すでにラストネームのことで嘘をついた。できれば、個人情報は明かしたくない。あいにく、嘘はあまり得意ではないけれど。

ミスター・マカッチャンが陽気に言った。「わかった。ご職業は、ケリン？」

ケリンは気まずい思いで視線を落とした。彼が着替えたシャツもフランネルで、こちらは臙脂色《えんじいろ》だった。いくつかボタンが外されていて、V字型の日に焼けた胸が見えた。広い肩幅からして、きっとほどよく筋肉がついているのだろう。ケリンはさっと視線を彼の顔に戻した。「病院で働いています」

「なるほど」ミスター・マカッチャンがわずかに眉をつり上げた。「それでいくつかのことがわかった。何科の診療を？」

ケリンは思わずグラスの細い脚をぎゅっと握った。「医者だとは言っていません」

褐色の目が、ケリンの目をじっと見つめた。知的で、洞察に満ちた、問いかけるようなまなざし。やんわりとした口調で言う。「たしかに言わなかった。ひとことも。でも、あなたの車がひとつのヒントになった。ぼくの見たところ、病院で働いていて、メルセデスに乗っている人は、ほぼ間違いなく医者だ。それに、こんな状況に置かれて神経過敏になっているとはいえ、あなたの立ち振る舞いは、普段から権威を身にまとっている人のものだ」

なるほど。リストに〝頭が切れる〟も加えなくては。ケリンは口ごもりながら認めた。

「医療チームとともに働く内科医です」かなりあいまいな返事だ。

「それは秘密なのかい？」

今や、気まずい質問から、あからさまな詮索に変わりつつあった。「あなたのことは何も知りませんから」意図したよりきつい言いかたになってしまった。

ミスター・マカッチャンはグラスを口もとに運ぶ途中で、しばし間を置いた。少しあとで、軽くひと口飲む。「忘れないでくれ、ぼくだってあなたのことは何も知らないんだよ」

最悪なのは、そのとおりだということだった。良心が痛むほどに。彼はケリンのことを何も知らない。それなのに、車を止めて保護し、家に迎え入れてくれた。たちまちケリンは自分が恥ずかしくなって言った。「そのとおりですね。ごめんなさい」

「許しましょう、ドクター」ミスター・マカッチャンがグラスをわきに置いてキッチンの向こうへ歩いていった。玄関へ続く廊下のほうに姿を消したあと、クロゼットの扉があく音がした。戻ってきたときには、分厚い黒っぽいコートを着て、手袋をはめていた。

「ラジオで天気予報を聞きたければ、どうぞ。暗い見通し以外の予報があったら、教えてくれ」

「外に出るの？」ケリンは信じられないという気持ちを隠せなかった。スツールに腰かけて、まじまじと彼を見つめる。「どうして？」

「薪《まき》を取りにいくだけだよ。火をおこしたいから。いつまで停電が続くのか、発電機の燃料がどのくらい持つのか、ちょっと気がかりなんだ。ぼくたちが寝ているあいだ、少なくとも数時間は止めておいたほうがいい」

ぼくたちが寝ているあいだ……。

何気なく口にした言葉がどんなふうに聞こえるかに、ミスター・マカッチャンは気づいたようだった。初めて形勢が逆転して、それほど自信たっぷりで冷静には見えなくなった。ぶっきらぼうに言い足す。「数分で戻る。自由にワインを飲んでいてくれ」

一瞬だけ吹雪のうなり声が聞こえ、部屋に吹きこむ冷たい風の渦が感じられたあと、扉が閉まった。

春に切り倒すつもりだった枯れた栂《つが》の大木が、薪小屋までの小道に倒れていた。きれいな折れかたではなく、太い幹がばらばらになってあたりに散乱し、降りしきる粉雪にすでにのみこまれていた。ジェシーは風に襟を立てて、目に吹きつける雪をまばたきで払い、どうにか残骸《ざんがい》を乗り越えようとした。

まったく、口がうまいじゃないか。ジェシーは皮肉っぽく胸につぶやき、少なくとも直径八十センチはある丸太をまたいだ。先ほどの出がけには、じつにうまいことを言った。もちろん、〝寝る〟と口にしたときには、思わせぶりなことを言うつもりなど少しもなかった。自分はソファーで眠って暖炉の火を燃やしておき、夜中に発電機が止まってふたりとも凍え死ぬことがないようにするつもりだった。

しかしあのきれいな医者は明らかに目を見開いて、ジェシーがその言葉を口にしたとき、考えがどこに向かったかをあらわにした。ジェシーは自分にはなんの責任もないことに不可解なほどの決まり悪さを感じ、その感情に苛立ちを覚えた。大人の男として、性的なほのめかしを含んだ会話くらい、いくらでも交わしたことがある。先ほどのは、それとはまったく違う。

変に戸惑ってしまうのは、自分のそばでこれほどはっきり居心地悪そうにする女性を見るのが初めてだからだろう。ジェシーには、ケリン・スミス、ドクター・ケリン・スミスがどこかしら脆《もろ》く、何かにおびえているように思えてならなかった。

物置小屋からきちんと積まれた薪を取りながら、考えを巡らせた。目下の疑問は、なぜか、ということだ。いつもと違う状況にいくらか心配になるのはわかるが、あれほど魅力的で自立した若い女性にしては、少しぴりぴりしすぎている。

じゅうぶんと思える量の薪を裏口まで運ぶのに、優に三十分はかかった。そのころには手袋をしている指もかじかみ、髪と服はまた雪だらけになった。気温は下がり続け、頬に刺すような痛みを感じながら、ドアをあけてなかに戻った。コートと手袋を脱ぎ、髪についた雪を振り落とす。

ケリンはスツールから移動して、暖炉のそばに置かれた革のソファーに静かに座っていた。柔らかなランプの明かりが、蜂蜜色《はちみついろ》の髪のなめらかな輝きを映し出していた。ジェシーは運びこんだ二本の薪を、何も言わずに大きな暖炉のほうへ持っていき、二本とも火床にくべた。かご一杯の乾いたたきつけを、手近に置いておいたのが役立った。ありがたい火花がはじけ、ジェシーは凍えた指を炎のほうへ伸ばした。

「どうぞ」肩の後ろから小さな声がして、思わずはっとした。暖炉の前にしゃがんだまま目を上げると、ケリンがタオルを差し出していた。

優しい、少しすまなそうな微笑みを浮かべていて、驚いたことにそれは本心からのものらしかった。ケリンが言った。「床が雪まみれになることをあなたがどう感じるかわかっていたから、これを用意したほうがいいと思って」

「ありがとう」ジェシーは和解のしるしを受け取って立ち上がり、髪と顔を拭いてから、湿ったタオルを使ってジーンズの雪をぬぐい、落ちて床で溶けたものも拭き取った。そのあいだにケリンは革のソファーに戻って、優雅に脚を体の下に折りたたんで座り、片方のほっそりした手で半分空《から》になったワイングラスを持っていた。

炎が燃え上がり、薪がパチパチと音を立て始めた。うまく火がついたことに満足して、ジェシーはキッチンに戻った。備えつけの食料貯蔵室のとなりにある小さな洗濯室によごれたタオルを放り、自分のワインを手に取って、カウンターに置いておいた瓶の残量をちらりと見る。おそらくケリンが飲んでいるのは二杯めだろう。おかげで、気の進まない泊まり客も少しくつろいだようだ。

だとすれば、いくらでも彼女の美しい喉に高価な酒を流しこんでやることにしよう。あの青い目が、こちらの存在を無視しなくなるまで。ジェシーは瓶を手にとって居間に戻り、暖炉の前に座って、炎をかき立てる必要があるようなふりをした。

驚いたことに、先に口を開いたのはケリンだった。「ここに座ってずっと、こんな人里離れた場所に住める人は、どんな職業に就いているんだろうと考えていたんです」

個人情報をやりとりするきっかけとしては、少しあいまいだった。しかしジェシーは、きっかけを与えられたつもりで答えた。「誰がここに住んでいるって言った?」

気に入りの柔らかなランプの明かりが、ケリンのなめらかな肌と淡い卵形の顔に金色の光を投げかけた。一瞬の間があいてから、ケリンが言った。「ただの別荘にしては、少しぜいたくね」

「ありがとう」

短い答えにケリンがたじろいで、視線をワイングラスに落とした。「あの、ミスター・マカッチャン……ジェシー、さっきはあなたを怒らせてしまって――」

「怒ったわけじゃない」ジェシーは口を挟んだ。「何より戸惑ったんだ。でも、もし自分のことを話したくないのなら、それでかまわないよ」

「そういうわけじゃ……」ケリンは言葉をとぎらせて唇を噛《か》んだ。歯が柔らかそうな唇に食いこむ。ジェシーの大きすぎるシャツを着ているととても若く見え、きれいな顔をした子どものようだった。手のなかのワイングラスが震えた。続いた言葉には、痛みをともなう威厳があった。「もっともな理由があるということをわかってください。あなたにはなんの関係もないけれど、細かいことをぺらぺらしゃべるわけにはいかないんです」

細かいことをぺらぺらしゃべる。名前さえ嘘であることはほぼ間違いないのだから、この発言は滑稽《こっけい》にすら思えた。しかし瞳を陰らせる苦痛は、そうではなかった。それは本物であり、気がかりなものだった。ジェシーはすばやくワインをひと口飲みくだしてから、冷静な口調で言った。「ぼくにはそういう問題はないと思う。とにかく、シカゴに住んでいて、建設会社を経営していることを隠すつもりはないよ。この場所は、かなり忙しい日常のなかで、心の健康を保ってくれるオアシスなんだ」できるかぎり無関心を装って微笑む。「ああ、そうだ、知りたい場合に備えて言っておくと、ぼくは独身だよ」

ケリンはどうなのかが、ぜひ知りたかった。

「離婚されたの？」

向こうから質問してくるのはずいぶん厚かましいような気がしたが、ジェシーはすぐさま答えた。「いいや。まだぴったりくる女性に出会っていないんだろう。ありきたりの答えだけどね」

「わたしも結婚していません」ケリンのまつげは長く、目を伏せて手のなかのグラスを見つめると、濃い影が頬に落ちた。「そういう暇がなくて」

しかし、ウィスコンシン州北部へ逃げてきて、吹雪のなかに姿をくらます暇はあるわけだ。

ジェシーはワインボトルを取って、自分のグラスにおかわりを注いでから言った。「医者として、とても忙しい日々を過ごしているんだろうね。医学部を卒業して、まだそれほど長くはないはずだ。もっとワインをどう？」

「ええと……」ケリンが自分のグラスをためらいがちに見下ろしてから、うなずいた。「ええ、いただこうかしら」

もう外は真っ暗で、吹雪の猛襲が遠くなったように感じられた。ジェシーは立ち上がって、ケリンのグラスにおかわりを注いだ。「もうすぐ夕食の時間だ。お腹は空いている？」

ケリンがあやふやにこちらを見上げた。「少しだけ」

ジェシーは笑った。「だったら、もうひとつ白状しなくちゃならないな。すごく個人的で、すごく重要なことを」

「なんですか？」

「ぼくはとんでもなく料理がへたくそなんだ。だから覚悟してくれ」

3

ケリンは手際よく玉葱《たまねぎ》を薄切りにして、まな板からフライパンへ移した。立ちのぼる甘い香りが、にんにくとこんがり焼けてきた肉と混じり合い、キッチンをおいしそうなにおいで満たした。缶切りを取り、トマトソースの缶をあけ始める。

そのあいだずっと、カウンターの反対側にいる男性は、揺るぎない褐色の目でこちらを眺め、先ほどのケリンと同様にスツールに座って、長い指で手持ちぶさたにグラスをもてあそんでいた。ラジオが低い音でかかっていたが、バイオリン協奏曲やフルート独奏曲が何度も中断されて、大雪警報が出た郡の長いリストが読み上げられ、ますます大きくなる積雪量と風速が発表されていた。

「いまごろ」ジェシー・マカッチャンがカウンターにのんびり両肘をついて、気軽な調子で言った。「ぼくだったら何かを焦がしているな。じつは、シカゴではめったに料理はせずに、外食するか、帰りに何か買うかなんだ」

「わたしは料理が大好き」ケリンは正直に言って、フライパンの中身にソースを混ぜ合わせた。「くつろいだ気分になれるんです。ほかに創造的なことをする時間がなかなか取れないから」

「わかるよ。ぼくの場合は、大きな仕事の合間にここに来て、くつろいで釣りをするんだ。

そのためにここを買ったんだよ。夏にはたいてい、一カ月ほどここで過ごす」
「まるまる一カ月？　それはすばらしいわね」ケリンはちらりと振り返った。美しい暖炉で炎が明るく燃え、赤みを帯びた光が、磨かれた木の床と感じのよい家具を柔らかに輝かせていた。「すてきな隠れ家ね。わたしにとっては、時間のほうも、自分には持てないぜいたくだわ」

　そして今、彼の時間を邪魔しているのは確かだ。

「ぼくの経験から言わせてもらうと、時間は自分でつくるものだよ」ミスター・マカッチャンが、片方の黒い眉を皮肉っぽくつり上げて言った。「ぼくは、働きたいと思えば一日二十四時間でも働けるけど、四十歳になるまでに燃え尽きたくはない」

「それはきっと、ためになる助言ね」ケリンは三杯めのワインに手を伸ばした。ストレスと疲労とアルコールの混合は少し危険だとわかっていたが、もうひと口飲むのをやめておくほど心配してはいなかった。少し緊張がほぐれた今になって考えてみると、現在いる場所ほど安全な場所はほかにないとわかった。道路は通行止め。携帯電話もポケットベルも通じない。ケリンは完全に世界から切り離されていた。とても好奇心をそそる、魅惑的なミスター・マカッチャンを除けば。

　彼が微笑み、並びのいい白い歯をちらりと光らせた。「気づいているかもしれないけど、テレビも持っていないんだよ、ドクター・スミス。心からくつろぎたければ、それができる場所は北部の森の小屋さ。食べて、寝て、少し釣りをして、静けさを楽しむほかには、何もないところ」

　ケリンは笑みを返した。「テレビを持っていない男性？　あなたは新しい人類に違いないわ。助言は心に留めておくから、どうかケリンと呼んで」

　あまり料理をしない人にしては、キッチンを入念に整えている。ケリンはパスタ用の鍋を探しながら、食器棚もほかの場所と同じようにきちんと整頓されていることに気づき、ここにもジェシーの人柄の片鱗《へんりん》を見て取った。きっと秩序を大切にしているのだろう。ケリンは考えながら、ちょうどいい深鍋を持ち上げた。身のまわりを管理する方法については、ケリンもかなりよく理解している。自分にも、それにこだわる傾向が少しあるからだ。もしかすると、現在の状況にこれほど動揺するのは、そのせいかもしれない。

　ジェシーがスパゲッティを探すのを手伝い、おそらくこういう非常時のために備えておいた缶詰でいっぱいの、豊かな食料貯蔵室をかき分けて調べた。ケリンがパスタをゆでてソースを煮るあいだに、皿と銀器を出し、二本めのワインをあける。そしてカウンターではなく、火のそばに座ろうと提案した。ソースとパスタができあがると、ふたりは皿を持って床に座り、低いコーヒーテーブルを間に合わせの食卓として使った。

　ケリンはひざを折り曲げて座った。料理のおいしそうなにおいと、炎の心地よい香りが混じり合う。ジェシーが向かいに座った。躍る光が顔の曲線を照らし出し、整った彫りの深い目鼻を際立たせていた。いったいどうして一度も結婚していないのだろう。ケリンにはよくわからなかった。ワインの影響や、何週間もの恐怖から比較的安全な場所に逃れた今の状況はさておき、ジェシーはこれまでに出会ったなかでも指折りの魅力的な男性だった。そのうえ、礼儀正しく知的でもある。ケリンに言わせれば、それはめったに見られない組み合わせだった。

もし状況が違っていたら、きっとジェシー・マカッチャンを恋愛対象として見ただろう。生きて呼吸している女なら、誰でもそうするはずだ。

人生が混乱状態にあるというのに、なぜそんなことを考えているのかは謎だった。しかし、不安と恐怖以外の気持ちを感じられることにほっとした。

「すばらしかった」ジェシーが最後のひと口を食べ終えて言った。心のこもった口調だった。唇が、ゆっくり哀愁《あいしゅう》を帯びた笑みを形作った。「わかっているだろうけど、すごく気に入ったよ。きみの車と出くわさなければ、チリビーンズの缶詰か、冷凍室にある何かを食べていただろうな。もっとワインはどう、ケリン？」

まだジェシーを知って……ええと、二、三時間しかたっていないの？　それなのに、低く太い声で名前を呼ばれると、胸のあたりにきゅっと小さな興奮の震えが走った。まるでふたりが長年の友人同士であるかのように、親しげで温かな口ぶりだった。「やめたほうがよさそう」ケリンは正直に言った。

「でも、もう絶対に車でどこかに行くことはないよ」ジェシーがさらりと言った。「ウィスコンシン州北部で、今夜路上にいる人間は誰もいないだろう。なのに、どんな問題があるんだい？」

その意見は論理的に聞こえたが、実際にはそうでもなさそうだった。しかし、ジェシーがふたたびグラスを満たしたとき、ケリンは反対しなかった。外で猛威をふるう吹雪、暖炉のそばでの心地よい夕食、ほっとする料理、おいしいワイン、そのすべてが、長いあいだ失われていた幸福感を呼び覚ました。

向かいに座っているような、りりしい男性が同席しているのも悪くなかった。もう一年以上、誰ともデートしていない。最後に男性と寝たのは……もう二年近く前になる。マイケルとの関係が壊れて、婚約を解消する前のことだ。

なんてことだろう。ほんとうにここに座って、赤の他人についてそんなことを考えているの？

「風の音が聞こえる？」ジェシーが背中を反らし、引き締まった体を躍る火明かりのなかでゆったり伸ばした。影が整った目鼻立ちをさらに魅惑的に見せていた。黒い髪は乱れていたが、それはフランネルのシャツとはき古したジーンズという服装の、アウトドア好きなイメージに似合っていた。「玄関先にも、二メートル以上の雪が積もるだろうな。吹雪がやんだあと、雪かきするのはさぞかし楽しいことだろう」

まるでその言葉を強調するかのように、とりわけ激しい風のほえ声が家をかすめ、吹きつける雪が暗闇のなかで騒々しく窓をたたいた。電力を節約するため、ジェシーは明かりを消し、緊急用の発電機を使う機器のスイッチを、重要なものだけ残してすべて切った。

もしかすると、こういうものを求めていたのかもしれない。ロマンチックな暖炉と、たっぷりのおいしいワイン。ケリンは思いを巡らせながら、床の上でゆったり体を丸め、椅子のひとつに背中を預けた。疲れていることはわかっていた――長距離を運転し、ずっと緊張にさらされていたのだから、疲れていて当然だ――が、ただここに座って話していることに、なぜか満足を感じた。

人生最悪の日として始まった一日は、なかなかすてきな締めくくりを迎えそうだった。

吹雪はすさまじかった。外に出られるようになるまでに数日かかるのは、ほぼ間違いない。きれいなドクターは、ふたりがどのくらい長くいっしょに過ごす運命にあるか、わかっているのだろうか。ジェシーはいぶかった。

しかし、車を止めて助けることになったのが、清潔さにこだわらない太りすぎの田舎者や、心臓に持病を持ち、目の前で飲酒されることが宗教的に許せない老女でなくて助かった。この別荘に来たのは人から遠ざかるためだが、もし猛吹雪のまんなかに別の人間とともに閉じこめられるのなら、相手が美しく知的な若い女性であるほうが断然うれしい。そう、ケリンは最初ひどく緊張していたが、どうやらその段階は通り過ぎたようだった。話すほかにすることがなかったので、くつろぐにつれて、ためらいながらも自分の暮らしについてもう少し詳しく語り始めた。ワインの影響も害にはなっていないらしい、とジェシーはかすかな皮肉をこめて胸につぶやいた。

炉棚の時計がチャイムを鳴らし、ケリンが目を上げた。目を縁取る長いまつげが、なめらかな頬に影を投げかける。「ほんとうにもうこんな時間？」

　もうかなり遅い時間だった。それにジェシーは、天気予報どおり吹雪になった場合に備えて、早起きして薪割りをしていたのだ。「ああ。予備の毛布があるかどうか、見てみよう。いつも二階はじゅうぶん快適だけど、気温の下がりかたからして、どうなるかわからないから」

「あなたをベッドから追い出すのは気が引けるわ」ケリンが首を振った。蜂蜜色の髪が肩をかすめた。目鼻立ちははかなげに見えるほど繊細で、唇は柔らかそうだった。

　ジェシーはゆがんだ笑みを浮かべた。「寝室はひとつしかないし、ほかにうまいやりかたは思いつかないな。言うまでもなく、たくさんの泊まり客を呼ぶつもりでここを買ったわけではないからね。だいじょうぶだよ。ぼくはソファーで寝て、暖炉の火を絶やさないようにする」立ち上がって続ける。「戸棚に予備の歯ブラシがあると思う。あと、きみのパジャマ代わりになるものを探そう」

　ケリンも立ち上がった。フランネルのシャツが細い体をますます小さく見せ、魅惑的な曲線を隠していた。それはひどく残念なことだった。少し前に見た姿が気に入っていたからだ。

「すごく厚かましい気がするわ」

「そんなことないさ」ジェシーは応じた。驚いたことに、それは本心だった。才気にあふれた興味深い女性とともに、おいしい家庭料理を食べるのはずいぶん久しぶりのことだった。たいてい、女性がジェシーとデートしたがるのは見た目か銀行預金が目的で、どちらの筋書きも心惹かれるものではなかった。たしかに、注目を集めるほど魅力的だと思われるのはうれしいが、実際には遊び歩くこともほとんどなかった。

いつか、もっと深い人間関係を求めるようになるだろう。もちろんセックスはすばらしいけれど、行きずりのセックスはひどく間違っている気がした。そういうことはあまりしない――というより、ほとんどしない――が、ほんの数回したときには、あとで後悔した。三十三年の人生で何度かまじめなつき合いをするあいだに、愛情があるかどうかで、体を交えるときの悦《よろこ》びの度合いがまったく違うことを知った。

だとしたらなぜ、美しいけれど謎めいているドクター・ケリン・スミスを、そういう対象として見ているのだろう？　互いを知りもしないというのに。

ケリンが先に二階に上がった。揺らめくぼんやりした明かりのなかを、すらりとした体が移動していく。ジェシーはあとに続いた。毛布を数枚取ってやり、引き出しのどこかにしまってある予備の歯ブラシを見つけたら、できるかぎり急いで階下へ戻るつもりだった。

松材の壁には作りつけの収納棚があった。この家を初めて見たとき、とりわけ好ましく思った特色のひとつだ。ジェシーは自分のために毛布を数枚取り、ケリンが必要とする場合に備えてもう一枚出した。それから簞笥《たんす》のなかをかき回して、ケリンのためにTシャツを見つけた。前面にウィスコンシン大学のロゴが入っている。マスコットの穴熊《あなぐま》のプリントは、長年の洗濯で色あせていた。ジェシーの気に入りで、夏のあいだは最もよく着たTシャツだった。これを着てもらいたいと考えるのは、筋の通らない男の夢想に関係あるのだろう。

ケリンの素肌が自分のTシャツに包まれることに、わくわくさせられる。なんてばかなのだろう。

ケリンが低い声でつぶやくように礼を言って、Tシャツを受け取った。ジェシーが歯ブラシを出すと、温かな笑みを向けてきた。口もとがほころぶのを見ただけで、呼吸を奪われそうになる。青ざめ、髪が乱れていても、最初からケリンはきれいだった。しかし微笑むと、その何倍もあでやかになった。ジェシーは昔から、すてきな笑顔に弱いのだ。

「なくても生きていけるものはたくさんあるけど」ケリンが言った。「歯ブラシはそのなかに入っていないわ」

「歯磨きのチューブは、引き出しのなかにある」ジェシーはまだうっとりしながら言った。じっと見つめていたことに気づかれていなければいいのだが。「ほかに欲しいものがあれば、自由に使ってくれ。ぼくはソファーに戻るよ」

ケリンが立ち上がって、美しい目にかすかなためらいを浮かべてこちらを見た。「ものすごく気が咎《とが》めるわ。ほんとうにいいの？」

「もちろん」ジェシーははっきり答えた。「先に歯を磨かせてもらえれば、二階はすべてきみのものだ。もう邪魔はしないよ」

ジェシーは寝る前の支度をすばやく整えた。思いがけない泊まり客を迎え、普段からすべてをきちんと清潔にしておいたことにほっとした。バスルームから出てくると、ケリンがすでに着替えているのが見え、みぞおちがきゅっと締めつけられるのを感じた。ウィスコンシン大学のTシャツはいい選択だった。裾が太腿のなかほどまで達して、すらりとした長い脚を引き立たせ、着古された生地が、胸の曲線にほどよく貼りついている。肩の上で揺れるブロンドの髪が紺色の生地に映え、まるで若く麗しい女子学生のように見えた。ケリンはベッドに座って、バスルームが空くのを待っているようだった。

ジェシーは、自分の股間が硬くなっていることに気づいた。瞬く間に、半分勃起《ぼっき》しかけている。かすかに顔を赤らめ、ジーンズの明らかな膨らみに気づかれていないことを祈った。

「お休み」ジェシーはぶっきらぼうに言って、階段のほうを向いた。

「待って」その言葉は柔らかだった。ひと呼吸置いて言い添える。「お願い」

ジェシーはどうしても寝室から出ていく必要があった。自分のベッドの端に魅惑的なドクター・スミスが腰かけている姿は、無視するにはあまりにも強烈すぎた。少なくともこの、手に負えない体にとっては。頭では、彼女のことはほとんど知らないと、よくわかっていたのだが。

ジェシーはしぶしぶ振り返った。「なんだい？」

ケリンのまなざしが揺らぎ、唇がほんのかすかに震えた。「どう言えばいいのか、見当もつかないんだけど」

「何を言うって？」ジェシーは何気ないそぶりで尋ねた。

ケリンが、ひと房の輝く髪を頰から払いのけて、深く息を吸った。「よかったら、ここにいませんか？　その、二階で、わたしと」

ジェシーはその申し出を、非現実的な感覚とともに受け止めた。ケリンは本気だろうか？どうやら本気らしい。頬を赤く染めているが、顎を上げ、まっすぐこちらの目をのぞきこんでいる。ほとんど聞き取れないほどの声で言い添える。「いっしょに」

とっさに返事ができずにいると、ケリンはさらに顔を赤くして、口ごもりながら言った。「いつもはこういうことはしないわ、ほんとうよ。でも——」

「ぜひ」

ケリンが言葉を切った。「ぜひ？」

「ぜひ」ジェシーはほとんどぶっきらぼうに繰り返した。「ぜひ、きみといっしょに、ここにいたい。ぼくも、いつもはこういうことはしないよ。一応言っておくけど」皮肉っぽく唇をひねり、にんまりとしてみせる。「ドクター・スミス、もしあなたが観察力の鋭い人なら、ぼくの頭のなかが、外の白いもののように純粋じゃないことがわかるかもしれないよ」

誘いのおかげで今や勃起はあからさまになり、ようやくケリンもそれに気づいて、青い目をかすかに見開き、股間の膨らみに視線を据えた。「たしかに、わかったわ」

「すごく恥ずかしいよ」ジェシーは哀しげに笑いながら、ベッドのほうへ歩いた。「ちょっと前まで、きみに気づかれて、変質者か何かのように思われませんようにと祈っていた。最初に車に乗せたとき、きみはひどく神経過敏になっていたから」

「ずいぶん前から神経過敏になっていて、それはあなたにはなんの関係もないのよ」

この謎めいた発言はあとで追求するとして、今はただケリンに触れたくてたまらなかった。

ジェシーは手を伸ばしてケリンの手を取り、優しくベッドのわきから引き上げて、立たせた。細いウエストに両腕をすべらせると、ケリンが進んで身を寄せたので、顔をうつむけた。

　ケリンの唇はなめらかで温かく、芳醇《ほうじゅん》なワインのような味がした。口をあけてジェシーの舌を受け入れ、はにかみながらもそそるような情熱をこめてキスを返す。ほんの数時間ともに過ごすあいだ、ケリンが性に関して初心者ではないけれども、特に経験豊富でもなさそうだと推測してはいた。ジェシーを男として意識していたが、惹かれる気持ちを居心地悪く感じていたようだった。

　どうやら徐々に居心地よくなってきたらしい、とジェシーは考え、激しくキスをしながらケリンの指がシャツのボタンを探るのを感じた。それを手助けして自分のシャツをはぎ、一瞬だけキスを中断して両袖を引き下ろす。もう一度ケリンを引き寄せ、ふたたび舌と舌を絡ませるキスをした。

　ケリンはすばらしい感触がした。裸の胸にもたれる体はとても柔らかく女らしかった。ジェシーの股間が脈打ち、そのリズムが心臓の鼓動と重なった。唇で耳までたどり、繊細なくぼみにキスをしてささやく。「これを脱ごう」

　Tシャツを頭の上から脱がせても、ケリンは抵抗せず、両腕を上げて協力した。ジェシーは荒い息を吸いこまずにはいられなかった。ケリンの体はほぼ想像していたとおりだった。すらりと細く、胸は大きくはないが美しい形をしていて、優美な体つきにぴったりのサイズだった。その先端にあるとがった薔薇色《ばらいろ》の乳首を、早く味わいたくてたまらなかった。

「ベッドのなかは暖かいよ」ジェシーはかすれた声で促した。

ケリンがジェシーの胸から腹まで撫で下ろし、ジーンズのいちばん上のボタンを手探りした。「これを脱いでから、暖まりましょう」

「喜んで。でも、きみもだよ」ジェシーはビキニ型パンティーのゴムに指をすべらせ、なめらかで温かな素肌を感じた。目下ジーンズのファスナーを引っぱっているこの女性は、慎ましい服装をしていながら、とてもセクシーな黒いレースのパンティーをはいている。

なんて刺激的なのだろう。

ジェシーはそれを引き下ろして、両手で裸のお尻を包んだ。引き締まっていて、いい形をしている。今度はケリンが、ジェシーのジーンズと下着を腰の下へ押しやった。細い指が、硬いものをかすめる。

ジェシーは短く息を吐き出すように笑い、心臓が高鳴るのを感じた。ジーンズと下着を脱ぎ捨て、ケリンがベッドにすべりこむのを眺める。少し前まで恐怖で大きく見開かれ、暗く陰っていた青い目が、まったく違う光を湛えていた。それでも、今こういう展開になっているのも、逃げ出すきっかけとなった何かにあおられてのことだという気がした。

ケリンが何かから逃げているのは確かだ。特別な才能がなくても、そのことは簡単にわかった。

つまり、向こうから誘ってきたとはいえ、おそらく彼女の置かれた状況につけこむことになるのだろう。ふたりとも、夕食の前からあとまで、かなりワインを飲んでもいる。

ケリンと寝るべきではない。

しかし、どうしてもしたくてたまらなかった。まだ知り合ったばかりだが、ケリンはまさに好みのタイプだった。頭が切れ、努力家で、よく働く女性。昔からブロンドの髪が好みだった。体つきも、どこから見てもすらりと引き締まっていて女らしく、非の打ちどころがない。

そう、あとになって自分の決断を批判したくなるかもしれないが、今はたとえやめたくても、やめられそうになかった。すっかり硬くなった下半身が、すべてを仕切っていた。

ケリンのとなりにもぐりこみ、両腕を回して抱き締め、ふたたび唇を奪った。今度のキスはとても熱く、鋼鉄の梁でも溶かせそうだった。ケリンがふたたび両手で背中を撫で上げた。体をぴったりと重ねると、硬い部分が彼女のお腹に押しつけられて、すばらしい心地がした。睾丸《こうがん》がうずき、裸の体に温かく柔らかく包まれる感触だけで、思春期の少年のようにはじけてしまいそうだった。

「ああ、きみはすてきな心地がする」ジェシーはささやいて、指にケリンの髪をからめた。「陛下《した》で座っているとき、こういう空想をしていることを気づかれないように願っていたけど、やっぱりその雰囲気は発していたらしいな」

ケリンがこちらを見つめた。両手をジェシーの肩に置き、柔らかな唇をかすかに開く。

「大事なのは、わたしが誘わなければ、あなたは何もしなかっただろうということよ」

ジェシーは小さく笑って、ケリンの首に鼻をすり寄せ、キスで下へとたどった。「どうしてわかるんだい？」

「なぜか、ただわかるのよ。人を見る目はかなり確かだと思うわ。ああ……そう……」

口に乳首を含むと、ケリンが息をのんで言葉をとぎらせたので、ジェシーは純粋な男としての誇りを感じ、胸の内でにやりとせずにはいられなかった。最初は軽く吸い、すぐにケリンがこの愛撫《あいぶ》を気に入ったどころか、大好きであることを知った。体をわななかせながら背中を反らし、喉から低いうめき声を漏らす。これまでに聞いたなかでも最高になまめかしい声だった。

歓迎すべきことだ。乳房は人間の男に贈られた天の恵みだと思っていたし、もしケリンがこの完璧な胸に触れられ、キスされ、吸われることが好きなら、まさに自分はその役目にふさわしい男だ。

ほかの場所に唇を当てるのも好きだった。数分のあいだ胸をもてあそび、口と両手でケリンを喘《あえ》がせ、もどかしげに悶《もだ》えさせてから、下へ向かう。

外の激しい風が窓をガタガタと鳴らしていても、ケリンの息づかいが変わるのが聞き取れた。ジェシーは秘密の茂みに鼻をすり寄せて、女の香りを吸いこみ、両手で思わせぶりに太腿の内側を押さえた。ケリンが進んで脚を開き、ジェシーはゆっくりとした動きで秘所を舐《な》め始《はじ》めた。クリトリスに舌を当ててから下へ撫でつけ、繊細な部分をじらすようにまさぐる。

ベッドのなかの女性は、ほんとうにこれが気に入ったらしい。

瞬く間に達して、エクスタシーに全身を震わせた。両脚を大きく広げて膝を曲げ、悦びに取り乱したような叫び声をあげ、もてあそぶ口に向けて腰を反らす。ジェシーはできるかぎり長く絶頂を味わわせ続けた。とうとうケリンがジェシーの髪を引っぱり、弱々しく言った。

「ああっ、いや。やめて、ジェシー、お願い。もう耐えられない」

「了解」ジェシーは両脚のあいだで体を上に移動し、ケリンに微笑みかけた。満足のいく激しいオーガズムを与えることができたようでうれしかった。このあと万が一、自分が長持ちしない場合に備えて。「でも、もしよかったら……」

ジェシーは片手で自分の硬い部分をケリンの太腿のあいだに導き、なかへ進み始めた。きつく、湿った、えもいわれぬ熱さ……そう、これだ。先にケリンをいかせることができてよかった。

「心配しないで」ケリンが喘いで、顔を紅潮させ、両手でジェシーの肩をつかんだ。「もちろんいいわ」


こんなことをするのは初めてだった。いつものわたしではない。これまでの人生で、ひと晩だけの関係を持ったことは一度もない。知らない人と寝るなんて、想像したこともなかった。

しかし、今は少しも後悔していなかった。ジェシーの長く硬いものが体の内側にすべりこみ、力強い肩がぎゅっとつかんだ指の下で熱くたくましく感じられる今は。

ケリンが経験しているのは、外の嵐だけではなかった。

いつもは、セックスの最中に声をあげたりしないが、そそり立つものが根元まで収まるのを感じると、うめき声が漏れた。

しかも大きな声が。

あとで恥ずかしく思うかもしれないけれど、あまりにも気持ちよくて、抑えられなかった。

ジェシーは両腕をケリンの頭上で支え、顔に真剣な表情を浮かべていた。褐色の目が、半分伏せた濃いまつげに覆われている。後ろに身を引いてから、もう一度なかへ突くと、乳房に触れた幅広い胸が波打った。「ああ、たまらない……」

ケリンもまったく同じことを考えていた。いや、考えているのではない。体が燃えているというのに、考えることなんてできるのだろうか？

いいえ、できない。次に起こったことで、そう悟った。

ハンサムな救い主が何か特別なわざを持っているか、それとも最初で唯一の恋人だったマイケルがどこかやりかたを間違えていたかのどちらかだろう。これは、記憶にある平凡なセックスとは似ても似つかなかった。まったく別のものだ。荒々しく、刺激的で、抑えのきかない、たぶんこれまでの経験でいちばん向こう見ずだけれど、すばらしい行為。

ケリンはジェシーの豊かな黒髪に指を絡め、顔を引き寄せてキスしようとした。ジェシーがうっとりさせるほどの情熱をこめて応じ、口に舌を差し入れて下半身の動きをまねるとともに、何度も何度も体の奥を貫いた。

ケリンはふたたび、クライマックスに達しつつあった。それは驚きだった。これまで挿入でオーガズムを味わったことは一度もなかった。しかしジェシーが下半身の淫《みだ》らな動きを続け、繰り返し内側を突くと、ケリンはすべてを奪われるほどの悦びを感じ、絶頂へと向かい始めた。

「もうこらえられない」ジェシーが、ケリンの最初のわななきとほぼ同時に言った。「ああ、いきそうだ」

ケリンは荒々しくジェシーにしがみつき、おそらく両腕にひっかき傷を残した。ジェシーが動きを止めて、大きな体をぶるぶると震わせた。熱い液体がほとばしるのが感じられ、ふたりはいっしょにわなないた。ケリンの体がぎゅっと締めつけ、ジェシーはすべてを注ぎこんだ。ふたりは、どちらも疲れてぐったりとし、息を切らすまでそうしていた。

マイケルとでは、終わったあとに必ず少しばかり気まずい空気が流れた。しかしなぜか、今回はそんなふうには感じられなかった。ジェシーに抱き締められ、温かな吐息をこめかみに吹きかけられると、ケリンは結びついた体の親密さにうっとりと浸った。

いったいなぜ、まったくの他人のほうに、より大きな安らぎを感じるのだろう？　知り合って半日しかたっていないというのに？

しばらくしてから、ジェシーが笑い、ゆっくり体を離した。黒い髪を眉の上に垂らして、満足げないたずらっぽい笑みを浮かべ、すばらしくすてきで男らしく見えた。仰向《あおむ》けになり、片腕をケリンに回して引き寄せる。「ひとことだけ言うよ。すごかった」

突然、一日のできごとがすべて押し寄せてきて、体の上にのしかかったようだった。全身がゆるんだような倦怠感《けんたいかん》は、疲れたというだけではとうてい言い表せなかった。「そうね」ケリンはつぶやいた。自分よりずっと大きな体がとなりにある。その確かな感覚が心地よかった。ジェシーの肌からは、ほのかな汗を含む清潔な香りがした。「うまい言いかただわ」

「満足してくれたようでうれしいよ」ジェシーが濃いまつげの下からこちらを見た。「ぼくはすばらしかったと思う」

「わたしが満足したかどうかを気にかけてくれてうれしいわ」ケリンは何も考えずに応じた。「それに、ええ、すばらしかったわ」

「もちろん、気にかけるさ」

「そんな必要ないのに」ケリンは汗で光るジェシーの胸に向かってつぶやいた。

「スミスはきみのほんとうの名前？」

そう、そのくらいは打ち明けるべきだろう。「いいえ。バークよ」

「なぜ嘘をついたのか、話す気はある？」

「いいえ」ケリンは答えて、穏やかな眠りに落ちた。

4

テア・ベネディクトは、グラスを指でもてあそんだ。音楽のリズムが、巨大で不気味な心臓の鼓動のように響きわたった。スツールに腰かけ、すでに手のなかで生ぬるくなった飲み物をひと口飲み、待った。

ひたすら待った。

多すぎる煙、多すぎる人々、一杯のシャルドネに多すぎるお金。すでに一時間もそれを舐めるように飲んでいる。

もう一度、店内をさっと見回した。

あっ、あの男だ。

中背、もつれた焦げ茶色の髪、こめかみのところに少しだけ交じる白髪、あの特徴的な鷲《わし》鼻《ばな》……。

そしてあの目。とても冷たい、値踏みするかのような目で、店内に視線を走らせる。

ドノヴァン。

ついに現れた。ドノヴァンの視線がテアをかすめ、冷たい感触を残した。笑みを浮かべたようには思えなかった。あれは、表情と呼べるようなものではない。だがともかく、唇の片端を引き上げ、人込みを押し分けて、バーに座っている男のほうへ進んだ。

そう、あのふたりは会合を設定した。オフィスで話し合える内容ではなさそうだった。

店内は暑かったが、テアは突然、寒気を感じた。うわべは気軽そうな挨拶を眺め、自分がバーのいちばん奥の隅に座って顔をうつむけていることを確かめる。とはいえ、派手な化粧をして露出度の高い服を着ているから、どちらにも見つかることはないだろう。今のテアは、こういう人気のナイトクラブに集まる若い女性たちのひとりにすぎない。それに、ふたりには話し合うべき重大な問題がある。

殺しだ。

ふたりがこんなふうに会っていても、証拠にはならないが、間違いなく幸先のいいスタートではある。テアはバーテンダーに微笑みかけ、やたらと高いワインをもう一杯注文した。


ジェシーはかがんで、赤く燃える残り火にもう二本薪を加え、震えをこらえた。別荘のなかはかなり寒く、快適とはいいがたい外の状況がそれに拍車をかけていた。もちろん問題のひとつは、自分がとても満ち足りた深い眠りに落ちていたうえに、美しい裸の女性が心地よくとなりで身を丸めていたせいで、部屋の暖かさなど気にならなかったということだった。いつもはセックスのあとに相手を抱いて眠ることはあまりないが、きれいな泊まり客のすてきな丸いお尻を股間に押しつけ、優美な背中を胸に引き寄せてまどろむのはすばらしい気分だった。ふたりはそんなふうに抱き合って眠った。ジェシーが目を覚まし、自分の体にもたれかかるケリンの温かく柔らかな体を見つけて、昨夜のことを思い出したときには、これがただの奇妙な――だがすばらしい――夢でなかったことに驚いたほどだった。

ケリンはとてもいいにおいがした。花と、熱くなった女のような。まだその香りが肌に残っていた。シーツにも残っているはずだ。

そのことを考えると、股間が硬くなった。しかも、じつにありがたい朗報があった。いまだに風が暴走列車のように吹き荒れている状態では、火をおこしたら二階に上がってふたたびベッドにもぐりこむ以外に、することはほとんどないのだ。

炎がほどよくパチパチと音を立て始めると、ジェシーはそのとおりにした。

ケリンはまだぐっすり眠っていた。絹のような髪が枕に広がっている。ジェシーがとなりに戻って毛布にもぐりこんでも身動きひとつせず、そうとう疲れているのは明らかだった。ジェシーはぴったり体を寄せ、手に負えない股間の膨らみには注意を向けないよう努めた。朝の光のなか、ワインの酔いが覚め、未知の郡道へと駆り立てた何かから逃れた今、ケリンが自分と寝たことを後悔していなければいいのだが。

ジェシーは何ひとつ後悔していなかった。こちらとしては、雪が溶けて春になるまでふたりでベッドにいてもいい。ケリンは情熱的なうえにとても感じやすい。心から楽しんでくれる女性と愛を交わすのは、すばらしく刺激的だった。しばらく前に別れた恋人は、性的な面についてはあまり熱心ではなく、ジェシーが結婚の申し込みを躊躇《ちゅうちょ》したのはそれがひとつの理由だった。ほかのあらゆる面ではとても気が合ったのだが、ふたりでベッドに入るたびに、向こうから施しを与えられているように感じた。すべての女性が性の分野で平等に創られているわけではないと理解してはいるが、セックスはまじめで親密な関係に欠かせないものだ。感情面と知的な面での結びつきも同じくらい大切だが、それでもやはり、いいセックスは大切だった。

　ドクター・バークは、そういう面についてはすばらしい才能を持っていた。

　ジェシーはケリンの裸のお腹に手を当てて、ごくゆっくり上へとたどり、美しい乳房の片方を包んだ。それは手のひらにぴったりと収まる大きさで、引き締まっていて張りがあった。そっと重さを確かめ、そそるような素肌を指でもてあそぶ。親指で乳首をかすめると、それはすぼまり、初めてケリンが少し身動きして、眠りのなかでため息をついた。

　まずい。ジェシーはすっかり硬くなっていた。分身が脈打ち、睾丸がうずく。もう一度愛を交わすことをケリンが受け入れてくれるかどうかはわからなかったが、昨夜の反応を考え、一か八か説き伏せてみることにした。

　ごく軽くケリンの首に鼻をすりつけ、髪をわきに払いのけて細い喉もとをあらわにし、唇を寄せる。ケリンがかすかにまつげをはためかせた。

　ジェシーは乳房を少しだけ強く握り、肩にキスをした。「おはよう」

「んん……」

「外はマイナス十度だよ」ジェシーは低い声で言って、鎖骨《さこつ》を舌でなぞった。「でも、このベッドのなかは、ぼくに言わせればものすごく熱い。発電機のスイッチを入れたけど、家が暖まるまでにはしばらくかかる。ここにいたほうがいいと思うよ」

　ケリンが完全に目をあけた。一瞬緊張して、自分がどこにいるのかわからなくなったようだったが、ジェシーがほっとしたことに、ほとんどすぐさま力を抜いた。「まあ」

　そのひとことの意味ははっきりしなかったが、ジェシーは軽く乳房を包みながら、抱き締めたままでいた。硬い部分を腰に押し当てていたので、気づかれないはずはなかった。「少し前から起きていたんだ」かすかに皮肉なユーモアをにおわせて言う。「明らかに、いろいろな意味でね」

「ええ、感じられるわ」ケリンが仰向けになってこちらを見た。眠そうな目をして、髪はなまめかしく乱れていた。笑顔を向けられると、ジェシーの心臓が早鐘を打ち始めた。「もう何カ月も、こんなふうに眠っていなかった。ありがとう」

「ぼくにお礼を言う必要はないさ」ジェシーはにんまりして、もう片方の乳房に手をすべらせ、乳首をもてあそんだ。「何もかも、ぼく自身の悦びのためにしたことなんだから」

「あなただけに限ったことではないわよ。ちょっと待ってくれれば、すぐに戻るわ」

「ここにいるよ」ジェシーは仰向けになって頭の後ろで腕を組み、ケリンがベッドからすべり出るのを眺めた。冷たい床に足を触れて小さく身震いし、走るようにしてバスルームへ向かう。裸の体を見て硬い股間がますます激しく脈打ち、自分が毛布で作るテントに皮肉な笑いがこみ上げるのを抑えきれなかった。男には、人間の生殖の過程についていくらか有利な面があるが、ひとつ大きな欠点がある。欲情したとき、それを国家機密にできない。

　トイレの水を流す音と、水道を使う音がしたあと、ケリンが姿を現して、ベッドに駆け戻った。ミントの歯磨きの香りがして、輝く髪はもつれもなくなめらかだった。となりにもぐりこんで、ジェシーの裸の胸に手をすべらせる。ジェシーは思わず小さな叫び声をあげた。

「うわっ、すごく冷たいよ」

「そう?」無邪気な顔をしていたが、目にはいたずらっぽい光が浮かんでいた。「遠慮なく、わたしを暖めてくれていいのよ」

「ぜひともそうしよう」ジェシーは寝返りを打ってケリンに覆いかぶさり、性急にキスをした。ゆっくり時間をかけたかったが、むずかしかった。先ほどの言葉は嘘ではない。しばらく前に目が覚めたときには、下半身のほうも同じくらい目覚めていて、昨夜の行為を繰り返したくてうずうずしていた。ケリンも反対ではないらしく、両腕をジェシーの首に回し、ぴんと立った乳首を熱くなった胸に押しつけてきた。

外は恐ろしい寒さかもしれないが、ジェシーの体は燃えるようだった。「間違っていたら言ってくれ」ケリンの唇に向かってつぶやく。「でも昨夜はすごくよかったし、これからもっとよくなっていくような気がするんだ」

「間違っていないわ」ケリンが半分伏せたまつげ越しにこちらを見た。「でも質問があるの。今さらこんなことを言うのもなんだけど、コンドームは持っている?」

自分の欲求にすっかり気を取られていたとはいえ、この言葉になぜびっくりしたのかは謎だった。ジェシーはいつも、予防には特別こだわるほうだからだ。目をしばたたいてから、詫《わ》びるように首を振る。「いいや。ここにはひとりで来るし、財布に入れて持ち歩く思春期の若者でもないからね。でも心配しないでくれ。ぼくは完璧に健康だから」

「その保証はありがたいけれど、わたしは医者だし、昨夜のことは許しがたいほど向こう見ずだったわね。わたしたちはどちらも、もっと分別があるはずなのに」

「これは、頭で考えることとはあまり関係ないのさ」ジェシーはケリンの脚のあいだに硬いものをこすりつけ、貫きはせずにただクリトリスをそっと突いた。すでに濡れていて、なめらかな感触がした。ジェシーの肌にうっすらと汗が浮いてきた。「でもきみの言うとおりだ。いつもはもっと分別があるほうだと思う。きみのほうも、性交渉の相手についてはきちんと把握しているような気がするんだけど、ドクター」

「これまでにひとりしかいないわ」ケリンが足の裏で、ジェシーのふくらはぎの裏をけだるく思わせぶりにさすった。「今は、その人のことは考えないでおきましょう。別れたあと、一応検査を受けたわ。問題なしよ」

「それじゃ、やめる理由はないな」ジェシーは誘うように唇を動かし、喉もとの、すばやく脈打っている部分に触れた。

「それはあなたの見かたにもよるわね」ケリンのかすれた声を聞いて、ジェシーは彼女のなかに身をうずめたくてたまらなくなった。

あえて返事はしなかった。やめる気はまったくなかったからだ。やめようと思ってもできそうになかった。絹のような太腿の内側が腰に当たり、ケリンが体を開いて待ち受け、硬い部分が天国への入口に触れている今は。

ケリンの準備が整っていることを確かめるために、引き締まった平らなお腹を撫で下ろし、秘めた部分に触れてみた。じゅうぶんな湿り気が指を覆うのを感じながら、柔らかなひだを探る。指を一本奥まですべり入れると、ケリンが小さなため息を漏らした。

紛れもなく、準備は整っている。

「んん……ジェシー、とてもいい気持ちよ。でも、あなたがもっとうまくできることはわかっているわ」

ケリンの口調にはほんのかすかな南部訛りがあり、ジェシーの名前を呼ぶときの発音には心をくすぐられた。「もう少しだけ大きなものが欲しいかい？」からかいの言葉を返し、目をのぞきこむ。

「できるだけ早く」ケリンがジェシーの肩に息を吹きかけ、誘うように乳首を胸にこすりつけた。

「ぼくたちには丸一日あるよ」ジェシーは指を引き抜いて、体を位置づけた。分身の先端で、ケリンの入口を軽くつつく。

「それはすばらしいことね」ケリンが小さな喘ぎ声を漏らした。目を閉じて、脚をさらに広げる。ジェシーはぐっとなかへ進み始めた。「そして、すばらしい心地がするわ」

「ああ、ほんとうだ」ジェシーはしばし目を閉じて、ケリンの体に包みこまれる感触に浸った。美しいドクターはほどよくきつく、なめらかな通路がジェシーを根元まで完璧に、ぴったりと受け止めた。

何もかもが昨夜と同じくらいよかった。もう少し長く持ちこたえたいという希望はかなえられそうにないな、とジェシーはぼんやり考え、長く確かな動きで突き始めた。ケリンが最初のときと同じくらい、すばやく達してくれることを願うだけだった。

「ああ……ああ……ああ」ケリンがジェシーの上腕をつかみ、動きに合わせて腰を浮かせ、ひと突きごとに奥まで受け止めた。頬を紅潮させて、うめき声をあげる。

悦びの柔らかな声は、とてつもなくセクシーだった。とはいえケリンは、輝くブロンドの髪からきゃしゃな素足に至るまで、すべてがセクシーだった。これまでにつき合った恋人がひとりしかいないというのは信じがたかった。きっと毎日のように男が言い寄ってくるはずだからだ。

ケリンがベッドでどれほど熱くなるかを知っていたら、男たちは列を成すだろう。ぎゅっと締めつけられるのを感じ、結びついた部分がこすれて快感を高めていることがわかった。ケリンが腕をつかんで指を食いこませる様子から判断して、おそらくオーガズムが近づいているはずだった。

いいタイミングだ。ジェシーのほうも、今にもはじけてしまいそうだった。

「もっと?」ひと息ごとにあまりにも激しく肺から息を吐き出していたので、短い質問さえ声にならないほどだった。

「ええ」ケリンが熱い両手を腕から外してジェシーの尻をつかんだ。まるで貪欲《どんよく》な体のなかへ、もっと深く受け入れたがっているかのようだった。「もっと強く、速く。ああ、お願い」

ジェシーは応じ、速度を増して下半身を動かし、もっと力強く突いて、ケリンが求めているものを与えた。

ケリンが叫び声をあげて達し、ほっそりした体をぴんと張って喘ぎ、ジェシーの下でわなないた。強烈な解放が悦びとともに押し寄せ、ジェシーは熱いものをほとばしらせて、ケリンのなかに注ぎこんだ。目を閉じて、彼女に覆いかぶさったまま身をこわばらせる。あまりにも大きな悦びに、体を支える両腕が震えた。

しばらく時間がかかったが、徐々にまた窓に吹きつける風の音と、熱くなった肌を取り巻く空気の冷たさを感じるようになった。ジェシーはまぶたを開いて、ケリンの顔をじっと見下ろした。ケリンがまだ息を弾ませながら、見つめ返した。

自分とまったく同じように感じているはずだ。言葉を失うほどの経験。

ようやくジェシーは、か細い笑い声をあげた。「ぼくは正しかったようだ」

「なんのこと？」ブロンドの巻き毛が枕の上にこぼれ、卵形の顔を縁取っていた。胸に当たる乳房は引き締まっていて豊かだった。小さな両手がまだジェシーの尻を包んでいた。

「そんなことがありえるのかどうかわからないけど、今回はさらによかった」

ケリンが口もとにけだるそうな小さい笑みを浮かべた。「オーガズムはみんな同じというわけではないのね。あなたと会う前は、知らなかったわ」

あなたと会う前は。まだ他人同然であるふたりにしては、とても親密に響く言葉だった。

「自分たちも認めているとおり、ぼくたちはどちらも普段ならしない行為にふけっているんだからね。体の相性というのは、すごいものなんだな」ジェシーは柔らかくなった分身を、なめらかな温かい体から外して、片方の肘で頭を支えてケリンのとなりに寝そべった。とても優しく、彼女の頬に触れる。「質問をするつもりはないけど、なぜきみが名前のことで嘘をついたのかには、好奇心をそそられるな。誰だってそうだろう？」

となりに寝そべっている女性は何も言わなかったが、一瞬視線をそらしてから、ふたたび目を合わせた。「もっともな理由があるのよ、ジェシー。たぶんあとで話すわ。今は、この天気を贈り物のように感じているの。わたしを……保護してくれるから。わたしたちはここにふたりきりで孤立した状態だし、いつもの規則はすべて無効よね。昨夜のことは、それで説明できると思う。ただ、正直に言って、知らない人と寝ようと決めたことに、自分自身がいちばんびっくりしているわ。きのうの今ごろは、わたしたちはまだ出会ってもいなかったのに」

「ぼくも普段は、きれいなドクターを連れ帰ってベッドに誘いこんだりはしていないよ」ジェシーはゆっくりと言って、ケリンの〝保護〟とか〝孤立〟とかいう言葉の使いかたを心に留めた。「ぼくは明らかに、きみに惹かれている――ほんとうに、ほんとうに惹かれている――だけど、人についてあれこれ勘ぐりはしない。だから心配しなくていいよ。きみは怖がっている。きのうから、それはわかっていた。きみは逃げてもいる。きみのような地位や職業に就いている人にとっては、尋常ではないことだ」

「すごく洞察力があるのね、ミスター・マカッチャン」ケリンが慎重に抑えた声で言った。

「おいおい、詮索はしないと今約束したばかりだよ」

「よかった。もう一度向き合うことになるまでは、自分の問題を忘れていたいから。あまり実際的ではないかもしれないけど、とにかく、最近はほんとうに朝から晩まで、肩越しに後ろを振り返りながら過ごしていたのよ」ケリンが身動きして、少し体を伸ばした。シーツがすべり落ちて、魅惑的な胸があらわになった。「あなたに理解できるかどうかわからないけど、ただ自由になって、したいことをしたかったの。少し向こう見ずになりたかった。ポケットベルや、携帯電話や、自宅の電話の音を聞かずにいたかった」

ジェシーには理解できた。誰よりもよく。そもそも、別荘を買ったのはそれが理由なのだから。穏やかな口調できく。「ぼくは、きみの向こう見ずな逃亡に一役買っているのかな?」

「とても大きな役をね」ケリンが手を伸ばして胸に触れてから、指を下へすべらせた。「あなたが言ったとおり、わたしたちには丸一日あるわ」

ジェシーはケリンの身に起こっていることにひどく好奇心をそそられていたが、すばらしいセックスを拒絶するつもりはなかった。とりわけ、〝丸一日〟という言葉が本気だとするなら……。指先で繊細な笠をなぞられると、まだ半分硬いままだった部分が反応した。

「丸一日だ」ジェシーは答えて、すばやく息を吸いこんだ。

まるでロマンス小説みたい。ケリンは、我を忘れさせる新たなオーガズムのあとで、ぼんやりと考えた。まだ全身がうずいていた。とても、とても、セクシーでエロチックなロマンス小説。すてきなヒーローが、いくらヒロインを抱いても抱き足らず、ベッドに押しとどめて、何度も何度も奪うような。

そしてヒロインがそのすべてを心から楽しむような。

ジェシーが大きく息を吐いて、ケリンの頬に温かい呼気を吹きかけた。「まったく」つぶやくように言う。「もう十八歳じゃないのに、まさにそんな感じがする。回数を憶《おぼ》えていたりはしないが……でも……まったく」

ジェシーはとても引き締まった、とてもセクシーなお尻をしている。ケリンは手のひらで軽く素肌を撫でた。大きく広げた両脚のあいだに、ジェシーが身を預けていた。絶頂のあとでも、彼のものはケリンのなかで大きく長く感じられた。ケリンはつぶやいた。「わたしに言わせれば、十八歳という年齢は理想化されすぎているわ。それに、あなたはすばらしくがんばっているし、わたしも回数は憶えていないけれど、今現在のあなたの感じかたには、まったく同感よ」

ジェシーがわずかに顔を上げて微笑んだ。褐色の目には、くすぶる熱と茶目っ気の両方があった。「飛びきりホットな、ある女性に刺激を受けたおかげさ」

奇妙なことだが、ケリンはこれまで自分のことを特に官能的な女だと考えたことはなかった。もしかすると、セックスに対する漠然《ばくぜん》とした迷いから、認識を誤っていたのかもしれない。もしかすると、マイケルとの活気のない関係が、そもそもの原因のひとつかもしれない。

もしかすると、ジェシー・マカッチャンのような人に出会っていなかったのかもしれない。

ケリンはかすれた小さな笑い声をあげた。「信じてちょうだい。いつもはこんなふうではないのよ。元婚約者はわたしのことを、ベッドではちょっと退屈だと思っていたに違いないわ」

「だとしたら、その男はばかだったのさ」ジェシーが唇を近づけて軽くキスをしてから、体を離し、手を差し出した。「さあ。シャワーを浴びて、何か食べるものを作ろう。吹雪のせいで判断がむずかしいが、たぶん正午過ぎだろう。きみはどうかわからないけど、ぼくは体力をつけなくちゃ」

ジェシーのわざとらしい流し目に、ケリンは笑ったが、たしかにそのとおりだった。度重なる交わりで、体は快く湿って少しべたついていたし、心地よい肉体的な満足とともに空腹を覚えていた。

それに、すてきな家主といっしょにシャワーを浴びるという提案は、なかなか魅力的だった。

三十分後、ケリンはまた新たにジェシーの大きすぎるシャツと靴下を身に着けて、スクランブルエッグを作っていた。ジェシーがベーコンを裏返した。これが唯一、失敗せずに作れる料理だということだった。ふたりはまた暖炉のそばに座り、気安い静けさのなかで食べた。

ジェシーが四枚のトーストをあっという間に平らげたのを見て、驚かずにはいられなかった。「育ち盛りなんだよ」ジェシーが、心臓をどきりとさせる笑みを浮かべて言い、立ち上がって皿を集めた。「それに、今朝は間違いなく、かなりのカロリーを消費したからね」

「すばらしいダイエット法だわ」ケリンは思わず口もとをゆるめた。

「きみにダイエットは必要ないよ。むしろ、少し痩《や》せているほうじゃないかな。きみの体のどこにも、不満なんてないけどね。気を悪くしないでくれ」

じつは最近、体重が減ってしまったのだ。食欲がなくなったのは、ストレスと不安のせいだった。きちんと食べていないことはよくわかっていたが、どうしようもなかった。「いつもはこんなに細くないのよ」ケリンは打ち明けた。

「きみはとてもきれいだよ」ジェシーが何食わぬ顔で言い、皿をさっとすすいでから食器洗い機に入れた。「ぼくは、きみのセクシーな体を隅から隅まで信奉しているんだ」

ジェシーは約束どおり詮索はしなかった。もし逆の立場で、彼のほうがこういう隠しごとをしていたら、ひどく好奇心をそそられていただろう。

もしかすると、すべてを話したほうがいいかもしれない。

あとで。

今は、そのことは考えたくなかった。

火が柔らかな、ほっとさせる音を立てて燃え、外のうなるような風の音が、部屋をさらに居心地よく感じさせた。ケリンは躍る炎を見つめて、できるだけ頭のなかを空白にしておこうと努めた。ジェシーがもう一本薪を持って戻り、巧みに炎にくべてから、となりに腰を下ろした。たくましい両腕でひざを抱えて尋ねる。「それで、元婚約者とはどうなったんだい？　ほかに何が起こっているのかは話したくないんだろう。それはかまわない。でも、その男のことを話してくれ」

ケリンはちらりと視線を投げた。「マイケルのこと？　話すことはたいしてないわ、今思うと。わたしたちは医科大学の予科生同士で、同時に医科大学に進むことになって、ふたりともインディアナ大学に入学したの。マイケルは最初から心臓病学を志していたけど、わたしはいくつか異なる専門分野を考えていたわ。でもとにかくふたりとも、医者になることに懸命だったの。もちろん、そういう生きかたのなかでうまくバランスを取れるカップルもいるけれど、わたしたちはどちらも、それがあまり得意ではないとわかったのよ。医者同士の結婚もよく聞くわ。でも、うまくやるのは簡単ではないの。いっしょに暮らそうとしてみたけど、すれ違いばかりだった。それで、専門医学実習に申し込むとき、別々の道を行くことにしたの」

「時間の問題というのは、大きいんだな」

「わたしたちにとっては、そうだった。実際に結婚して、結局離婚するようなことにならなくて、よかったと思っているわ。ちょっと時代遅れかもしれないけれど、もしも結婚するときには、それが永遠の約束だと確信したいの」

「ぼくも同じだ」ジェシーが賛同の表情を浮かべ、唇の――すばらしい悦びを与えてくれる唇の――端をかすかに引き上げた。「結婚は一度きりでいい」

「ぴったりくる女性に出会ったらね」からかうように言ったつもりだったが、なぜかそうは聞こえなかった。

いやだ……最悪のタイミングだわ。

「そうだな」ジェシーが答えて、じっとこちらを見つめた。小さな笑みが、口もとから消えていった。

まさか。知り合って一日にも満たないのだから、どちらにとっても、そんな考えを頭に浮かべることさえありえない。

ひと目惚《めぼ》れ。それを信じる気にはなれなかった。そう、動物的な欲望だ。昨夜と今朝の長時間にわたる交わりのことを考えると、そこに疑問の余地はなさそうだった。

もちろん、すてきなミスター・マカッチャンに猛吹雪のなかで拾われるまでは、動物的な欲望も信じてはいなかったのだが。

どうかしている。すでに行動に移したことだけでなく、頭のなかで考えていることも。

ケリンは咳払《せきばら》いをして、話題を変えた。「吹雪について、天気予報はなんと言っているの？」

「少なくともあと一日は、こんなふうに荒れた天気が続くだろう。そのあとようやく、みんなが穴を掘って抜け出せるようになる。ぼくたちがいる場所では、道路の優先順位はきっと最後になるだろうな」

少なくとも、あと数日の猶予がある。

ケリンはほっとした。

5

コンピューターの画面がぱっと明るくなったので、パスワードを打ちこんだ。表示されたアカウントを見て、眉をひそめる。まだなんの動きもない。

ちくしょうめ。

ネイサン・ヘンダーソンは椅子に腰かけ、苛立ちが募るのを感じた。わかっているかぎりでは――可能なものにはすべて侵入している――ドクター・バークは少なくともここ四日間、キャッシュカードも、クレジットカードも、携帯電話も使っていない。車に取りつけた追跡装置は、ウィスコンシン州北部のどこかで信号が途絶えてしまった。おそらく、あの付近のひどい天候のせいだろう。

要するに、あの女がどこにいるのか、見当もつかない。

ああいう人物を扱う際に困るのは、頭が切れるということだ。これまでのところ、事実を突き止めようとするこちらの努力がすべて出し抜かれていると考えると腹立たしくてならない。どういうわけか、あの女はそれをやってのけていた。今は、おびえて逃げ回っているのだろうか？

ああ、そうに違いない。動機が疑問だが。

ネイサンは自分のことを、ここ数週間のようなこそこそした手段に頼るより、もっと知性を駆使する人間だと考えるのを好んだ。しかし、現状からして選択の余地はなかった。規定を外れた活動をしているから、ものごとをできるかぎり目立たないように進めるしかない。

とあるもっともな理由のために。

ドクター・バークがいずれ戻ってくることは確かだ。苦労して医科大学を出て、充実した儲《もう》かる仕事に就いた人間が、簡単にそれを手放すはずはない。

あの女がふたたび姿を現すのを待ち、次にどうなるか成り行きを見守る以外に、方法はないだろう。


骨身に染みるほど寒く、体感温度は摂氏マイナス二十度にもなって、おそらく長時間外にいるのは危険だろう。しかし、少なくとも吹雪の勢いは弱まってきた。ようやく。

吹きだまりがあまりにも高くなったので、ジェシーは玄関扉を押しあけられなくなった。とても通り抜けられる量の雪ではない。数時間ごとに裏口から薪を取りにいき、雪かきをしていたので、春ごとに薪を補充している物置小屋まではなんとか通れる道ができていたが、行きたいのはそちらの方向ではなかった。

ジェシーは腰まで達する吹きだまりのなかを苦労して進み、特に深い部分を避けながら、ようやく私道のてっぺんまでたどり着いた。ふもとにあるトラックは半分くらいしか見えず、曲がりくねった小道を道路まで雪かきするのは、恐ろしくたいへんそうだった。こういう緊急時のために、スノーモービルを持っていた。どこかへ行く必要があるなら、今のところはそれを使うしかないだろう。たぶん、車の周囲から雪をどかして動かせるようになるまでに、あと数日はかかる。それでかまわなかった。そのころまでには、周辺の脇道が通れるようになっているだろうからだ。ケリンの車も、どこかへ行く必要に迫られる前に、運んで修理してもらわなければならない。幸運なことに、経営している建設会社は冬の暇な時期に差しかかり、大きな仕事の合間にあったので、どちらにしても二、三週間は滞在するつもりでいた。

ケリンと過ごす時間が長くなればなるほど、ますます充実してくる気がした。ケリンは、あわただしい生活を送る人にしては、閉所に長く滞在することに抵抗がないようだった。ふたりはかなりの時間を、語り合って――そしてベッドのなかで――過ごした。これまでの人生で最高の休暇になりつつあった。

ジェシーはゆっくり足を踏みしめて、裏口から車庫に入り、雪に覆われたコートとブーツ、手袋を脱いで、家のなかに戻った。暖かさがありがたかった。ケリンはいつもどおり暖炉のそばにいて、どっしりしたマグでコーヒーを飲み、顔に読み取りにくい表情を浮かべていた。ジェシーの大きすぎるシャツを着て、細い手首のまわりに袖をまくり上げていると、三十歳を過ぎた専門職の女性には見えなかった。

ジェシーは自分のカップにコーヒーを注ぎ、温かい磁器を両手で包んだ。「外はまだ、かなり荒れているよ。道路の整備を始めると報道されていたけど、雪の量と郡道の吹きだまり具合からして、作業員は仕事を中断するんじゃないかな」

ケリンが口もとをゆるめて安堵の表情を見せた。「それなら、わたしたちにはあと二、三日の猶予があるの？」

おもしろい言葉の選びかただ。わ、た、し、た、ち？

「少なくともね。きょうの午後から、私道の雪かきを始めるつもりだよ。でも、すごく寒いし、しもやけになったり、死んだりしたくはないな」

「わたしだって、あなたにそのふたつのどちらも経験してほしくないわ。だから、ふたりとも同意見ね」ケリンは少し弱々しく微笑み、背を向けて火を見つめた。「わたしがここにいることに飽き飽きしていないなら、このまま滞在させてもらえるとうれしいわ」

ケリンに飽き飽きするだって？　いや、まさか。まるで正反対の気持ちだったので、少し戸惑っているほどだった。ジェシーは居間に入って、まだコーヒーカップをもてあそびながら、暖炉のそばに立った。「ぼくは、最短でもあと二週間は滞在する計画だったんだ。きみは好きなだけいてくれていい。歓迎するよ」

驚くべきことだったが、ここ数日ケリンとともに過ごし、本気でそう思うようになっていた。

ケリンが首を振って、柔らかな髪を肩にかすめた。「そんなに長くは無理よ。戻らなくてはならないわ。旅そのものがとっさの思いつきだったたし、わたしには責任があるの。病院のスタッフには、わたしから連絡があるまで予約は受けつけないように、としか言っていないし。たぶん、いったい何ごとだろうと思っているわ。それに、あなたは孤独を求めていたんでしょう？」

きらりと輝くまなざしをジェシーは見逃さなかったが、涙は予期していなかった。小さなしずくがまつげの上にたまり、光る筋となって頰にこぼれ落ちた。

「きみをここに連れてきてからは、孤独を重視しすぎていたことに気づいたんだ」ジェシーはカップをわきに置いて、ケリンが座っている革の椅子のところへ行った。彼女を抱き上げ、自分のひざに乗せて椅子に腰かける。ケリンがくぐもった抵抗の笑い声を漏らしたが、頭を自然にジェシーの肩に当てて、もたれかかった。

「わたしは子どもじゃないのよ」ケリンが言葉とは裏腹に、さらにすり寄って、片手でシャツの開いた襟をつかんだ。肌に指が温かく感じられた。

「まさにその事実を、ぼくはすごくうれしく思っているよ」ジェシーは唇でケリンの髪をついばんでから、さらりと尋ねた。「ぼくにできることはある？」

「いいえ」小さく一度しゃくり上げ、もう一度しゃくり上げてから、ケリンは泣き始めた。身を震わせ、ジェシーのシャツに顔を押し当てる。涙の発作はすばやく訪れて去った。ジェシーは驚きはしなかった。何が起こっていようと、いつものケリンは冷静で自信に満ちた女性だとわかっていたからだ。

ようやくケリンが濡れた顔を上げ、片方のまくり上げた袖で頰をぬぐった。ささやき声で言う。「ごめんなさい」

「謝ることはないさ。誰だってときには、感情を発散する必要があるんだ」

「アルテミスが行方不明なの」

アルテミスというのが誰なのかさっぱりわからなかったので、気のきいた返事を懸命に考えようとしたが、結局何も言わずにケリンに続けさせることにした。

ケリンがしゃっくりとため息の中間のような声を漏らした。「あの子はただの野良猫だけど、わたしが餌《えさ》をあげ始めたから、彼らがわたしの猫じゃないかと思うのもわかるわ。いいえ、たぶん、ほんとうにわたしの猫なのよ。わたしの猫だったと言うべきかもしれないけど」

うつろな調子の声を聞いて、ジェシーは少しだけ抱き締める力を強くした。両腕でしっかり抱けば、ケリンを守れるかのように。「彼らって？」

「わからないけど……わたしを追っている連中」

どうも不穏な展開になりそうだった。ここに着いたとき、ケリンがどんな様子だったかはよく憶えていた。「野良猫は、野良猫らしく放浪するものだよ、ケリン」

「餌用のお皿が粉々になっていたの。裏のデッキに置いてあったものが」

くそっ、それは嫌な感じだ。「もしかすると、初めから話してくれたほうがいいかもしれない」ジェシーは言った。「きみがそうしたければだけど。無理強いはしないよ」

「問題は、どうしてこうなったのか、さっぱりわからないということなの」

か細い声を聞いて、ジェシーは腕のなかのケリンを守りたいという気持ちが唐突にわき起こるのを感じた。「何が起こったんだい？　話してくれ」

沈黙が流れ、炎がパチパチと音を立てた。それから、ケリンが咳払いをした。「それは二カ月前、寝室の切れた電球とともに始まったの。とても単純なことよ。電球を交換しようとして……それがあることに気づいた。取付金具の下から、電子装置のようなものが突き出ていたの。もちろん、これまでにも電球を交換したことはあったわ。とても小さいけれど、あってはならない場所に変なものがあったから、気づいたのよ」

「どんなもの？」ジェシーは眉をひそめた。

「盗聴器よ。警察に通報したとき、それは部屋のあらゆる音を傍受するための装置だと説明されたわ。信じられなかった。そもそもわたしは、それほど自宅にいる時間が長くないし、どちらにしても、誰かにそんなことをされる覚えはまったくないのよ。特に興味深い人生を送っているわけでもないわ。つまり……いったいなぜ？」

　ジェシーにとってケリンはじゅうぶん興味深かったが、打ち明けられた事実がひどく心配だったので、反論したい気持ちをこらえた。「誰かがきみの身辺を探っているのか？」

「つけ回されてもいたわ。わたしの思い過ごしでなければ。思い過ごしではないはずよ。どんどんエスカレートしていったの」ケリンが身を震わせた。「被害妄想みたいに聞こえるかもしれないけれど、ほんとうよ」

「わかった、信じるよ」ジェシーは信じた。少なくとも本人は心から信じているのだし、最初に車に乗せたとき、どれほどおびえていたかをジェシーは憶えていた。優しく先を促す。

「どんなふうにつけ回された？」

　小さなため息が、ジェシーの喉をかすめた。「ただの偶然みたいに聞こえそうな気がするわ。でも実際に経験してみると、そんなことはないのよ」

「話してみてくれ」

「少なくとも三度、別々の機会に、黒っぽいセダンタイプの車を見たわ。運転中、わたしの後ろについていた。数ブロックではなくて、ほとんど、家を出てから目的地までずっとということよ。いちばん最初のときは、なんとも思わなかった。だって、わかるでしょう。偶然誰かと同じ場所へ向かうことだって、たまにはあるもの。わたしの場合、それは病院だったし、たくさんの人がそこへ行くんだから、そんなことは忘れていたの。でも同じ日、遅くなってから、またその車に気づいたのよ。今度はオフィスに向かっているときだった」

「同じ車だという確信があるのかい？」

「確信があるから、気にかかるのよ。ほかにも何度かそういうことがあったの。道を変えたりもしたけれど、それでも追ってきたわ」

「なるほど。盗聴器のことを考え合わせると、そういう事態を疑う根拠もじゅうぶんにありそうだな」

「まだあるの。家を出る二、三日前、昼間出かけているあいだに、誰かが家のなかに入ったの。すっかり震え上がってしまったわ。その誰かは、部屋に入りこめるのよ。防犯システムがあるのに、それをものともせず」

　ジェシーはケリンの髪に軽く指を通し、悪態をつきたい衝動をこらえた。「そんなことがあったら、ぼくだって震え上がるよ。どうしてわかった？」

「ひとり暮らしをしていると、ものを決まった場所に置くでしょう。わたしはかなり几帳面《きちょうめん》な性格なの。地下室へ続くドアが、少しあいていたわ。ある程度の力でしっかり閉じないと、ボイラーが作動したときにあいてしまうのよ。わたしはいつも、きちんと閉めたことを確認しているわ。それが習慣だから。一週間ほど地下室には下りていなかったし……。それに、コンピューターも、スリープ状態にしてあったはずなのに、画面が立ち上がっていたわ。わたしのパスワードなしで、どうやってログインできたのかわからないけれど、誰かが試したみたいなの」

ドアがあいていたことと、コンピューターの誤動作とも考えられる状況だけでは、たいした手がかりにならないのは確かだ。「ぼくのコンピューターは以前、急にフリーズしてシャットダウンが必要になったことがある」

ケリンが小さく震えた。「ええ、そういうこともたまに起こるわね。でも誰かがなかにいたという気配《けはい》もあったのよ。ばかみたいに聞こえるでしょうけど、ほとんど足を踏み入れた瞬間に、わかったの」

どういうわけか、ジェシーにはそれがいちばん説得力のある証拠に思えた。昔から、人間には普段はあまり使っていない直感力があると信じていたからだ。

ケリンがなぜあれほどびくびくしていたのか、今では理解できた。「どうして逃げ出したんだい？　猫が行方不明になったせい？」

「いいえ」ケリンがジェシーの首にもたれたまま首を振った。「あなたも言ったように、野良猫が放浪するのはわかっているわ。お皿が粉々になっているのを見て、泣きはしたけれど……」

そして、ケリンは簡単に泣きはしない。これだけのことが起こっても。ジェシーはすでに、感じ取っていた。

「警察に通報したわ。もう一度。彼らは、わたしの頭がおかしいんだと考えているみたい。昔の恋人のことをいくつか質問されたりしたけれど、基本的には、何も盗まれていないし、直接的な脅しがあったわけでもないから、できることはあまりないと言われたわ。唐辛子スプレーの缶をすぐ横に置いていても、幾晩かは眠れなかった。まんじりともしなかったわ。その時点で、すっかり混乱していたから、とにかくすべてについてきちんと考えて、なぜなのかを突き止めるために、いったん家を離れようと決めたの」ケリンが唇を震わせて弱々しい笑みを浮かべた。「そしてまっすぐ北へ向かったのよ」

ウィスコンシン州——とりわけこの地域——は、ジェシーに言わせれば、家を出て、世界から遠く離れたと感じるのに最適の場所だった。

ケリンの柔らかく温かい体の感触と、漂ってくる髪の香りを楽しむ。「ここにいれば安全だよ」

「ええ」ケリンが静かな声で同意した。「でも、永遠にはいられないわ」

なぜこんなに皮肉なタイミングなのかしら、とケリンは考えた。今ではない別の時だったなら、ほんとうにすばらしいと思える男性に出会ったことで、すっかり高揚していただろう。時間的な面から言えば他人かもしれないが、そんな気はしなかった。そう、ふたりはまだ互いの人生を探索し、話をしながら小さな事実を掘り起こしている最中だったが——信じられないほどの肉体的な相性のよさはさておき——なぜか以前からジェシーのことを知っているような気がした。

こうして彼の胸で泣き、自分の身に起こっていることを話した今、ジェシーはただ抱き締めて、じっくり考えてくれているようだった。警察官のように、心のなかで眉をつり上げて肩をすくめはしなかった。とはいえ、地元警察を責めるつもりはない。彼らは実行に移された犯罪に関するあれこれで手一杯なのだ。それでも、がっかりしたのは確かだった。

ジェシーがぼんやりと指にケリンの髪を絡め、黒い眉をひそめた。「なぜ、その何者かがわざわざそんな手間をかけるのか、興味がわいてきたな。きみはなんらかの訴訟に関わっている？」

「いいえ、ありがたいことに」

「問題の多い患者とか、不満をいだいた同僚とか、違法な手段を取ってまできみの評判を傷つけたがるような者は？」

「思い当たるような人は誰もいないわ。ほんとうよ。さんざん考えてみたんだから」

「わけがわからないな」

ケリン自身が出した結論と同じだった。「そのとおりよ。わたしは朝起きて、仕事に行って、家に帰って眠るだけ。誰の気に障ることをしているというのかしら？　なぜこんな目に遭わされるのかさえわかれば、もう少し気分もよくなるんだけど」

「そうだな。まったく正体不明の敵というのは、誰にとっても扱いづらいものだ」

ジェシーにも、わかりはしないだろう。ケリンはあまりにも神経過敏になって、少しでもあとを追ってくるように見える人がいれば、パニックを起こしかけるほどだった。地下室のドアがあいていて、コンピューターが立ち上がっているのを発見したあとのふた晩は、ベッドに横たわって果てしない夜を過ごし、何か物音が聞こえるたびにびくりとした。もしつけ回されているとすれば、ホテルへ行っても無意味に思えるし、かえって危険かもしれないのだから。

「ほかにも盗聴や盗撮の装置がありそうですごく怖くて、クロゼットのなかの暗闇で着替えているの。身長が百九十五センチある同僚のグレンに、オフィスを閉めたあと自分の車まで送ってくれるよう頼みもしたわ。彼には、しつこい元恋人がいるとか、あいまいな説明をしただけなんだけど、すごく親切にしてくれたの」ジェシーの体はとてもがっしりとして男らしく、心地よい感触がした。いつもの自分らしくはなかったが、ケリンはいつまでも彼のひざの上に丸まっていたかった。

「その彼がそんなに協力的なのは、親切心からじゃないと思うな」ジェシーがそっけなく言った。「気づいていない場合に備えて言っておくけど、ドクター・バーク、きみはすごくきれいだ」

「グレンは幸せな結婚生活を送っているのよ。でも、ありがとう。わたしがいやなのは、すごく……すごく……無防備な気がすることなの。どうして、自分の車まで歩くのを怖がらなくてはならないの？　どうして、自分のベッドで眠るのを怖がらなくてはならないの？　怖いだけじゃなく、もどかしくて、腹立たしいわ」

「無理もないよ」

火がパチパチと燃え、薪の一本から樹脂《じゅし》が吹き出してシューシューと音を立てていた。心地よい響きと、頬に当たるフランネルのシャツの感触は、少し現実離れしていた。ジェシーの心臓が、力強く確かなリズムで鼓動している。ケリンは言った。「無力な状態でいるのがたまらないわ」

ジェシーが笑った。柔らかな声とともに、胸が盛り上がった。「きみのそういう傾向については、もう知ってる」

今はとにかく、家に帰ることを、不安と恐怖の生活に戻ることを考えたくなかった。ケリンは顔を上げて微笑もうとした。「そうかしら、ミスター・マカッチャン？　ほかには何を知っているの？」

「たくさんのことさ」ジェシーがにやりとセクシーに口もとをゆるめた。話題を変えても気軽に応じてくれるのは、思いやりがあるしるしだった。ケリンにとってそれは、褐色の目や、ハリウッドスターのように整った顔立ちと同じくらい魅力的に感じられた。

「言ってみて」ケリンは少しだけ身動きして、お尻をジェシーの股間に押しつけた。

「よし。まず第一に、きみはせっかちだ。ものごとをてきぱきと片づけ、〝完了〟のラベルを貼った箱にきちんと積み重ねていくことを好む」

なかなかの洞察力だ。ケリンは眉をつり上げた。

「きみにはいくつかコンプレックスがある。ときには、自分を大目に見てやることを好む。何かでストレスがたまると、いっそう懸命に働く」

「そうかしら？」

「静かに。ぼくはフロイトを演じているんだから」ジェシーが両手でケリンのウエストをつかみ、もう少し自分の股間の近くに位置づけた。「ときどき自分の完璧主義的な面に悩まされ、人とうまくやっていくのがむずかしいこともある。一方で、それがきみをすばらしく優秀な医者にしている。きみは主席で卒業しただろう。それ以外には考えられないな」

たしかにそうだった。ジェシーの目はたいしたものだ。わたしはそんなにわかりやすいのかしら、それともまぐれ当たり？「ふむ、そうかもしれないわね。あなたの精神分析は興味深いわ。そのままやめないで」

「きみは小さな町で育った」

そのとおりだ。インディアナポリス東部の、小さな農業の町の出身だった。祖父母は今もそこに住んでいる。ケリンは目をしばたたいた。「いったいどうしてそれがわかったの？」

ジェシーが肩をすくめて、ケリンの唇に視線を落とした。「直感と呼んでくれ。ぼくは健康的な、親しみやすいタイプの女性に弱いんだ。ぼくの直感が、きみにその素質があると叫んでいる」

かすれた声の調子に、ケリンの全身が快くうずいた。褐色の目をのぞきこんでいると、恐怖や、逃避行や、吹雪や……すべてを簡単に忘れられた。

「そうかも」ケリンは答えて、もう少しだけ身を寄せた。「わたしの番になったら教えて」

「いつでもどうぞ」

ケリンは試しにやってみた。「あなたも働きすぎる傾向があるわ。それが欠点だから、この別荘を買ったのよ。細かいことにこだわるのはわたしだけじゃないわ。だってここは、わたしがこれまでに見たなかで、とにかくいちばんきちんとした独身男性の住まいだもの。あなたは好んで控えめな趣味に徹している。トラックを運転して、たとえ経済的な余裕があっても、派手なスポーツカーには乗らない。ほとんど短所といえるくらい、実際的ね。お金は必要悪であって、目的ではない」

ジェシーが唇をぴくりと引き上げた。「なるほど。いくつかは当たっているかもしれないな」

「あなたは自分の生活が気に入っているわ。満ち足りているけれど、必ずしも幸せではない」

褐色の目に、何かがひらめいた。ジェシーは何も言わなかった。ふたりの唇は数センチの距離まで近づき、ケリンはお尻の下に触れるジーンズの膨らみを感じた。

崖の縁を歩くような気持ちで、先を続ける。「いつか、家族が欲しいと思っている。自分の時間を捧げられるような」

当たっているかどうかについてのコメントはなかった。その瞬間、ジェシーが距離を縮めて唇を奪い、じっくりと熱いキスをしたからだ。ケリンは彼の首に腕をすべらせ、やみくもな情熱をこめて反応し、抱擁に浸って、インディアナ州で待ち構えている問題を追い払った。

ジェシーが太腿を撫で上げた。ケリンが身に着けているのは、大きすぎるシャツと羊毛の靴下だけだったから、愛撫と素肌を隔てるものは何もなかった。巧みな指先が秘密の茂みをかすめてから、ひだを分ける。長い指に入口を貫かれると、ケリンは彼の唇に向かって小さな声を漏らした。ゆっくり突いたり引いたりする指を感じながら、キスを続ける。

とても、とても心地よかった。とはいえ、ジェシーに触れられるのは、いつもすばらしい。もしかすると、彼といるのがあまりにも気楽で、抑制を忘れてしまうせいかもしれない。それとも、今の状況のせいかもしれない。とにかく、ただすばらしかった。

運命？

前世の縁？

なんでもいい。わかっているのは、ジェシーの愛撫でしっとりと濡れているということだ。あのすてきな微笑みを向けられただけで、そうなってしまう。男性に対してこれほど激しく反応するなんて、想像したこともなかった。

ケリンはさらに太腿を開いて、唇を引き離した。顎のすっきりした線から耳までキスでたどり、ささやき声で言う。「ファックして」

あからさまな要求に対する反応は、見逃しようがなかった。ジェシーが驚きにはっとしてから、低い声で笑った。「それは命令かい?」

「命令する必要があるの?」ケリンは軽く耳たぶを嚙んだ。

「まさか」

ジェシーがケリンを抱いたまま、さっと立ち上がって、暖炉のすぐ前まで数メートル移動した。そこには、臙脂色と黄土色と濃紺の毛糸で織られた敷物が敷かれていた。ジェシーはそこにケリンを寝かせ、シャツをウエストの上までぐいとまくった。「脚を広げて」

どちらにしても、自分が求めたことだ。ケリンは仰向けのまま言われたとおりにして、半分閉じた目で、ジェシーがジーンズをゆるめて腰まで引き下ろすのを見ていた。勃起したものが長くそそり立って、先端にはすでにしずくが浮いていた。開いた太腿のあいだにひざまずき、もう少しだけ押し広げて、覆いかぶさる。硬い先端が探るように突くのを感じた。

それから、ジェシーが一度の力強い動きでなかへ入った。ケリンの唇から喘ぎ声が漏れた。

「こんなふうにか?」ジェシーがほとんど完全に身を引いてから、ふたたびぐっと突いた。ケリンの肩の両わきに置いた腕で体を支え、猛《たけ》る部分で貫く。その顔は情欲で紅潮していた。

「そうよ」彼の下半身の動きに合わせて背中を反らし、しっかり受け止めようとする。

ジェシーが身をかがめてキスをしたが、それはケリンがよく知るようになった、いつもの誘うようなキスではなかった。体を奪う荒々しさと呼応する、情熱的な激しいキスだった。

自分でも知らなかった女の部分が、それを気に入った。ケリンはこれまで淫らな言葉を使ったことはなかったし、セックスのときに戯《たわむ》れたこともなかった。恍惚《こうこつ》とさせるほどの悦び、明るく燃える炎、背中に当たるひんやりとした敷物……。

「自分で触って」ジェシーが濃密な声で言った。「いってごらん」

どちらにしてもいきそうだったが、言われたとおりにした。ふたりの体のあいだに手をすべらせ、クリトリスを見つけて、ゆっくりさする。ジェシーがうずく体の芯を突き続けた。解放はすばやく激しく、ケリンは叫び声をあげて、オーガズムの震える悦びに全身をわななかせた。ジェシーが身をこわばらせて目を閉じ、うめき声をあげた。達したときの脈打つほとばしりが感じられた。

しばらくたってから、ジェシーが身動きして、まつげ――男性には不釣り合いなほど濃く長いまつげ――を上向け、片方の眉を上げた。「思い描いていたとおりだったかな？」覆いかぶさったままで尋ねる。

体のあらゆる筋肉がゆるんで、ケリンはほとんど動けなかった。ものうい満足感に浸りながら、からかうような笑みを浮かべる。「もっと練習しなくてはならないかもしれないけど、幸先のいいスタートだったわ。性について――自分自身についても――あなたからたくさんのことを学んでいるところよ、ミスター・マカッチャン」

口調はともかく、からかっているのではなかった。猛吹雪は母なる自然からの贈り物だった。ジェシーは並外れた教師だ。旅に出て、人里離れた場所にふたりで閉じこめられるまでは、ほとんど顧《かえり》みなかった人生の一面を探索することに関して。

「ぼくも学んでいるよ」ジェシーが優しく撫でつけるようにキスをした。

「あなたが？　あなたはすべてをひととおり修了しているでしょう」ケリンは自分のなかでまだ大きいままのジェシーを感じた。

くぐもった笑い声がケリンの髪を揺らした。「毎回、精魂を注いでいるつもりだよ。しゃれを言うつもりじゃなくね。ほんとうに、あと十日ここにとどまるつもりはないのかい？ぼくたちがどのくらい勉強できるか、考えてみてくれ」

「心から、とどまりたいと思っているのよ」ケリンは手を伸ばして、ジェシーの顔に触れた。「でもそれは、現実的じゃないわ。何が起こっているにしても、わたしには同僚と患者に対する義務があるのよ。あのときは、睡眠不足と度を超えた緊張のせいで、発作的に逃げ出したの。何者かが家のなかに侵入できると考えただけで、震え上がってしまったのよ。すっかり混乱してしまったの」

ジェシーの表情は読み取りにくかったが、気楽で魅惑的な笑みは消えていた。心のなかの理不尽な部分では、説得し続けてほしいと思っていたが、なんの手はずも整えずに長期間にわたってすべてから遠ざかることはできないし、そのつもりもなかった。

ようやく、ジェシーが肩をすくめた。「そうしたければできるってことを、憶えていてくれ」

ケリンは心を揺さぶられた。不安になるほど大きく。

6

マイナス二十度のなかに一週間近く放置してあったせいで、トラックが動くまでには少し時間がかかった。ようやくエンジンがかかったので、ジェシーは片腕を座席の背に当てて、後方を確かめた。タイヤが何度か空回りしてから路面をとらえた。バックで私道を下っていく。道沿いには木々が密集して並んでいるので、いつも雪が積もると少し運転がむずかしくなるのだが、どうにか端までたどり着き、そこに車を止めた。郡道の除雪は完了していたものの、私道の入口にたまった大量の雪をどけるのにはひどく手間がかかった。

まったく、冬に対しては、愛憎相半ばする思いがある。ジェシーは少しおもしろがりながらそう考え、運転席から這《は》い出《で》て、徒歩で別荘へ戻り始めた。空は美しく静かに晴れわたり、木々は雪をかぶって、空気は吸いこむと肺が痛むほどひんやりとすがすがしく……まさに、魔法のような日だ。とはいえ、一時間以上もスコップで雪かきをしていると、これほど美しい景色への興味も少しばかり薄れてくる。

ケリンの車はトマホークの町へレッカー移動され、修理工場で新しい部品が取り寄せられることになっていた。部品は翌日配達の予定で、あすには修理が終わるとのことだった。私道の除雪もすんだ今、ケリンを町に連れていくことにはなんの問題もなかった。

ただ、いくつもの理由があって、そうしたくないというだけだ。

そう、ケリンが去ってしまったら、きっと落ち着かない気分になるだろう。これほどすばやく気楽に誰かとの関係になじんだことは、今まで一度もなかった。ケリンも、目の前ではっきり口に出しはしなかったが、同じことを感じているようだった。ふたりの相性はぴったりだ。ジェシーが思うに、それは性的な面だけではなかった。もちろん、その部分はとびきりよかったけれど。

そう考えると――ここのところずっと考えていたのだが――ケリンこそ、ジェシーが求めていた女性といえそうだった。独立心にあふれ、知的で、なまめかしく、女らしい。両親もきっと気に入るだろう。

一生という意味で、女性を自分の人生にあてはめて考えてみることなどめったにない。知り合って一週間でそんなことを考えるなど前代未聞だとはいうものの、昔から、ぴったりくる人に出会えばすぐに気づくはずだと信じていた。

ケリンに恋しているのだろうか？

もしかするとその段階はすでに通り越しているのかもしれない、というのが答えだった。ケリンには歩み去ってほしくなかったから、危険が潜む状況へひとりきりで戻らせるつもりもなかった。

休暇を延ばしても問題はなかった。先入観のない部外者の目で、何が起こっているのかを突き止める手助けができるかもしれない。

もしケリンがそうさせてくれるなら。

正面の入口はまだしばらく通れそうにないので、ジェシーは裏へ回ってそこから入った。手がかじかんでいた。厚い手袋を外し、キッチンに続く狭い通路に広げたタオルの上に置く。次にブーツを脱ぎ、凍えたつま先を振り動かしてから、コートと帽子を脱いだ。髪が立ってしまわないように、指を通して整え、キッチンを抜けて居間に入った。ケリンは開いた本をひざにのせていたが、読んではおらず、大きな窓から凍った湖を眺めていた。横から見ると、その繊細な顔立ちは少し愁《うれ》いを帯びていた。

「外に出られるよ」ジェシーは言った。「今夜また吹きだまりができる場合に備えて、トラックを私道の端に置いてきた。予報ではあまり風は強くないらしいけど、どうなるかわからないからね」

ケリンが振り返って、一瞬ぼんやりした目を向けてから、小さく身を揺すったように見えた。「それはいい知らせだわ」

「きみにとってはね。ぼくはまた、自分の料理を食べることになるのさ」軽い調子で言おうとしたが、うまくいかなかった。「もちろん、きみが取引に応じるなら話は別だけど」

ケリンが形のよい眉をひそめた。「取引？」

「きみはぼくに料理を教えて、ぼくは別の分野で最大限、きみを教え導く」

ケリンがためらいの表情でこちらを見つめた。絹のようなブロンドの髪を肩に垂らし、ほっそりとした脚を体の下に折りたたんでいる。「ずっとここにいたいけれど、でも――」

「でもそれはできない。わかるよ。気兼ねせず断っていいんだ。だけど、たとえば、ぼくがいっしょに戻るのはどうかな。どちらにしてもあと一週間は休暇を取るつもりだったし、必要ならもっと長く取ることもできる」

頼む、断らないでくれ。頼む、頼む、頼む……。

願いが頭に響くなか、ジェシーははっきりと悟った。ぼくは彼女に恋している。頭のてっぺんからつま先まで、いかれたふぬけになっている。ケリンの答えを待つあいだ、呼吸さえ止めていた。

ケリンが口もとを小さくゆるめ、震える笑みを浮かべた。「ここに座って、まさにそのことを、どうやってあなたに頼めばいいのか考えていたの。あまりにもずうずうしく思えて……今だってあなたに甘えて居座っているんだし、自分の身に何が起こっているのかさっぱりわからないし、でも――」

ジェシーは心底ほっとした。あまりにも強い安堵を覚えたので、怖くなるくらいだった。「ぼくのほうはずっと、どうやったらきみをとどまらせることができるか考えていたんだ。だとすれば、居座っているというのは正確じゃないな。それに、きみがよくわからない状況のなかへ戻ることを想像すると、ひどく心配になる。しばらくそっちへ行ったほうが、気分がよくなりそうだ。もしかするとふたりで、何かを探り当てられるかもしれない」

ケリンが手を上げて、頬にかかった髪を払いのけた。その手は少し震えていた。「騎士道のコンテストにでも出るつもりなんじゃない？　いいわ、わたしの一票はあなたのものよ。そんなこと、する必要はないのに」

「問題は、ぼくがそうしたいってことさ」

自分がわたしにどんな影響を与えているか、ジェシーはまったくわかっていないのだろうか？

吹雪で森の小屋に閉じこめられるというロマンチックな筋書きが、ひどいストレスの日々になることもありえた。しかし実際には、その家主はすてきで、頭が切れ、思いやりがあり、すばらしい恋人にまでなってくれた。しかしケリンは、まるでおぼれかけているような気分だった。

もしかするとそれは、乱れた黒髪をして、まだ雪で湿った服を着たセクシーで野性的なジェシーの容姿のせいかもしれない。まったく。外の冷気で少し赤くなった鼻まで、魅力的に見えてしまう。

もしジェシーがいっしょにインディアナ州へ来てくれるとすれば、それはうれしいことだった。彼のそばを離れなくてすむし、これまでよりずっと安心していられる。ジェシーはとても有能に見えた。ケリンは普段から、自信に満ちた男性がたくさんいる環境で働いている。医者という職業に就いた男性は、おのずとそうなるのだろう。だから、ジェシーのそういう資質だけに惹かれているわけではなかった。

そう、別の何かがある。ただジェシーだから、という理由かもしれない。

そして今、ジェシーはいっしょに行こうと言ってくれた。さらに一週間、彼の腕のなかにいられるなんて、天国のようだ。

戻る先が、地獄でなければだけど。

「公平な取引じゃないわ」ケリンは言った。気持ちが揺らいで、喉が詰まった。「人里離れた美しい別荘で過ごす代わりに、郊外の家でわたしが仕事に出ているあいだ、一日じゅうひとりでいるの？　病院に戻ったらすぐにでも、取り消した予約の予定を組み直さなくてはならないし、そのあいだにも新しい患者が電話をかけてくるはずだわ。たいてい、わたしのスケジュールはひと月以上にわたっていっぱいなの。これから、長時間勤務の日々が待っていそうよ」

ジェシーが眉をつり上げた。「ぼくはもう子どもじゃないよ。気晴らしくらい自分で見つけられる」

「こんな無理なお願いをしていいのかしら。あなたは孤独を求めてここへ来たのに」

「きみがお願いしたんじゃない、ぼくが申し出たんだ。それに、行く価値はじゅうぶんにあるはずさ」ジェシーが口もとをゆるめて、はっとするほど魅力的な笑みを浮かべた。「孤独のことだけど、もしきみが立ち去ったあと、計画どおりここにとどまっているとしたら、少し寂しく感じるだろうな。以前はそんなことはなかったんだが、何かが変わったんだと思う」

ケリンも、何かが変わったのだと思っていた。すべてが急すぎて、まわりじゅうで警告のベルが鳴り響いていてもおかしくないが、感じているのは安堵と、胸にあふれる幸福感のようなものだった。ここ二カ月のあいだ向き合ってきた混乱と恐怖を考えると、信じられないような気がした。「もしあなたが本気なら、ええ、ぜひいっしょに来てほしいわ」

ケリンを手放せなくなりそうだと考えるのも無理はない。この女性は、ジェシーがありきたりな備蓄品として買っておいた材料から、とびきりおいしい料理を作り出せる。ベーコンと玉葱とじゃがいもと牛乳とチーズに、缶入りの鶏《とり》のブイヨンを加えた特製のスープ。それと、冷凍のビスケットに少しばかりにんにくとバターを塗って焼いたもの。あまりにもいい香りがしたので、ジェシーはキッチンをうろつき、とうとうその場から追い払われてしまった。


料理がじょうずで、ベッドではすばらしく情熱的な美しい医者？

まさに、最高の幸せがひとつにまとめられたかのような女性。

ジェシーは二皿めのスープを飲み終えて、ビスケットをもうひとつ片づけてから、満足のため息をついた。「きみはこの料理でレストランを開けるよ」

ケリンはおもしろがるような表情をして、暖炉のそばでジェシーの向かいに座っていた。

「あなたってほんとうに、どうしようもない独身男性ね。これはただのじゃがいものスープよ、ジェシー」

「これは最高にすばらしいじゃがいものスープだ」ジェシーは言って、身をかがめてケリンの空《から》の深皿を取った。「ぼくが皿を片づけるよ。そのあと話をしよう、いいね？」

満足の表情がさっと消えたが、ケリンはうなずいた。ジェシーはキッチンへ行って、皿や鍋をきれいに片づけてから、ワインボトルをあけて、ふたつのグラスとともに居間へ運んだ。先にケリンのグラスを満たして手渡す。「ほら。ゆったりくつろいで、状況について話し合おう」

ケリンがダークブルーの目をまっすぐこちらに向けて、グラスを受け取った。「はっきりさせたいの？」

何をきかれたのかはわかっていた。ジェシーは椅子に深々ともたれた。「ぼくたちのことについては、あとで話そう。先に話したいのは、ここ二カ月のあいだにきみの身に起こったあらゆることだ。もしかすると、三、四カ月かもしれないが」

ぼくたちのこと。

いい響きだ。その言葉を口にするのが好きだった。

「知っていることはぜんぶ話したと思うわ。問題は、わたしが何も知らないということよ。それなのに、家に盗聴器をしかけられて、何者かに探られていたの。不法侵入されて、つけられていることも確かよ。それ以外は、裏のデッキに置いてあった餌用のお皿が割れていて、アルテミスがいなくなったことを数に入れないなら、たいしたことは起こっていないわ」

「ぼくは、そうじゃないような気がするんだ」ジェシーはワインをひと口飲んで、しばし間を置いた。「何かが重要なんだよ。何者かにとって、どうやらそれは脅威らしい。そいつらは、情報を集めようとしているんじゃないかな」

　ケリンが唇を開いた。真剣な表情を浮かべ、もう一度じっくり考えているようだった。

「そうかもしれない。あなたの言うとおりだと思う。でもそれがなんなのかわからなければ、役には立たないわ」

「だからこそ、いろんな方向からあれこれ考えてみたほうがいい。話してくれ。なんでもいいから、いつもとは違っていたことを教えてくれ。そのときはなんとも思わなかったとしても。もしかすると、患者に関わることかもしれない。前にも言ったように」

「わたしはたくさんの患者を診るのよ。それに、すべては部外秘だし。医者に話したことは、診察室の外には出ないわ」

「信用していない者がいるのかも」

「信用しているはずよ。十一年を費やして取得した医師免許を、守秘義務違反のようなもので失うわけにはいかないわ」

　力のこもった言葉を聞いて、ジェシーはケリンを信じたが、もし何者かが被害妄想に取《と》り憑《つ》かれていたり、失えば人生を揺るがしかねない何かを抱えていたりした場合、不確かな脅威の源にはなりうる気がした。

　ケリンがブロンドの髪を火明かりにちらちらと輝かせながら続けた。「考えてみて。世間に知られてはならないような何を内科医に話すというの？　たいていの場合、わたしの仕事は、初期検査で問題が明らかにならないときに、患者をできるかぎりよい専門医に紹介することよ」

「病気だということを、自分だけの秘密にしておきたがる人は多い」

「そうかもしれない。でも、だからといってふつう、医者の家に侵入はしないでしょう。それに、特に目立った人は思い当たらないわ。ほんとうに、途方に暮れているの」

ジェシーもそんな気分がしたが、決意を固めてもいた。少し眉をひそめ、ボイラーが作動し始めた音に耳を澄ます。外はまだひどく寒いようだ。「ほかにはどうかな。無愛想な隣人とか、挙動のおかしい友人とか、不満を抱えた同僚は？　何かあるはずだよ、ケリン」

ケリンは当惑した顔をして、首を振った。「そのことについては、何度も考えてみたの。ほかには何もせずにずっと考えていたけど、何ひとつ思い浮かばなかったわ」

「きみが定期的に話している人たちは？　メールをやり取りしている人たちとか、夕食を食べに行くときに顔を合わせる人たちとか」

「わたしの知るかぎり、家族や友人はわたしと同じくらい無害な人たちよ。両親は引退してフロリダで暮らしているわ。兄はヴァージニアで会計士をしているの。友人のほとんどは、いっしょに働いている人たちよ。じつを言うと、あまり友人と出かける時間はないの。みんな長時間働くから。人づき合いは、予定表のなかであまり重要な位置にないのよ。家族を持つ人たちは、さらにつき合いが悪いわ。前にも話したけど、わたしはほぼ毎日、仕事に行って、帰ってきてくつろいで、家で静かな夜を過ごしているだけよ」

ジェシーはグラス越しに炎を眺めて考えこんだ。「いちばん気になっているのは、いやがらせの性質なんだ。誰も彼もが、防犯システムをうまく止めたり、盗聴器をしかけたりする方法を知っているわけじゃない」

「そうね」

「猫がいなくなったことや、皿が割れていたことは、悪がきのしわざみたいにも思えるが、そのほかのやりかたはかなり洗練されている」

向かいに座った女性は何も言わず、ほっそりとした指でワイングラスを包んでいた。

ケリンは賢い女性だ。状況全般に対して、ジェシーと同じくらい不安な気持ちでいるのがわかった。

ジェシーは半分冗談のつもりできいた。「まさか、不運にもギャングの殺しを目撃したり、脅されて真夜中に誰かの体から弾丸をつまみ出したりはしていないだろうね？」

ケリンが笑った。しかし、小さく吹き出したような笑い声に陽気さはなかった。「なるほど、どうやらあなたもテレビを観るようね。幸いにも、そんな経験はないわ。それにいちばん近いことで思い当たるのは、レストランの駐車場に無断で車を駐《と》めた人をたまに目撃するくらいかしら。たいした犯罪ではないわね」

「そうだな。そのことできみの家に盗聴器をしかけるとは思えない」

「わたしもよ」ケリンがか細い声で言い、こちらに目を向けたときには、少し唇を震わせていた。「あなたがいてくれれば、これまでよりずっと心強いわ。ありがとう」

ジェシーのほうも、向こうに行けばずっと気分がよくなるだろう。ケリンの身に何かあったらと死ぬほど心配しながら暇を持てあましていることなど、想像もできなかったからだ。

「ぼくは探偵でもなんでもないが、何かに気づくかもしれない。これから、一、二週間はぼくをきみのボディーガードと考えてくれ」

「ほんとうにありがとう」

ジェシーはとっておきの流し目をしてみせた。「きみの体《ボディー》は、ぼくのお気に入りになったんだからね」

うまいしゃれとはいえなかったが、効果はあった。ケリンが笑い、それは心からの笑いに聞こえた。「それを言うなら、あなたの体も悪くないわ。病院のオフィスに来てみて。これまでは看護師たちに、さえない恋愛生活についてさんざんからかわれてきたの。ひと目あなたを見たら、みんな真っ青になるわ。しかも、誰もが求めているような本物の優しい男性だとわかったら、あなたには身を守る防具が必要になるでしょうね」

二重の褒《ほ》め言葉はうれしかったが、それは自分の見た目を看護師たちがどう思うかが気にかかるからではなかった。ケリンが魅力を感じてくれるから。それ以上に、ふたりで過ごす時間を楽しんでくれたからだった。そのことはわかっていたが、ケリンが口に出して言ったことで確信が得られた気がした。自分があまりにもすばやく――そして激しく――美しい泊まり客に恋してしまったとしても、その気持ちは一方通行ではないのだと。

「ふたりでここで過ごす最後の夜だ」ジェシーは冷静な声で言った。「ワインを二階に持っていったほうがいいかもしれないな」

「ベッドに入るなら、座ってワインを飲むことはなさそうよ」

「まさにそれがぼくの計画だ」ジェシーはグラスをわきに置いて立ち上がった。

ワインなど知ったことか。

もう少しで、声に出して言うところだった。シカゴに戻れば、いくらでもひとりきりでワインを飲んで過ごせるのだ。以前はひとりで過ごすことを楽しんでいたのだが、もうひとつの選択肢がケリンだとすると、今はそれほど魅力的には思えなくなった。

今夜は、思いがけず吹雪に閉じこめられた日々の終わりを印すことになるだろう。願わくば、それ以上の何かの始まりでもあってほしい。

ジェシーは、最後の夜を、ケリンが永遠に忘れないものにしようと決めた。

7

ついに進展があった。テアは静かにトイレまで歩いて、扉を閉め、携帯電話をさっと開いた。

やった、これはいい写真だ。

テクノロジーばんざい。

会合は、ひとりの男がもうひとりの男とすれ違う程度のものだったが、テアはその短いやり取りをとらえた。

互いと顔を突き合わせていたことは、否定しがたいだろう。テアがこの写真を送信したあと、すばやく消すことさえできれば……。自分の携帯電話に保存しておくのは、手榴弾《しゅりゅうだん》をポケットのなかに入れて、指でそわそわとピンをいじくるようなものだ。

ロブの新しいメールアドレスが、まだ追跡されていないといいのだが。

もし追跡されていたら、まずいことになる。

いや、それどころではない。ネイサン・ヘンダーソンについて知れば知るほど、すでに命にかかわるほどまずいことになりつつあるのだ。

テアはトイレの水を流してから、携帯電話をハンドバッグに戻した。少なくとも、夜間労働の成果をものにしたのだ。毎晩どこかの寂《さび》れたファミリーレストランで、何が起こるか、それとも起こらないのか、ひたすら待ち続けたのもむだではなかった。

まあ、人は愛の名のもとに一風変わった行動を取るものだし、わたしもその例外ではないということだ。

これは、テアが記録した三度めの密会だった。揺るぎない証拠とはいえないが、そろそろヘンダーソンのコンピューターを試してみる潮時かもしれない。

そのためにはかなりの度胸が必要だった。侵入するにはシステムを一時停止しなければならないからだ。コードは手に入れてあるが、それを使えば追跡されてしまう。

まったく、どうしたものか。

家はいつもどおりに見えた。二階建てで、正面《ファサード》が煉瓦《れんが》造りの家。最近降った雪にうっすらと覆われている美しい庭と、がらんとした私道がある。車の日よけに付いたボタンを押すと、車庫の戸がゆっくり上がり始めた。ケリンは車を入れ、ジェシーは車庫のなかではなく、反対側にトラックを止めた。

訪問者がいるのが明らかになるから、そのほうがいいかもしれない。今の状況に緊張はしていたが、同時にだいぶ楽な気分になっていた。

ほんとうに危険はあるのだろうか？

ケリンが車から降りると、ジェシーが近づいてきた。肩幅の広さと身長の高さが頼もしい。

その一方で、いったい何が起こっているのかよくわからず、隠れた敵のことを考えると怖くてならなかった。

わたしは戻ってきた。不安と恐怖の日々に。

しかし少なくとも、ひとりではない。

「警報器を解除してくれれば、ぼくが先に入るよ」ジェシーが落ち着いたさりげない口調で言った。「万が一のためにね」

ジェシーに任せたいという気持ちがあるのは確かだった。その反面、自分のせいで彼の身に何かあったら困る。それに、長いあいだひとりでやってきたのだし、意思決定は仕事と私生活のなかで大きな位置を占めていた。ケリンは首を振った。「わたしが先に入るわ。一週間出かけていたんだもの。盗聴器をしかけたい人間がいたなら、たっぷり時間はあったはずよ。何かおかしなところがあるとすれば、わたしのほうが気づきやすいでしょう」

「おや、なんでも自分で仕切りたがるドクターが戻ってきたというわけだ」ジェシーがにやりとした。

この男性は、くしゃくしゃの黒髪と、少年のような、思わず釣りこまれる笑顔を持つには少し見た目がよすぎる。ケリンはしぶしぶ笑みを返した。「わたしのためにあなたが危険な目に遭うのは、計画に入っていないわ。それに、身体的な意味では、特に何も起こっていないことを忘れないようにしましょう。すべてがとにかく漠然としているのよ」

「何者かが家に押し入ったとすれば、それほど漠然としてはいないさ。ぼくに先に入らせてくれ、ケリン。ほかのことはともかく、男の自尊心に敬意を表してほしいな」

車庫は暖かかったが、戸をあけ放したまま立っていては凍えてしまうので、ケリンはようやくうなずいた。ボタンを押すと、車庫の戸が低くきしるような音を立てて閉まった。玄関扉の暗証番号を入力する。錠がカチリと音を立てた。

ジェシーが先に立ち、ケリンはその後ろに続いた。暗い室内に足を踏み入れた瞬間、全身の筋肉が張りつめるのがわかった。もしひとりだったとしたら……入る勇気がなかったかもしれない。

陰気な一月の空のせいで何もかもがひっそりと暗かった。一見したところ、変わったところはなさそうだった。ケリンはすばやく移動して、玄関広間のテーブルに置かれた明かりをつけた。

「すてきなところだ」ジェシーは明らかな興味を示しながらあたりを見回し、堅木の床や丸天井に目を凝らした。「こういう場所を想像してた」

「どういう場所？」ケリンは居間や廊下に異常を示すしるしが何もないことに、少しほっとした。あちこち動き回って、さらに照明のスイッチを入れる。

「優雅だけれど控えめな場所さ。暖かく居心地がいいが、生活感はない」

「わたしはここで生活しているのよ」かすかに弁解がましい口調になった。

「そうかい？」ジェシーがおもしろがるような顔をして、部屋をうろつき、あたりを見回した。「きみはこのあいだ、ほとんどの時間をオフィスか病院で過ごしていると言ったよ」

「わたしは医者よ。生きかたの選択の問題だわ」

ジェシーが立ち止まって振り返り、褐色の目をきらりと光らせた。「それは警告かい?」

そうかもしれない。何もかもがすっかり混乱していて、よくわからないけれど。ケリンはバッグを置いて、キッチンのほうへ行った。現在がこんなに不明瞭で落ち着かないときに、未来についてあれこれ考える気にはなれなかった。もしすべてが始まる前、面と向かって誰かに、あなたはおびえて逃げ出し、ついには知り合って一週間ほどにしかならない男性を家に連れ帰るだろう、などと言われたら、すぐさま精神科医にその人を紹介していただろう。

大理石のカウンターは清潔で輝いていた。突然思い立って逃げ出したことを示すのは、長いあいだ家を空けたことによる、かすかなかびくさいにおいだけだった。「今夜は、デリバリーを頼まなくてはならないわ」ケリンは質問を避けるように言った。

「いいよ」ジェシーがついてきて、胸の前で腕を組んで戸棚に腰をもたせかけた。「なんでもお望みのままに」

夕食のことだけを言っているのではない、とケリンにはわかった。「冷蔵庫のなかのものは、ぜんぶだめになっていると思うわ。そのまま……出ていってしまったから」

「どうにでも対処できるさ」

この言葉にも二重の意味がある気がして、ケリンは戸惑った。少し間をあけてからうなずく。「わたしもそう思うわ」

「まずはそこからさ。さて、家じゅう見て回ろうか?」

「どうぞご自由に」ケリンはわざと暢気《のんき》そうに肩をすくめてみせた。冷静でいようとはしていても、ジェシー・マカッチャンを自宅に招き入れることにはぞくぞくさせられた。

あまりにもたやすく、ずっとここにいるジェシーを想像できた。

ジェシーが家のなかを歩き回るあいだ、ケリンは一週間分の郵便物を選り分け、留守番電話の伝言を確かめた。ほとんどは母からの伝言だ。ウィスコンシン州からの帰り道に、すでに母には電話してあった。それから、裏のデッキへ続くフレンチドアのほうへ行った。新しい皿が、今回はそのままそこにあったが、水は凍っていて、立ち去ったとき以来、餌は減っていないようだった。

特に猫が欲しかったわけではないが、毎朝餌をやる儀式になじんできていた。昨年の夏、ほんの少し時間を取って裏のデッキで座って過ごしたときには、アルテミスがいい話し相手になってくれた。

どうして今まで、自分が少し寂しさを感じていたことに気づかなかったのだろう？　一日じゅうたくさんの人に囲まれているのだから、そんなことはありえないように思えたが、真実だった。わたしの人生には何かが欠けている。アルテミスはささやかながら、わたしのプライベートな面、忙しい仕事場とは離れた個人的な空間を分け合ってくれた。

もしかするとジェシーの言うとおり、あの猫は迷いこんできたときと同じように、放浪の旅に出たのかもしれない。皿が割られていなければ、もっと望みが持てるのに……。なんだかそれが予兆のような気がした。

「すべて平穏無事に見えるよ」ジェシーが背後に現れ、肩に手を触れてから、羽根のように軽く指で腕を撫で下ろした。セーターの生地を通して温かさが伝わり、心強い気持ちになった。「もし何者かがここに侵入したとしても、ぼくにはわからなかったな」

「見てくれてありがとう」ケリンはその場に立って、うっすらと積もった雪からのぞく茶色い草むらを眺めわたした。

「ピザを注文するか、中華料理を買ってくるかして、映画を観るのはどうかな？　ただのんびりするんだ。かなり長い時間運転したし、あしたきみは朝七時までにオフィスに行きたいんだろう」

しばらくしてようやく、ケリンは振り返った。顔に浮かべた笑みは、少し弱々しくなってしまった。「ええ、いいわね」

ジェシーはリモコンのボタンを押して、テレビを消した。となりではケリンが眠そうな顔で、片腕をジェシーの腰に回し、絹のような髪を胸の上に広げていた。つぶやくように言う。「うーん……」

そのかすれた声の調子を、ジェシーは気に入っていた。指先でケリンの背筋をそっとなぞる。素肌はサテンのようだった。「きみは疲れているんだ。お眠り」

「ベッドにあなたがいてくれてうれしいわ」

声をひそめて言った理由はわかっていた。ジェシーが部屋の隅々まで確認したものの、何者かが盗聴しているかもしれないという心配がぬぐえないのだ。今夜は愛を交わすのはやめておいたほうがよさそうだった。それに、ケリンが疲れきっていることはわかっていた。

ジェシーはかがんで、唇を彼女の耳に当てた。「ここにいられてうれしいよ」

「わたしたちはふたりとも、どうかしているわ」

その点については、反論できそうになかった。「いい意味でだろう？」

ケリンがさらにまつげを伏せた。あと数秒で眠りに落ちるだろう。

彼女の呼吸が柔らかく規則的になると、ジェシーは心をそそる温かさからそっと身を遠ざけ、手に負えない股間の膨らみに悪態をついた。それからジーンズをはいて、トレーナーをつかんで頭からかぶり、ノートパソコンが入ったケースを手に取った。

ジェシーはこっそり階下へ向かった。家は幽霊のようにあたりを静けさで包んでいた。向こうずねを居間の腰掛けにぶつけはしたが、よく知らない部屋のなかをどうにかうまく進み、キッチンの明かりをつけて、朝食用の小部屋の椅子に座った。無線ＬＡＮが引いてあったので、それを使わせてもらうことにして、コンピューターを立ち上げる。

ジェシーは一時間近くかけて、ケリンの同僚の名前と、彼らについて集められるだけの情報を記したファイルを作った。ケリンが説明したような行為の容疑者として、医者の集団に目を向けてもむだかもしれない。とはいえ、ケリンはほとんどの時間を彼らとなんらかの形で接触しながら過ごしているのだし、手始めとしては悪くない気がした。次に、Ｅメールにざっと目を通してから、秘書に宛てて、場所を移動したこと、もう少し休暇を延ばす可能性があることなどについて詳しく書いたメールを送ったあと、コンピューターの電源を切った。

光沢のあるガスレンジの小さなモニターに表示された時刻をちらりと見ると、すでに真夜中過ぎだったが、一か八か試してみよう、と考える。ジェシーは携帯電話を出して、さっと開き、アドレス帳を検索してから電話をかけた。

相手が出るまでに呼び出し音が四回鳴ったが、その声はじゅうぶんはっきりしていた。

「よう、ジェシー。あいかわらずツンドラ地帯で尻を凍らせてるのか?」

「まるで、シカゴがずいぶんましみたいに言うじゃないか」ジェシーは切り返した。

「たしかにな。あしたには、こっちにも二十センチ雪が積もるらしい」

「インディアナポリスにさえ降らなければ、ぼくは見なくてすむだろう。こっちはマイナス四度くらいで、なかなかさわやかだよ」

「いったいインディアナポリスで何してんだ?」

ジェシーはルーカス・ヤングの姿を思い浮かべた。いつものだぶだぶのジーンズからボクサーショーツをのぞかせ、おそらくあちこちに染みのついたしわくちゃのTシャツを着て、細かいパンくずを顎につけているのだろう。ルーカスがオフィスに立ち寄ると、女性社員たちは彼にまとわりつく傾向があった。ジェシーはそれをおかしなことだと考えていたが、よごれたロッカー風の服装にあきれ顔をするのは年寄りくさいと思われているだろうか、とも考えた。しかし、見た目はあまりプロらしくないとはいっても、この若者——まだ二十歳ほどだ——は天才だった。電線と電子回路のことなら、なんでも任せられる。

ジェシーはにやりとした。「ある女性に出会った、というところかな。彼女の家にいる」

「へえ、なかなかの早業だな。まだ休暇に入って……二週間か？　ところで、あんたが設置したあのしゃれた電話システムには、まったくうんざりだ。先週、また故障しやがった。問題を見つけ出すまでに、三時間もかかったよ」

　別の業者ならはるかに長い時間がかかっただろうから、ジェシーは簡潔に言った。「ありがとう。なあ、ルーカス、いくつか質問があるんだ。もしかすると、手を貸してもらえるかと思ってね」

「いいよ」

「家主に気づかれもせずに、家の防犯システムのスイッチを切って、そのあとスイッチを戻しておくのは、どのくらいむずかしい？」

「どこのブランド？」

「それはわからないな」

「あんたが泊まってるガールフレンドの家のこと？」

「そうだ」

「調べてきなよ。パネルに書いてある」

なるほど。ジェシーは玄関まで歩いていって、見てみた。たしかにそこに書いてあったので、社名を告げる。

「最高級のシステムだな。機能を止めるむずかしさを十段階評価するなら、八ってところだ。泥棒に入られたのか？」

「それに近いことがあった。コンピューターはどうだ？　パスワードを知らずに、ファイルにアクセスするのはどのくらいむずかしい？」

「やばそうだな。知識と技術さえあれば、笑えるくらいちょろいもんだけど」

「どのくらいの知識と技術が必要だ？」

「まあ、コンピューターとプログラムにもよるが、かなり詳しくないと無理だろうな」

つまり、ケリンの話を聞いたときに受けた印象は、ほぼ正しかったわけだ。もしジェシーが疑っているとおりだとすれば、ケリンをあれほど心配させている何者かは、単なる裏通りのこそ泥ではなさそうだった。

くそっ。どうも気がかりでならない。

「ありがとう、ルーカス」

「うん。おい、ミス・インディアナポリスのこと、教えてくれよ。美人？」

その質問に答えるのは簡単だった。「うまくいけば、いつか自分の目で判断できるさ」

「おっと、本気っぽいな」低い口笛の音が聞こえた。

そう、たしかに。電話を切ってから、ジェシーは考えた。本気だ、と実感してもいた。いったい何が起こっているのか突き止められさえすれば、この関係がどうなっていくのかについて、もう少しよく考えられるかもしれない。現時点では、ここにいられるのがとにかくうれしかった。

朝になったら、ケリンの職場までついていって、関わりのありそうな人間がほかにいないか、確かめるつもりだった。それから、盗聴器や盗撮器の見つけかたについて少し調べ、もしかすると警察とも話したほうがいいかもしれない。万が一のためにここにいる以外でできることは、そのくらいしか思いつかなかった。

ジェシーは生まれて初めて、自分が探偵だったらよかったのに、と考えた。


昼食時の大騒ぎは、予測どおりだった。

それでも、ケリンは口もとをゆるめずにはいられなかった。

「ちょっと、待合室に入ってきてあなたを呼んでほしいと言った人を見てごらんなさいよ」

事務長のシルヴィアが片方の眉をつり上げた。

ジェシーだ。

ケリンは手にしたカルテから目を上げた。患者を確認するための小窓から、ジェシーが見えた。フランネルのシャツと、はき古したジーンズといういつもの格好だ。待合室の椅子に腰かけて、雑誌をぱらぱらとめくり、端整な顔を少しだけしかめている。ケリンはつぶやくように応じた。「悪くないでしょ?」

「冗談はやめてよ。いったいどこで見つけたの? ハリウッド?」シルヴィアが好奇心に満ちた目をきらりと光らせた。ジェシーのほうに少しだけ頭を傾ける。「急にちょっとばかり休暇が必要になった理由があれなら、責めることはできないわね」

ありがたいことにスタッフは、ケリンがほとんど予告もせず突然姿を消したことについて何も言わず、ケリンは説明せずにすんだことに感謝した。無頓着を装って言う。「理由ではなくて、幸運な結果というところかしら。昼食に出てくるわね。一時には戻るわ」

「楽しんできてね」シルヴィアがカルテを受け取った。

歩み出て、心臓がどきりとするような微笑みを向けられると、あわただしい午前中さえどこかへ消えていくようだった。ジェシーがきびきびと立ち上がって、ラックに雑誌を戻し、片方の眉をつり上げた。「時間はだいじょうぶかい？」

「四十五分くらいあるわ」

「じゅうぶんだな。行こう」

ジェシーのトラックは入口近くに駐《と》めてあった。ケリンは一ブロックほど離れた場所にあるサンドイッチ店までの道を教えた。混んでいたが、小さなテーブルに着いて注文することができた。

ケリンはグリルチキンサンドを手に取り、少しかじってから、黙って待った。

ジェシーが首を振った。「今朝きみがつけられていたとしても、ぼくにはわからなかった。とはいえ、雪が降っていて見えにくかったし、車をぶつけないよう気をつけなくてはならなかったんだ。道路がひどくすべりやすかったからね」

外は荒れ模様だった。雨混じりの雪が道路を覆っていた。さほど積雪はなさそうだったが、事故の原因となる中西部らしいシャーベット状の路面になっていた。ケリンはサンドイッチを飲みくだし、アイスティーを口に運んだ。「でも、ほっとしたわ」

ジェシーは、ハムやサラミやチーズが山のように挟まれ、ありとあらゆる香辛料がたっぷり加えられたサブマリンサンドイッチを注文していた。引き締まった体つきをしているから、高カロリーのものを食べても問題はないのだろう。褐色の目に思案ありげな色を浮かべて、サンドイッチを手に取ったが、食べはしなかった。「ああ、そうだな。でもきみが仕事へ向かうとき、駐車場にきみが言っていたような車があったよ。なかに男が座っていた。車のなかで座っているには、寒すぎるような気がした。そっと背後まで運転していって、ナンバーを控えたよ。害にはならないだろう」

「ええ、そうね」

ジェシーは、いったいどうやっているのか、手にした巨大なかたまりを崩すことなくひと口かじった。長年の経験で磨かれた、特別な技術みたいなものに違いない。ケリンは笑いをこらえながら自分のサンドイッチを食べ、昼に職場を出るのは、何かが起こっているという結論に達して以来、これが初めてだと気づいた。おなじみの〝男性をそばに置いておくのはいいものだ〟という理論に賛同したことはなかったが、現時点では、それを信じる気になった。ジェシーは頼りがいがあって、有能で、驚くほど平然として見えた。いつもどおりの男らしい味わいかたで巨大なサンドイッチを食べ、ケリンの半分の速度で平らげてしまった。

店を出ると、ジェシーが職場まで送り、オフィスのなかまでついてきた。ふたりは別れの挨拶に、短いがとてもすてきなキスをした。

「家に帰るときも、後ろからついていくよ」ジェシーが言った。

ふたりはあいた戸口のすぐ内側に立っていた。ケリンは反論しようとしたが、思いとどまった。この状況にひとりで対処しようとしたせいで、ついに耐えきれなくなり、衝動的に州外へ逃げてしまったのだ。うなずいて言う。「最後の患者を診る前に電話するわ。それなら、遅くなっても待たせないですむでしょう」

ジェシーがからかうような笑みを浮かべた。「ジェームズ・ボンドみたいに駐車場で待ち伏せして、疑わしい人物を見張るつもりだよ」

「なんだかすごくばかみたいに聞こえないかしら?」ケリンは片方の手で、小さくお手上げだというしぐさをした。「ぜんぶわたしの妄想かもしれないわよ」

そうではないと確信はしていたが、ほかの人の目で見れば……。

「盗聴器をしかけられたのはきみの妄想じゃなかっただろう」

いい指摘だ。諜報員ジェシー・マカッチャンを雇ったのは、たったひとりで不吉な影に飛びかかろうとするより、はるかによい選択だった。

「電話するわ」ケリンは言った。

8

　ジェシーは背中を丸めてガソリンを入れ終えた。一陣の冷たい風が頬をかすめた。とりあえずみぞれはやんだが、まだ風が強く、冬用のジャケットをありがたく思った。襟を立てて、油断のならない寒さを防ぐ。濁《にご》った水たまりのなかに立っているしかなく、頭上に広がる鉛《なまり》色《いろ》の空は、天気の回復を約束してはくれなかった。

　ジェシーは振り返って給油ノズルを元の位置に戻し、領収書が印刷されるのを待った。

「少しでも振り向こうとすれば、それがこの世で最後の行動になるぞ」

最初、聞き間違いではないかと考えたジェシーは、振り向こうとした。

「やめろ」

　口調に含まれた何かに、はっと動きを止める。冷ややかさ。その瞬間にはふさわしいものだった。突風が吹きつけ、かなりの力で顔を打ったからだ。ジェシーは領収書を取ろうと手を伸ばしたまま、じっと動かなかった。紙片が給油機の細長い穴から出てきた。すぐ右の反対側にある給油機の前に、誰かが立っているのがわかった。

　横目で見て取れたのは、自分と同じように襟を立てた革のジャケットと野球帽だった。

「領収書を取ってもいいかな?」ジェシーはできるだけ気さくに尋ねた。

「取ればいい。そのあと助手席側のドアのロックを解除しろ。あんたとドライブするつもりで来た。少し話をする必要がある」

そいつはとんでもなくまずい考えだ。「どうしてそんなことに同意しなくてはならない？」

「情報を交換するためだ。ところで、念のために言っておくと、こっちは武装しているからな」

ジェシーは紙片を取ってジャケットのポケットに入れながら、目まぐるしく頭を働かせた。無差別の強盗ではなさそうだ。

「行け。もう誰かにつけられているかもしれないぞ」

ジェシーはそうした。ポケットから鍵の束を取り出して、言われたとおり助手席のドアのロックを解除する。運転席のほうへ回りながら、駐車場を駆けぬけてコンビニエンスストアに飛びこもうかとも考えたが、やめることにした。ケリンの身に起こっていることに関係がないかぎり、何者かが自分に近づく理由などひとつもないはずだ。好奇心をそそられずにはいられない。

遠回しに脅されるのは愉快ではなかったものの、それを鵜呑《うの》みにしているわけではなかった。銃を持った者が人を無理やり車に乗せるのは、映画や推理小説のなかだけだ。現実の世界では、そんなことは起こらない。ジェシーは自分に言い聞かせ、運転席に身をすべらせて車のエンジンをかけた。男が乗りこみ、ドアを閉めて簡潔に言った。「北へ向かえ。四六五号線に乗るんだ。出口はあとで指示する」

ジェシーはすばやく横に視線を投げてみたが、迷惑な同乗者の横顔は、襟と目深《まぶか》にかぶった冬用の帽子に阻まれてあまりよく見えなかった。ジェシーは雪解け道に出て、言われたとおりの進路を取り、手を伸ばしてラジオのスイッチを切った。

どういうわけか、この男には以前にどこかで会ったような気がした。顔ははっきり見えなくても、なんとなくなじみがある。

ジェシーは道路に目を据えて尋ねた。「いいぞ。話を聞こう」

「向こうに着いてからだ」男が手を伸ばし、ラジオのスイッチを入れ直した。

二十分の道のりだった。そのあいだに何度も車線変更をさせられ、先ほど自分が口にしたジェームズ・ボンドの冗談を頭に浮かべた。しかし今回は、それほど滑稽には思えなかった。同乗者の発する緊張が肌で感じられ、ジェシー自身もくつろいだ気分ではなかったからだ。簡潔な指示に従って、ようやくファミリーレストランの駐車場に車を入れた。昼の混み合う時間は過ぎていたので、なかにはほとんど誰もいなかった。ウェイトレスが、ジェシーの謎めいた友人の希望どおり、ふたりを隅のブース席に案内した。ふたりは座った。隅につるされたテレビが、こことは正反対の気候のなか、鮮やかな青空と緑色の芝生を背景に行われているゴルフトーナメントを映していた。

テーブルを挟んで座った男が、帽子を脱いでこちらを見た。「あんたは連邦捜査官《フェド》か」

質問ではなく、意見の表明だった。ジェシーは面食らって目を見開いた。そして、かすかな驚きとともに、この男を知っているような気がした理由を悟った。そう、一度も会ったことはない。しかし、鼻の形、顎のすっきりした線――少し角張ってはいるがなじみ深い線

——そして混じりけのない青色の目には、見覚えがあった。髪でさえ、なめらかな蜂蜜のように肩の下まで届いているわけではなく、短く切られてくしゃくしゃに乱れてはいたが、色合いは同じだった。端整な顔立ちの男だ。妹が美しい女性であるのと同じように。

確か、ケリンは兄の名前を口にしていたよな？

「いいや、ぼくは連邦捜査官なんかじゃない」ジェシーはゆっくりと強調しながら言った。「でも、あんたが誰かは当てられる。ロブだろう？」

相手がそっけなく事務的にうなずいた。会計士にしては、ロブ・バークはたくましく力強く見えた。革のジャケットを脱いではいなかったが、その下の肩幅は広く、唇は固く結ばれている。「このあいだ妹と話したときには、同居中の恋人のことなど何も言ってなかった」

「ぼくは新参者なんだ」ジェシーは座席に背中を預けて、穏やかに微笑んだ。ウェイトレスがやってきた。昼食を食べたばかりだったのでアイスティーだけを注文し、ケリンの兄はライトビールを頼んだ。「ぼくが泊まってるのは、ケリンが最近のいくつかのできごとに少し神経質になっているからだ」

ケリンの兄が顎をさすった。「やつらがいくら自分たちを優秀だと考えていようと、妹が気づいたことにぼくは驚かないね。たまに、頭がよすぎると思えるくらいだ」

「何に気づいたって？　そして説明するときには、その不吉な〝やつら〟とは誰なのかも教えてくれよ」

「妹と話す必要がある。伝言してくれるか？」

はぐらかされるのはいい傾向ではなかった。ジェシーは片方の眉をつり上げた。「さあ、わからないな」わざと冷たい批判的な口調で言う。「いいか、ケリンは何者かが家に侵入して、寝室に盗聴器をしかけ、防犯システムとコンピューターをいじくったと考えている。ぼくはすべてほんとうだと思う。今ではさらに確信を得た。理由を話してくれないか？」

「いいや、話せないな」

反論する前にビールとアイスティーが来たので、ジェシーは苛立ちと懸念を感じながら待った。ありふれたテーブル越しに、ふたりは目と目を合わせて互いをじっと観察した。男同士の品定めのようなものだ。それは数分にわたって続いた。ジェシーは頑固に沈黙を守り、ロブ・バークもひとことも口をきかなかった。

とうとう、ジェシーのほうが口を開いた。「情報を交換したいと言っただろう。よし、伝言してもらいたいならそうしよう。あんたはケリンの兄なんだからな。だが、もっともな理由を教えたほうが賢明だぞ。ケリンはすでに頭に血がのぼっていて、いったい誰が自分の身辺を探りたがるのかといぶかっている。あんたが面倒に巻きこまれているのなら――ぼくの見たところ、どうもそれが発端のようだが――何かしら説明がないかぎり、これ以上の面倒に彼女を引っぱりこむつもりはない。それだけはごめんだ」

ロブはグラスを取ったが、飲まずに手に握ったままでいた。縁越しに、まっすぐ視線を向ける。「今は、あまり人を信頼する気持ちになれない」

「ぼくのことを言っているなら、この会合を始めたのはあんただってことを忘れないでくれ。

それに、なぜ会計士がぼくを追いかけ回すんだ？　ケリンと話したいのなら、なぜ職場か家を訪ねるか、携帯電話にかけるかしないんだ？」

「あんたがこの件にどう絡んでるのかに、まだ疑問があるんでね」

「それはお互いさまだ。ぼくがあんたの妹に会ったのは、彼女がウィスコンシン州北部の人里離れた脇道で立ち往生していたときだよ。いつもは知的な女性がなぜそんな状況に陥ったのか、そのときは不思議でならなかったが、ようやくわかりかけてきた」ジェシーは飲みたくもないアイスティーをひと口飲んだ。「ガソリンスタンドでのスパイ物じみた近づきかたからして、面倒に巻きこまれている張本人はあんたらしい」

「そこが妹の向かった先か？　いったいなぜウィスコンシン州北部に行ったんだ？」

この男は、直接的な質問を避ける達人に違いない。ジェシーは苛立ちと困惑を感じた。

「わからない。ここから遠く離れた場所だし、自分の身に起こっているいろいろなことにすっかりおびえてしまったからじゃないか？　いいか、ぼくは――」

「金《かね》が必要なんだ。やつらは、最後にはそうなると知っていた」

くそっ、じつにまずい状況だ。妹のケリンは医者で、おそらく金を持っている。

ロブ・バークが小さく両手を広げた。その手は震えていた。激しくではないが、無表情な顔が見せかけであることがわかる程度に。「街に着いたとき、妹がいなくなっていることが信じられなかった。とはいえ、どちらにしても妹をつかまえることには問題があったかもしれない。やつらはぼくと同じくらい、あんたをどう考えるべきか迷っていると思うよ。ぼくは一か八か賭けてみることにした。ケリンが家に泊めるほど信用しているんだからな。妹は昔から、なかなか人を見る目があるんだ」

「やつらって？」先ほどと同じ質問をする。答えにならないはぐらかしに、いい加減うんざりしてきた。

「ぼくは正確には、会計士ではない」

「冗談だろう」ジェシーは、ほかに注文がないかききに来たウェイトレスに向かって微笑み、首を振ってみせた。ウェイトレスが立ち去ったあと、ジェシーは皮肉をこめて言った。「あまり驚きはしないな。ぼくの目の前で、〝フェド〟なんて言葉を使った人はこれまでにひとりもいない。薄給の脚本家が発明したテレビ用語かと思っていたよ」

「ＦＢＩアカデミーはヴァージニア州にある」

〝兄は、ヴァージニアで会計士をしているの……〟

「知っているよ。行ったことはないが」ジェシーはどうにか平然とした表情を保っていた。心のなかでは、いったいどうして、建設計画を請け負う仕事をしているありふれた実業家が、こんなばかげた会話をすることになったのかと自問していた。猛吹雪のなかで立ち往生したセクシーな医者と、脱走したＦＢＩ捜査官？

いやはや、ぼくの普段の生活とはかけ離れている。

「そこで働いているんだ」ロブ・バークが重々しく言って、冷えたグラスの水滴を指でぬぐった。「だけど、もう戻れそうにない」

ケリンは報告書を仕上げ、患者のカルテをわきに置いた。扉の内側のフックにかけてあったコートを手に取る。それを着て、一瞬ためらってから明かりを消し、オフィスの扉を閉めた。待合室には誰もおらず、ほとんどの看護師は帰ってしまった。受付係はコンピューターの電源を落としているところだった。

「おやすみなさい、ドクター・バーク」

ケリンは反射的に微笑んだ。「おやすみなさい。安全運転で帰ってね。道路がつるつるだろうから」

鍵の束はポケットにある。携帯電話の電源は入れてある。バッグは手に持っている。廊下に出ると、すでにジェシーがそこにいて、壁に寄りかかっていることに気づいた。約束とは違っていたので、ケリンは少し驚いてジェシーに目を向けた。

「家まで車でついてくるのかと思っていたわ」

「計画変更だ」ジェシーが唇を固く結んだ。ケリンの腕をつかむ。「わかっているかぎりでは、この建物には数カ所の出口がある。北の出口へは、どの階段を下りればいい？」

「ジェシー――」

「あとで話すよ。心配しないでくれ。でも今ここではだめだ。出口を教えてくれ」

いつもは、説明もなくどこかへ連れ出されることなど許さないが、最近の生活は普段の計画どおりとはいいがたいし、美しい褐色の目には断固としたものがあったので、反論するのはやめておいた。階段は人目につかない隅のほうにあった。ケリンは進むべき方向を身ぶりで示した。ジェシーが先に立ってそちらへ向かった。それから扉をあけたが、いつもの礼儀正しさは忘れたかのように、先に外へ出てあたりを見回した。

尋常ではない様子に、ケリンは背筋をぞくりとさせる不吉な身震いを覚えた。「何があったの？」

「きちんと説明するつもりだよ、信じてくれ。でもまずは、できるだけ慎重にこの建物を離れよう」

その言葉には不穏な響きがあった。

しかし、もしジェシーを信用していなければ、そもそもいっしょに戻ろうという提案を受け入れはしなかったし、それを言うなら、出会ったその夜、柄にもなくベッドをともにすることもなかった。

ジェシーは特別だ。別荘の玄関広間に立って、彼に微笑みかけられた最初の瞬間、それがわかった。もしかすると、彼が車を止め、わたしの車の窓をたたいて赤の他人に手助けを申し出たときからわかっていたのかもしれない。

ケリンは何も言わずにジェシーが差し出した手を取り、あとについていった。

一階下に下りて、裏の廊下をじりじりと進んだ。廊下は閑散としていた。たいていの人は正面のロビーとドアを使うし、ほとんどすべてのオフィスはすでに閉まっているからだ。ふたりは寒く陰気な夜のなかへ足を踏み出した。息が白くなって、あたりに漂う。六時少し過ぎで、すでに真っ暗だった。駐車場はほとんど空っぽで、二、三台の車がまばらに駐めてあるだけだった。

「こっちだ」ジェシーが見たことのない黒いＳＵＶのほうへケリンを引っぱった。腕をつかむ指の力が強まる。「急いで歩いて」

ほかにどうすればいいというのだろう。ジェシーの脚のほうがずっと長いうえに、ひどく急いでいるらしいのだから。「それは誰の車？」

「きょうの午後にレンタカーを借りたんだ」ジェシーがキーのボタンを押した。「乗って」

レンタカーを借りた？　トラックがあるのに？　まったく筋が通らなかったが、ジェシーの差し迫った様子にケリンはそれ以上質問せず、ドアをぐいとあけて乗りこんだ。ジェシーがエンジンをかけてライトをつけてから、建物から追い立てたときとはまったく違う落ち着いた動作で、ゆっくり車を出した。

「かがんで」ジェシーが促した。「誰にも見られないように。万が一、見張られているとまずい」

「わかったわ」ケリンは座席にうずくまった。ほんとうにこんなことをしている自分が信じられなかった。「でも、なるべく早く説明を始めてくれるといいんだけど。好奇心をくすぐられているどころではないし、ちょっとばかり不安にもなってきたわ」

皮肉っぽい口調に、ジェシーが口もとをとてもセクシーにゆるめて微笑んだが、視線は道路に据えたまま、こちらには向けなかった。「きみと話したがっている人がいる。車を借りたのは、万が一にでも、トラックに目を留められて追跡されるのを避けるためだ。注目されているのはきみだが、おそらくすでに、ぼくもなんらかの形で関わっていると見抜かれているだろう。きみの兄さんが隠れていることには、じゅうぶん納得できる理由がありそうだ」

「わたしの兄?」車が通りへ出ると、ケリンは背筋を伸ばした。「兄って……ロブのこと?」

「確か、兄さんはひとりしかいないと言ってただろう」

ふたりもいなくて助かったという気がし始めていた。「ええ、ごめんなさい、驚いただけよ。ねえ、ジェシー、いったいどういうことなの? あなたに怖い思いをさせられているって、もう言ったかしら?」

「この状況では、怖い思いをさせられるのも当然のことらしい。よければ、ものごとを明確にするために、兄さん本人に説明させたいんだ」

それに対してどう応じればいいのか見当もつかなかったので、ケリンは黙りこんだ。ジェシーは、立ち往生した運転手を救ったり、猛吹雪のなかで私道を捜したりするときに使った能力を駆使して車を運転した。その横顔は、輝く街灯に照らされてきびしくこわばっていた。

ロブ? これが兄に関わることだと知って、驚くべきかどうかよくわからなかった。昔から、会計士という職業は、兄の選択としては少々退屈ではないかと思っていた。それに、ここ数カ月、兄をつかまえることがほとんどできずにいた。留守番電話で鬼ごっこをしているような気分だったが、もしかすると……そうではなかったのかもしれない。

ああ、少なくとも二カ月、兄とは話をしていない。いろいろなことが起こり始めたころだ。

何か言うことを思いついたなら、言っていただろう。しかし実際には、ただぼんやりと黙って座っていた。車が繁華街のホテルに着いた。たくさんの明かり、係員の駐車サービス、出入りする人々……。

ケリンは素直に車を降りた。ジェシーがキーとチップを駐車係に手渡してから、ケリンのウエストに手を置き、ホテルのロビーへ導きながらささやいた。「かなり人通りの多い場所だ。こうする必要があった。ロブはきみと同じくらい頭がいいみたいだ。九階に部屋を取っている」

褒め言葉としてはよくできていた。少なくとも、そう聞こえた。ケリンは少し震えていて、きちんと考えることがむずかしくなっていた。

さらに悪いことに、ジェシーがぶっきらぼうな口調で言い足した。「ロブは偽名を使っている。まだ追跡されていなければ、ぼくたちはそこそこ安全だろう」

嘘でしょう。いったい何ごとなの？

9

ジェシーはカードキーを扉のスロットに差しこみ、緑色の光がひらめくのを確かめてから、扉をあけた。一見したところ部屋は空《から》だったが、ふと気づいた。ロブ・バークは、ドアがあいたときその裏に隠れられるような場所に身を置いているに違いない。

「ぼくたちだ」ジェシーは不必要なことを言った。

「わかった」ロブが姿を現した。さっと何かを腕の下に隠したように見えた。濃い色のジーンズと、灰色のシャツ、その上に例の革のジャケットを着ている。ホテルの部屋は暖かいというのに。まるで、いつでも出ていけるように準備しているかのようだ。「用心するに越したことはないからな。やあ、ケリン」

ケリンがジェシーの横を抜けて部屋に入った。顔は青ざめてこわばっていた。「さっきのは銃なの？」

ジェシーはあとについて入り、扉を閉める前に、もう一度ちらりと廊下を見た。青い絨毯と埋めこみ型ライトというありふれた内装の廊下は、がらんとしていた。ごく平和に見えたが、それでもジェシーは非現実的な危機感を覚えた。たぶん、逃亡者を自認する男を手助けするために、レンタカーを借りたり、ホテルの部屋を取ったりすることに午後を費やしたせいだろう。

二、三週間、別荘で読書をしてくつろぎたかっただけなのに、と考える。インディアナ州にまで来てこのような面倒ごとに関わっているのだから、つまりは、人生に迷いこんできたこの美しい医者のとりこになっているということだろう。

ロブが身ぶりでベッドを示した。「座ってくれ。説明しなくてはならないと気づいた」

ケリンは黒いウールのロングコートをまとっていた。それは輝く髪をすばらしく引き立たせたが、今は顔の青白さを強調していた。ケリンがコートを脱いで座り、両手の指をぎゅっと組み合わせた。赤いセーターの下の細い肩は張りつめていた。「ええ、そうね。ずっと兄さんをつかまえようとしていたけど、電話をくれなかったわね。母さんと父さんも心配していたわ」

部屋の内装は廊下と同じくらいありふれていて、キングサイズのベッドと、テレビが置かれた細長いドレッサーのほかは、片隅に小さな机と椅子があるだけだった。薄いカーテンは引いてあったが、厚地のほうはあけてあったので、インディアナポリスの繁華街の光が薄手の生地を通してきらめいていた。ロブが、座る気になれないのか、肩を壁にもたせかけて妹に視線を向けた。「わかってる。留守番電話は聞いた。ただ、かけ直せなかったんだ」

ジェシーは移動して、机のそばの椅子に腰かけた。ここでの自分は観客であって、出演者ではない。あるいは出演者なのかもしれないが、主役ではない。先ほどレストランで聞いた物語は、ひどく興味深かった。ケリンがそれを信じるかどうかに好奇心をそそられた。ロブに手を貸したのはケリンのためであって、この男のことはよく知らない。ケリンは知っているはずだ。

容疑者をかくまった場合の罪が頭に浮かんだが、ほかに選択の道はないような気がした。いったいどうすればいいというのだろう。ケリンの兄を警察に突き出すのか？

いいや、それはできない。つまりは、この美しく情熱的なドクター・バークとの関係が、それほど大切ということだ。

今でさえ、ケリンに腕を回して守ってやりたくてならなかった。

「なぜ？」ケリンが率直に尋ねた。「なぜわたしたちはここにいるの？　何が起こっているの？　ジェシーは、兄さんに説明してもらいたいと言ったわ。わたしはどこかのホテルの部屋に座って、どういう意味だろうと考えている。明らかに、面倒に巻きこまれているのよね、ロブ。何者かがわたしを監視しているのは、それが理由なの？」

「そうだと思う」ロブが苦々しい口調で答えた。「やつらはあらゆる手段を使ってぼくの選択肢を確実に狭めたあと、ぼくがおまえのところへ行くだろうと考えた。そうするしかなかった。きたないやつらめ」

「誰のことを言っているの？　お願い、ロブ」ケリンの声が震えた。「教えて」

ロブが片手でさっと顔をぬぐった。青い目は暗く不安そうに見えた。「マカッチャンにはすでに話したんだが、彼はぼくからおまえに話してほしいと言った。だからそうする。いいか、これまで父さんと母さんを心配させたくなかったからはっきり言わなかったんだが、ぼくは政府のもとで働いている――いや、働いていたと表現したほうがいいかもしれない。ぼくは公認会計士だが、おまえも知っているとおり、保険数理学の学位を持っている。ぼくみたいな者たちは、マネーロンダリングを追跡したいときにとても重宝されるんだ。多大な時間をかけて、組織犯罪の隠れみのと疑われる企業を調査する」

ケリンは身じろぎもせず座っていた。「なるほど、続けて。なぜそのことをわたしたちに話してくれなかったのかがわからないけど、聞いているわ」

「話さなかったのは、ぼくがときどきおとり捜査をするからなんだ。じつを言うと、ちっとも華々しい仕事ではない。ほんとうだよ。ただ、さまざまな理由から、知っている人が少なければ少ないほどいいんだ」ロブがおもしろくもなさそうに、ちらりと笑みを浮かべた。「昼は温厚な会計士、夜はスパイ。まあ、そんなところさ。ただし、ときどき出くわす厄介な状況については、単純に解決できるとはいいがたい。そして今回の状況は、ほんとうにひどいことになった。ぼく自身が非難を浴びるはめになり、不愉快きわまりないよ」

ケリンがぎゅっと拳を握り締めた。「どれほどひどいの？」

「殺人を目撃した。しなければよかったと思うけど、目撃してしまったんだ」

ケリンの顔に激しい嫌悪感がよぎった。ジェシーもこれを聞かされたとき、同じものを感じた。ロブが先ほどより冷静な声で続けた。「ドノヴァンという名の同僚の捜査官が、ある男を殺すところを。偶然にも、ドノヴァンが殺した男は、ぼくたちの捜査対象の重要な情報源だった。当時は、なぜ事態がそんな方向へ転がってしまったのかさっぱりわからなかった。何かのタイミングを誤ったんだろうとばかり思っていた。今振り返ると、犠牲者がパニックを起こして武器を手にした理由は明らかに思える。その男は、何かを知っていたに違いない。ドノヴァンが、ぼくやほかの誰かに見つかってほしくないと考える何かを。計画殺人だったと気づいたのは、あとになってからだ。紛れもなく、故意に行われたんだ。会合にはぼくが行くことになっていたから、犠牲者はドノヴァンが来ることを知らなかった。ふたりが顔を合わせたとたん、大混乱が起こった。しかしドノヴァンのほうが有利だった。なにしろ、準備を整えて行ったんだからね」

部屋が静まり返った。ケリンはその場に凍りついたかのようだった。ジェシーは、レストランで初めてその話を聞かされたとき、自分も同じ姿勢を取っていたのだろうと考えた。ようやくケリンが咳払いをした。「それを報告したとすれば、どうして兄さんが面倒に巻きこまれるの？」

「ああ、いい質問だ、そうじゃないか？　ぼくの直属の上司が答えてくれるかもしれない。二カ月間、何が起こっているのか突き止めようと努力して、まったく気に入らない結論に達した」

「きくのが怖いけど、どんな結論？」

「上司のネイサン・ヘンダーソンも関わっているんだ。ぐるなのさ。やつらはぼくを罠《わな》にかけた。報告書を提出してすぐに、居心地の悪さを感じ始めた。報告書はどこにも送られる様子がなかった。翌日には、内務調査課に連絡して状況を話し合おうかと考えた。だが、面接の要求はせずに、一週間待った。まだおとり捜査をしていたから、すぐには警戒心をいだかなかったんだ。そのときはフロリダにいて、まだそっちの件について調べていた。ドノヴァンもオフィスに戻ってくるはずだった。しかし、戻ってはこなかった。それが、面倒に巻きこまれたのは自分だと気づいた最初のきっかけだった。そのあと、ひどい自動車事故に遭った。生き延びられたのも不思議なくらいだったが、どうにかそこから逃れた。しかし、匿名《とくめい》の人間に正体をばらされたことを知って、身を隠すことにした。

当然ながら、最初にしたのは上司のヘンダーソンに連絡して、事情を話すことだった。そのとき上司から、ドノヴァンの話がぼくの話とはだいぶ違っていると聞かされた。そして、ぼくたちのどちらも地元警察に届けたわけではないから、どんな公式声明もないと言われた。ドノヴァンはもちろん、抜け目なく武器を処分している。あいつの話では、情報屋を撃ったのはぼくだというんだ」

ケリンが震える手で顔にかかったブロンドの髪を払いのけた。「兄さんが?」

「ぼくではないという証明ができない」ロブが怒りに満ちた身ぶりをした。「何ひとつ証明できないんだ、ケリン。ぼくは目撃者だが、撃ち殺された男はろくでもないやつで、おまえには想像もつかないようないかがわしい連中とつながりのある密告屋だ。ヘンダーソンは表向き、内務調査課の大規模な捜査からドノヴァンとぼくを遠ざけておくために報告書を差し止めた。死んだのは、おそらく一生刑務所を出たり入ったりしているような男だ。上司がドノヴァンの居場所について嘘さえつかなければ、ぼくもそのまま放っておいたかもしれない」

その意見に、ジェシーは少し違和感を覚えた。命は命であって、殺人は明らかに間違っている。だがとにかく、言いたいことはわかった。「どうやって嘘を見抜いた？」

「ドノヴァンを見たんだ。ほんの偶然だった。車の事故も、ただの事故で終わっていたかもしれない。でもそんなふうには感じられなかった。そしてドノヴァンは、事故が起こったあと車で通りかかるという失策を犯した。そこらじゅうに警察官やら、救急車やらがいたが、ぼくはなんとか後ろの窓から這い出すことができた。きっとあいつは、レンタカーの残骸を取り囲んで立っている人たちのなかに、ぼく自身がいるとは予想もしてなかったんだろう」

「その男が兄さんを殺そうとしたのね」ケリンはショックを受けて、青ざめた顔をしていた。「話せないの……誰かに？　警察は――」

ロブがまったく愉快そうではない皮肉な笑みを浮かべてさえぎった。「警察はふつう、連邦捜査官を互いから保護するために呼ばれはしないんだよ。それにぼくは、殺人の最中に起こったことに関する自分の証言以外、なんの証拠も持っていない。ドノヴァンと同じように、現場を離れてしまったんだ。警察はそういう小さな点に、いい顔をしないんだよ、ケリン。こうしているあいだにも、ヘンダーソンとドノヴァンは真剣に事態を収拾する対策を立てているだろう。ぼくを追いつめ、殺人がただの正当防衛ではなかったことを確認できる唯一の人間を排除するために」

「嘘よ」ケリンがきっぱりと拒絶するように首を振り、絹のような髪を肩の上で揺らした。「こんなことが現実に起こるはずないわ」

ジェシーは口を開いた。「起こるかもしれないよ。盗聴器のことはどうだい、ケリン？

そういうことは起こるのかい？　きみを監視するのに使われた方法は、まったく合法的ではない。不法侵入して、コンピューターをいじくり、家に盗聴器をしかける。法にのっとってはいないが、プロのしわざだ。この件でのきみの役割は、付随的なものだけどね。法廷で有罪判決を確実にするには、法に従う必要がある。でも、法は守られていない。だからこそ、何よりもきみの兄さんの話が信じられるんだ。やつらは兄さんを逮捕したいんじゃない。命を狙っているんだ」

ケリンの苦しげなまなざしを見て、ジェシーは心を揺さぶられた。無防備で包み隠しのないそのまなざしは、そういう事件が起こることはわかっていると告げていた。ただ、自分の知り合いや愛する人には起こらないと思っていたのだ。

ちくしょう。

ジェシーは椅子から立ち上がった。意識的な行動ではなく、脳から筋肉に信号が送られ、体が反射的に動いたような感じだった。ごく自然に。

ベッドに座るケリンのとなりに腰かけてささやく。「ロブを信じていなかったら、きみを連れてくることはなかったよ」

傲慢《ごうまん》な言いかたで、いつもなら反発されそうな気がしたが、ケリンは黙って素直にもたれかかり、ジェシーが回した腕のなかで細い体をじっとこわばらせた。

ロブが思案ありげな様子でふたりを見つめた。「ぼくはこの八週間ずっと、そのことを考えていた。モーテルからモーテルへ移動し、できるだけ人目につかない安食堂で食事をとり、すべてを正す方法を見つけようとしてきた。現時点では、誰にも話す気にはなれない。誰を信じたらいいのかわからないからだ。やつらにはATMからの引き出しをすべて追跡できる手段があるから、ぼくには手持ちの金がない。おそらくおまえの口座も追跡しているだろう」

「わたしの?」ケリンはすでにこわばっている背筋をさらに伸ばした。「なぜわたしのを?」

「ぼくがほかにどこへ行き着く? 父さんと母さんをこの件に引きずりこむつもりはないし、ふたりに助けを求めるわけにはいかない。間違いなく、ドノヴァンとヘンダーソンは、ふたりの経済状態を調べただろうからね」

ケリンが困惑したように小さく手を上げた。「兄さんが必要なら、喜んでお金を貸してあげたいけど、でも――」

「ぼくが貸そう」ジェシーは自分がどうしてそんなことを言ったのか、よくわからなかった。「やつらがケリンの口座を監視しているのなら、大きな金額を引き出せば、手がかりを与えてしまうことになる。ぼくなら、仕事を通じて振込ができる。よければ、外国の口座に送金するよ。外国での建設計画を請け負うときには、いつもそうしているから」

少しあとでケリンは、ジェシーの寛大な――ばかげているほど寛大な――申し出にどれほど心を動かされているかを測ろうとしていた。これほど急速にふたりの関係が深まるなんて、信じられない思いだった。突然現れた兄が、なんらかの犯罪活動について非難を受けていると告げたところ、ジェシーはすぐさま兄の側についた。

いいえ、わたしの側にだ。

ジェシーの腕がしっかりと励ますようにウエストに巻きつけられると、触れ合いだけでなく、守るようなしぐさからも温かさが伝わってきた。

「あなたが関わる必要はないのよ」そう言いながらも、さらにジェシーにもたれかかって、気持ちをあらわにしてしまった。無意識だったが、はっきりとわかるほどに。これまでずっと、なんの問題もなく自立した生活を送ってきたのに、ジェシー・マカッチャンの何かが、自分でも持っているとは知らなかった依存心を引き出すのだ。

それはいいことなのかしら？

よくわからなかった。信じられないほど驚いている、と言ったほうが正確かもしれない。

「ぼくはすでに関わっている」ジェシーが淡々と言った。「そうでなければ、今もウィスコンシン州北部にいて、自分のことだけを考えているよ」ロブのほうを見る。「どうやって対処するつもりだ？」

兄が首を振った。口のわきには、ケリンの記憶にはないしわが刻まれていた。「ぼくはどこにも行かない。それに、現時点でパスポートは使いものにならないだろう。ヘンダーソンが真っ先にそこに目をつけているはずだ。上司がほんとうにぼくを有罪にするつもりなのか、それともドノヴァンがフロリダで勝手に動いた結果なのかによって、やりかたは変わる。どのみち、ヘンダーソンはすべてを承知の上で動いているか、事後にドノヴァンを守ろうとしているだけかのどちらかだろう。すべての発端となった何かのために、つるむしかなかったのさ」

ケリンはいまだに、ロブの話に関わる陰謀めいた側面がよくのみこめなかった。「どうしてそんなことができるの？」

「上司は連邦政府の要人なんだよ、ケリン。もしぼくが疑っているとおりだとすれば、ヘンダーソンは職権を乱用して、全力でぼくを追跡させているんだろう」兄が疲れたように片手で顔をぬぐった。「まったく、大失敗だった。報告書さえ提出しなければ――」

「そうしたら、兄さんもドノヴァンと同じ悪人になるのよ」まるで推理小説のなかに入りこんだような気分がしたが、命を救うことが何よりも大切だ。「もう一度報告書を書いて、もっと上の人に提出できないの？　兄さんの側の話を文書にして、両方を調査してもらえるように？」

「そんなことをすれば、ぼくの立場を多くの人に知らせることになって、ますます追跡が強まるだろう。現時点では、賢い選択とはいえないな。やつらがおまえを追いかけているというジェシーの話がほんとうだとすれば、連中は遊び半分でやってるわけではない。ひょっとすると、あのふたりだけではないかもしれないんだ。さらに別の人間が関わっている可能性もある。何度も言うが、誰を信用すればいいのかわからないんだ。無理に押し通せば、自分が殺人罪で起訴されかねないような気がする。ヘンダーソンは大物だからな」

ケリンは無言のまましぶしぶ同意して、この二カ月間の恐怖と不安を思い起こした。唇をぎゅっと結んで兄を見つめる。「それなら、わたしたちはどうすればいい？」

「ぼくは、やつらが何を隠しているのか突き止める必要がある。少しずつ進めてはいるよ。関連する組織につながりを持つ友人がひとりいて、ぼくのためにいくつか調査をして、助けようとしてくれている。ぼくにはちょっとした直感力があるが、ほかの人を危険に巻きこみたくないんだ。ドノヴァンが人を殺すのを見た。あいつがぼくの車に細工をしたのもわかっている。つまり、大切な人はみんな、あいつの通り道から遠ざけておくのが正解ということさ」

そんなのは絶対に間違っている。どこかに頼みの綱があっていいはずだ。わたしたちは、正当な法の手続きを踏むのが決まりで、人を殺すことが禁じられている民主主義国に住んでいるのではないの？　ケリンは少なからぬ衝撃と幻滅を感じていた。

兄が壁から身を離した。「とりあえず、自分のモーテルに戻ることにする」さっと部屋を見回す。「ちなみに、ここの半分も立派ではないけどな。ここにいると、おまえたちの邪魔になりそうだから」

「安全なの？」ケリンは兄を行かせたくなかった。ここから出ていかせて、二度と会えないようなことになったら……。ああ、両親がこのことを知ったら、きっと震え上がるだろう。

「二カ月間、無事にやってきたんだ」兄の微笑みは、子どものころによく見せた気楽な笑顔を少しだけ思い出させた。「プリペイド式携帯電話を手に入れてある。ジェシーに電話番号を教えた。おまえも一台買って、それから電話してくれ。なるべく早くなんらかの情報をつかんで、次にどうするか決められるといいんだが」

いつの間にか、〝ジェシー〟と呼んでいる。こんな状況ほど、男同士をたちどころに友情で結びつける機会はほかにないだろう。「あした電話するわ」ケリンはやっとのことで言った。「ロブ、お願いだから、気をつけてね」

「気をつけるよ」兄がケリンのとなりに座っている男性に目を向けて、唇を固く結んだ。「礼を言うよ」

「たいしたことじゃないさ」ジェシーが、まるで日ごろからよく無実の容疑者を手助けしているかのように応じた。

ロブが静かに出ていき、扉がカチリと閉まって、ふたりきりになった。

体に回されたジェシーの腕だけが、現実的に感じられた。沈黙が続いたあと、ケリンは震える笑い声をあげた。「投票で決めてみる？　どれがいちばん奇妙なできごとか？　誰かに見張られていると考えて、車に飛び乗って、忙しいさなかに仕事を放り出し、猛吹雪のなかを運転すること？　それとも、見ず知らずの他人とベッドをともにすること？　それとも――三つめの選択肢よ――どうやら何者かがわたしの兄を殺そうとしているらしいとわかること？　決められないわ。選択肢があまりにも多様すぎて」

「その質問には、ぼくも答えられないな」ジェシーがケリンのこめかみを唇で軽く撫でた。

それ以上に安心させてくれるしぐさはほかになかった。

ケリンはほとんど聞き取れないほどの声で言った。「すべてを消化するには、少し時間がかかるわ。つまり、何者かがわたしの家を監視していたのはほんとうだったのよね？　わたしの妄想じゃなくて、事実だったのよ」

「だからこそ、ぼくたちはここにいるんだ」ジェシーが抱き締める力を少し強めた。「宿泊代は現金で支払った。追跡はされていないはずだ。いい考えがある。ルームサービスを頼もう。いいワインも添えて、ドアに錠を下ろして、少しくつろぐんだ。ぼくたちは、いくつか答えを手に入れた。これは始まりだよ。ロブは、手助けしてくれそうな内部の人間がいるとも言っていた。もしかするとそこから、突破口が開かれるかもしれない」

「ジェシー――」

ジェシーがキスをした。唇がぴったりと重なり、舌と舌が繊細に絡み合って、体は彼の腕のなかに完璧に収まった。気づきもしないうちに一瞬で、ベッドに押し倒され、快い体の重みを感じる。ジェシーが傍《かたわ》らに肘を突いて覆いかぶさり、ケリンの下唇をついばんだ。「それで、ルームサービスは？」

「あなたのお望みのままに」ケリンは心から言った。食べ物のことを言っているのではなかった。

「ふむ。希望をかき立てられる返事だ。ほんとうに？」

ふたりはふたたび、遠回しに誘いかけるような会話を交わしていた。ケリンはジェシーの顔に触れた。「たぶんね」

ジェシーが目の端にしわを寄せて微笑んだ。「服を脱いで、もう少しお互いを納得させてみようか?」

「ルームサービスはどうするの?」

「あとだ」ジェシーが約束して、熱のこもった褐色の目で見つめた。「今のぼくたちには、大きなベッドが置かれた部屋《ルーム》がある。ロブのほかは、誰もぼくたちがここにいることを知らない。カメラもマイクもないと請け合うよ」

自宅にいると緊張することは否定できなかった。何者かが侵入したと考えるだけで、怒りと不安を覚えた。

「それは心強いわね」ケリンは同意して、両手でジェシーの肩をさすり、下へとたどっていった。ジーンズのウエストバンドにたくしこまれたシャツを引っぱり出す。指で引き締まった腹部をかすめると、筋肉が反応して張りつめるのが感じられた。

ジェシーはまるで、モデルの少年たちのような体つきをしていた。たくましく、美しく、むしろモデルよりも魅力的だ。なぜなら、ジェシーはどこから見ても少年ではなく、成熟した大人の男性だったから。

ケリンの本能は、ロブの問題を解決したいと願っていた。人々の問題を解決すること、それが自分の仕事だ。ただ、こういう特殊な筋書きに対応する訓練は受けていなかった。医学部の授業や指導では、こういう状況をうまく扱う方法は教えてくれない。考えてみれば、まったく信じられないような状況だ。

しかしジェシーがここにいて、力強くしっかりと支えてくれる。しばらくのあいだ我を忘れるのは、魅力的な考えに思えた。

彼のジーンズの前部を手探りし、ボタンを外して、ファスナーを見つけ出す。それを下ろすと、ジェシーがまた唇を重ねて貪欲なキスをした。あわただしい一日が溶けていった。たとえ数分間だけだとしても、先ほど聞かされた信じられない話までが消えていくようだった。ジェシーの存在には、それほど大きな力があった。

ケリンは少しずつ手を下着のバンドの下にすべらせ、ジェシーの分身を撫でた。手のひらに、熱く硬く感じられる。

「うーん……」ケリンはジェシーの唇に向かってつぶやき、睾丸を包みこんだ。

「ああ、すてきだ」ジェシーが小さくセクシーなうなり声で言い、身をこわばらせた。

世界はまったく手に負えず、現実離れしていたけれど、これはじかに感覚に訴えるものだった。ジェシーのぴりっとしたほのかなコロンの香りが、別荘で分かち合ったものを鮮やかに思い出させた。

これが必要だった。彼が必要だった。

ふとひらめいて、手を離し、たくましい肩を軽く押しやる。ジェシーが顔を上げて、情欲に熱く輝く目を向けた。「なんだい？」

「仰向けになって」ケリンは命じた。

ジェシーは意味を察したようだった。口もとを小さくゆるめる。「わかった」

「今すぐよ、マカッチャン」

「了解」

ジェシーがごろりと仰向けになった。すっかりだらけたように、ジーンズを開き、そそり立つみごとな分身を見せている。

あまりオーラルセックスを楽しいと思ったことはないが、どういうわけかジェシーは……おいしそうに見えた。長く硬く、先端には小さなしずくが光っている。ジェシーが目を細めてこちらをじっと見た。体は正確にはくつろいでいなかったが、ベッドに背中を預けて無頓着に手足を伸ばし、なんでも好きなことをしていいと誘いかけている。

ケリンは体を揺すりながら下へ移動し、両手でジェシーを撫でつけ、ビロードのような手触りを楽しんだ。シャツを上へ押しやって、引き締まったお腹をあらわにしてから、かがみこんで髪を肌の上に垂らす。

膨らんだ先端を口に含むと、ジェシーがうめいた。

マイケルがこんなふうに悦んでくれたことは一度もなかった。とはいえ、めったにしたことはなかったけれど。親密さの度合いがまったく違う。とにかく、とても自然に感じられた。

「ああ、すごい」ジェシーが身をこわばらせた。ケリンは舌の先で笠の部分に円を描き、割れ目を軽くもてあそんだ。塩気のある男らしい味は、驚くほどすばらしかった。ジェシーがかすれた声で言った。「毎日忘れずに、きみを職場からさらっていくことにしよう」

その宣言のなかには、じっくり吟味《ぎんみ》したくはないことがふたつ含まれていた。そもそもジェシーがそんなことをしなくてはならない理由と、〝毎日〟という言葉。

毎日。それは可能なこと？　ふたりの生活を大きく変えることなしに？　それに、まずはロブをめぐる混乱の解決を優先させなくては……ああ、そのことは考えたくない……。

今はだめ。

口でするのは得意ではなかった。あるいは、得意だと思ったことはなかった。ジェシーとだと、すべてが違うように感じられる。喉の奥までできるだけ深く吸ったとき、ジェシーが小さく身を震わせたことを、ケリンは賞賛と受け止めた。不意に髪に指を差し入れられると、みぞおちのあたりがぞくりとした。

「もうじゅうぶんだ」ジェシーが、かすれてはいるが威厳のある声で言った。「やめてくれ」

もうじゅうぶんなの？　よくわからなかった。男性を口のなかでいかせるなど、考えたこともなかったが、ジェシーのためなら……してもいいかもしれない。

「だめだ」ジェシーは心を読めるかのようだ。「またの機会に」いきなり、すばやくふたりの体の位置を変え、ケリンを仰向けにさせる。それからケリンのズボンと下着を同時に引き下ろし、性急に腰から太腿の下まで脱がせた。「ぼくの番だ、ドクター」

「別にしなくても――」

「あきらめてくれ。したいんだよ」

ジェシーが温かな両手を脚に当て、ぐっと開いてから、頭を低くした。熱い舌を深く差しこまれて探られると、理にかなった反論はぴたりとさえぎられてしまった。ケリンは腰を反らして、部屋に低い叫び声を響かせた。

あまりにも心地よくて、信じられないくらいだった。クリトリスを刺激されると、みぞおちがぎゅっと締めつけられた。ジェシーが絶妙のテクニックで味わい、もてあそび、撫でつける。ほどなくケリンの全身に、オーガズム直前の悦びが押し寄せてきた。

「なかへ来て」ケリンはつぶやくように言った。「ジェシー、お願い、わたしのなかへ」

「もちろんさ」ジェシーが肘を突いて上方に体をすべらせ、自分を位置づけてから、ぐっと押し入ってきた。ケリンは硬く長いものを奥まで受け止め、両脚をジェシーに巻きつけた。

同時にオーガズムに達するというのが作り話でないことは、すでにジェシーから教わっていた。ケリンはいっしょに動き、励まし、求め、せがんだ。ジェシーが深く突いてから、いったん身を引き、また激しく貫いた。ケリンはけしかけるように、両手で彼がまだ着ていたシャツをつかんだ。無上の悦びと荒々しさを感じた。いつもの自分とはまったく違う。

いいえ、今では、これこそわたしなのかもしれない。つい先日、猛吹雪の田舎道にたったひとり取り残され、黒髪の見知らぬ人が車の窓からのぞきこんでいることに気づいたあのとき以来ずっと。

ふたりは数秒も離れずクライマックスに達した。ケリンが先にたどり着いて体の芯を引きつらせると、ジェシーがうめき声をあげて果てた。温かな吐息をケリンの頬に吹きかけ、熱い液体をほとばしらせる。

すばらしいひとときだった。〝ルームサービス〟という言葉に、まったく新しい意味が加わったかのように。

10

テアは受話器を耳に押しつけ、呼び出し音を聞いた。一回、二回……。

出た。

「もしもし？」

ロブはひどく警戒している。当然のこととはいえ、声を聞くと胃が痛んだ。どちらにしても、すでに吐き気を催していたのだが。

「つかんだわ」

ほんの一瞬、電話が切れたのかと思った。それから、ロブが殺気をはらんだ静かな口調で言った。「ふざけているのなら、そういうことはやめてくれ」

ふざけているなんてとんでもない。まだ冷や汗をかいておののき、何かを見落としたに違いないと不安でたまらないのに。どうにも抑えようがなく、震える声で言う。「いいえ、そんなことはしない。ただ……その……ああ、もう……」

「テア？」ロブの口調が和らいだ。あのみごとなブロンドの髪を魅力的に乱して、青い目を心配そうにすぼめている姿が頭に浮かんだ。「いったいなんの話をしている？　痛めつけられたのか？」

「いいえ」

痛めつけられたのは、ネイサン・ヘンダーソンのほうだ。上司を殺したら首になるだろうか？　もちろん、ほぼ確実に首になるだろう。「あいつは死んだわ」

沈黙のひとときは、おそらく実際に流れた時間よりずっと長く感じられた。ロブが言った。

「〝あいつ〟とは？」

「ヘンダーソンがわたしの邪魔をしたのよ。それがまずい方向へ転がったの」

なんという控えめな言いかた。〝四度目の幸運〟というのはないようだ。しかし、テアがたどろうとしていた入り組んだ痕跡《こんせき》は、おもしろい方向へ発展していた。USBメモリーにダウンロードしたファイルが、考えていたとおり興味深いものだと証明されれば、ロブの形のいいお尻を悪いやつらから守ってやれるはずだ。ヘンダーソンがオフィスに入ってきて追いかけてきたときの様子からして、おそらくきわめて興味深い内容なのだろう。

「何があった？」

それは、オフィスの扉をヘンダーソンがあけたとき、起こることが決まっていたも同然だった。あの男は明かりをつけもしなかった。つまり、テアが――あるいはほかの誰かが――そこにいると感づいていたのだ。手のなかで金属のようなものが光るのが見え、武器だと推測したテアは、机の後ろに身をひそめた。コンピューター画面のぼんやりした光のなかで、こちらへ近づいてくる黒っぽい影だけが見えた。広く静かな場所で、相手と自分のふたりだけだ。テアが知っているかぎり、あの男はここで自分を殺したいとは思わないはずだった。とはいえ、もしそうしたいと思えば、誰にも物音ひとつ聞こえない。

背後の壁に、飾り額がかかっていた。木製で、大きく、重く、現代的な彫刻が施されている。立ち上がったときに肩が当たり、テアは振り返ってそれをつかみ、ぐいと引いた。

そして、机を回って追いかけてきたヘンダーソンに向かってそれを振り下ろした……。

戦慄《せんりつ》が走り、テアは車のなかに座って身を震わせた。そこは食料品店の駐車場だった。ふつうの人と同じように、店に入って牛乳か何かを買う前に、車に乗ったまま携帯電話でおしゃべりしているように見えるといいのだが。「今は話せないわ、ロブ。官庁のオフィスに死んだ男を残してきたのよ。正当防衛だったけど、その事実はあまり役に立たないでしょうね。わたしの才気あふれる話術は、現時点ではまったく効き目がないもの。肝心なのは、必要なファイルを見つけたということよ。今ここに持っているわ」

「ヘンダーソンが死んで残念だというふりはしないよ」ロブが重々しい声で言った。「死んだのは確かなのか？」

「検屍官《けんしかん》を呼んだわけじゃないけど、確信はあるわ。恐ろしい音がしたもの」テアは片手を上げ、それが強風にあおられる木の葉のように震えているのを見た。愉快でもなんでもないヒステリックな笑い声を漏らす。「襲ってきた相手を殺したとしても、高速エレベーターでまっすぐ地獄へ送られることはないわよね？　確か、そんなことはないと聞いていたはずだけど」

「なあ、テア――」

「聞いて、ロブ。いつまでもここにはいられないし、この電話のためにどこかへ行ってもう一枚カードを買う気にもなれないの。たぶんわたしは血を浴びていて、そのことを考えると吐きそうよ。家に着いたらファイルを調べて、何を手に入れたのかをきちんと知らせるわ。それでいい？」

「二時間ほどたったら電話するよ」

もし家に帰れたら、ゆっくり熱いシャワーを浴びて、ウイスキーソーダか何かを飲もう。そうすれば震えが止められるかもしれない。「ええ、三時間後にして」

テアはボタンを押して電話を切り、少しのあいだ座ったままでいた。駐車場は、深夜の買い物客の車で三分の一ほど埋まっていた。頭上のネオンの明かりが、黒い冬の空を背景に輝いている。エンジンをかけていないと寒かった。

ヘンダーソンは犯罪者だ、とテアはしっかり自分に言い聞かせた。しかも、オフィスに足を踏み入れたとき、手に銃を持っていた。もしあの男とドノヴァンが殺人を企てたのなら、その死を惜しむ人はあまりいないだろう。

先ほど目にした情報からすると、ほかにもたくさんのいかがわしい活動に関わっていたようだ。

飾り額には、テアの指紋がそこらじゅうについている。しかしそれは、コートに包んで持ってきた。壁からなくなっていることには気づかれるだろう……誰かしらが憶えているはずだ。

今の選択肢は、何食わぬ顔であしたいつもどおりに出勤するか、必死で逃げるかのどちらかだった。

少なくとも、ケリンは眠っていた。ジェシーはそれを自分の手柄と考えたかったが、もしかすると、性的な満足のほかにもいろいろな理由があるのかもしれなかった。遅れを取り戻そうとして、次から次へと患者を診察した長い一日。突然現れた兄に、少なからず異常な話を聞かされた衝撃。それとも単純に、誰にも見つからない場所にやってきて、少しくつろげたおかげかもしれない。最初に愛を交わしたあと、ふたりはステーキを二人前とワインを注文し、テレビ用に作られたそこそこおもしろい映画を半分ほど観てから、もう一度愛を交わした。二度めはゆっくり時間をかけ、そっと愛撫したり、優しく微笑んだり、微妙なニュアンスを伝え合ったりした。

まさにジェシーが好む夜の過ごしかただった――逃亡中の諜報員のドラマがなければだが。ケリンは気に入りらしい横向きの姿勢で寝ていた。口を少しだけあけて、もつれたブロンドの髪を細い肩に垂らしている。ジェシーはゆっくりからかうように、彼女の腕に指をすべらせた。「六時だよ」

「うーん」ケリンがまばたきをして、眠そうにつぶやいた。「ほんとうに？」

「残念ながら」

「わかったわ」ケリンが起き上がって髪に指を通した。眠りから覚めたばかりの姿は、甘く快く見えた。「家に戻って、シャワーを浴びて着替えなくちゃ」

そう、甘くて快い。ジェシーは胸のなかでにんまりした。目の下に小さなマスカラの染みがあっても、ケリンは美しかった。ジェシーは言った。「チェックアウトはぼくがやるよ」

「あとでお金を返すわ」ケリンが眉をひそめた。「レンタカーのお金も。ジェシー、あなたはもうじゅうぶんすぎるくらい助けてくれたわ」

「そうかい?」ジェシーは眉をつり上げた。「ぼくからすれば、ひとりの美しい女性と、とても満ち足りた一夜を過ごしただけのことさ」それから言い直した。「というより、とても満ち足りた数週間を」

「ええ、そう、その件もあったわ。だからやっぱりお金を返すわね」

きまじめな医者の顔が表れるときには、いつも率直にものを言う。「そのことは、また別の機会に話し合おう。ほんとうに仕事に行くべきだと思うかい?」

ケリンはベッドからすべり出ると、パンティーを拾い上げてそれをはき、首を振った。「今は何もかもがよくわからないの。ロブの話について考えるたびに、もしかして間違えてサスペンス映画のオーディションを受けてしまったのかと自分にきいてみたくなるわ。できればその役は辞退したいんだけど」

「そういう映画が作られるのには、わけがあるのさ」ジェシーは起き上がって、自分の服に手を伸ばした。「たぶん、ときどきそういうとんでもない事件がほんとうに起こるからじゃないかな。今朝の新聞を読めば、少なくともひとつは、〝信じられない〟とつぶやきたくなる記事があるはずだよ」

ケリンが赤いセーターを引っぱると、乱れたブロンドの頭が現れた。青い目を心配そうに陰らせている。「ぜんぶほんとうだと信じている?」

「ロブの話かい? 言っただろう、信じているよ。もし、きみの身にいろいろなことが起こっていなくて、突然姿を現したロブが、おとり捜査やら殺人やら不正を働く同僚やらについてとりとめのない話を始めたら、信じなかったかもしれない。でも率直に言えば、それでようやく、なぜ何者かがきみの家に盗聴器をしかけたり、不法侵入したり、コンピューターを探ったり、ほかにもきみを怖がらせて街から逃げ出させるようなことを実行したのかがわかったんだ」

ケリンは何も言わずに着替え終わり、目をそむけた。ジェシーも同じことをした。数分後、ふたりは駐車場へ向かった。まだ暗く、ひどく寒かった。ふたりは冷たい空気に息を白くしながらレンタカーに乗りこんだ。

道路に出ると、ケリンが静かな声で言った。「ねえ、ぜんぶこういうことのせいだと思う? だから特別に感じられるのかしら?」

あまりにもあいまいな質問だったから、もっとはっきり言ってくれと頼んでもよかった。しかし、どうしてきちんと意味がわかっているのに、きかなくてはならないんだ? 特別。それはふたりの関係にとって、鍵となる言葉だった。ジェシーは赤信号でブレーキを踏み、車を止めた。その時間を利用して、ちらりと横目でケリンの表情を探る。「こういうことのせいでペースが速まっているのは確かだと思う。でも違うよ。ぼくたちのあいだでものごとが急速に進んでいるのは、〝こういうこと〟のせいだけじゃないと思う」

ケリンが自分を抑えているのは理解できた。三十三歳のジェシーにとって、出会って二週間もたたないうちに恋に落ちることが分別ある行動なのかどうかは、よくわからなかった。しかしその一方で、もしかするとこういうものなのかもしれない、とも考えた。瞬く間に、電撃的に、理屈を超えて恋に落ちたのだ。

「ロブがたいへんなときに、自分の恋愛生活について悩んでいるのは身勝手に思えるわ」ケリンの言葉は、ジェシーが考えていたことそのものだった。

少なくともケリンは、ただの性生活と言ったわけではなかった。そこには何かがある。おまけに、ジェシーは彼女と同意見だった。これは特別なのだ。

残りの道のりは、沈黙が続いた。ジェシーにとって、静かなのはなんの問題もなかった。ふたりとも考えることがたくさんあったし、深刻な話をするにはまだ少し早すぎる時刻だ。ケリンの家の近隣はほとんど人通りがなく、ぽつぽつと明かりがともっているだけだった。ジェシーは車を私道に入れて駐《と》めた。身を切るほどではないものの、かなり寒かった。もしほんとうにこの家を見張っている者がいるとすれば、その点については気の毒なことだ。控えめに言っても、不愉快な張りこみだろう。

ドノヴァンは――もし監視しているのがその男だとして――ケリンの二度めの失踪《しっそう》をどう思っただろうか。少なくともケリンは標的ではなく、ゲームのなかで小さな役割を担っているにすぎない。そもそも、そのゲームに望んで参加したわけでもない。

ケリンが防犯システムを解除し、ふたりは家に入った。照明のスイッチをいくつか入れると、普段どおり落ち着いた部屋が見えた。位置がずれているものはなく、不法侵入で乱された形跡もない。

ケリンは明らかにほっとしていた。「走っていって、シャワーを浴びるわ」

「ぼくはコーヒーを淹《い》れるよ」ジェシーは言って、キッチンのほうを示した。

「すばらしいわ」ケリンが微笑んでバッグをカウンターに置き、振り返って、部屋を出ようとした。

それから立ち止まった。ジェシーは待ち、ケリンが肩をこわばらせて向き直るのを見ていた。青い目が、こみ上げた涙でちらちら光っていた。「すばらしいのはあなたよ。昨夜……ロブの手助けを申し出てくれたとき……だって、あなたは兄を知りもしないのに……」

「ぼくはきみを感心させようとかなり必死でがんばっているのさ。だからだまされないほうがいいよ」ジェシーはにんまりして、雰囲気を和らげようとした。「もしぼくたちが小学三年生だったら、ぼくはきみだけのために、キックボールが最高にうまい少年になっていただろうな」

ケリンがむせぶような笑い声をあげた。「きっとそうでしょうね」

「子どものころは、かわいい女の子が見ていると気づいたとたん、ものすごいプレーをやってのけたものさ」

ケリンがその場に立ってこちらを見つめた。「ジェシー……」

ジェシーは待ったが、少し緊張してもいた。ケリンが言おうとしていることがなんであろうと、ふたりとも、それに対する心の準備はできているのだろうか。

ようやくケリンがささやき声で言った。「コーヒーは食料貯蔵室のなかよ。早くしなくちゃ」

ケリンが部屋を出て、ほとんど走るように二階へ上がっていったとき、ジェシーは自分がほっとしたのか、がっかりしたのか、よくわからなかった。


患者、患者、患者、相談の電話、さらに多くの予約。昼食の時間はなし。ケリンはジェシーの携帯電話に連絡して、机でサンドイッチを食べるのが精一杯だと手短に伝えた。

ジェシーは、ロブに電話できるよう、プリペイド式携帯電話を手に入れておくと約束した。仕事のおかげで心配ごとから気をそらすことができたが、兄の苦境は一日じゅうケリンの脳裏から離れなかった。

最後の診察を終えたのは、六時過ぎだった。オフィスの扉があいたので、ケリンは目を上げた。同僚の医者のほとんどはもう帰宅していたが、残っていた誰かだろうと思った。

しかし入ってきたのは、ずんぐりとした、黒髪とかぎ鼻と四角い顎を持つ男だった。黒いダウンジャケットを着て、野球帽をかぶっている。ケリンははっとしてペンを置いた。衝撃の一瞬が過ぎた。

そして悟った。

男の目つきのせいだ。それは冷たく無表情で、敵意に満ちていた。男がドアをしっかりと閉めた。「ドクター・バーク」

「居場所は知りません」ケリンはかすかに声を震わせて言い、落ち着いて見えるよう願いながら、両手を組み合わせて机の上に置いた。「わざとわたしには教えなかったんだと思います」

男がぞっとするような笑みを浮かべた。「あなたはわたしが誰だか知っている。つまり、お兄さんとあなたは話したわけですね」

「あなたの名前はドノヴァンでしょう。ええ、兄とは話しました。でも、居場所は知らないんです」

この男が入ってくるのを誰か見たかしら？

ジェシーは間違いなく、車で家までついてくるために待っているだろう。ドノヴァンはその横を通り抜けてきたのかもしれない……失敗だった。どうしてロブに特徴をきいておかなかったのだろう？　もちろんそれは、ふたりともまず第一に情報を消化しようとしていたからだ。荒れた天気、こういう陰謀に不慣れなこと、状況があまりにも突飛《とっぴ》なことなどを考えると、きくのを忘れたのもそれほど不思議ではなかった。もしかすると、ジェシーが最初にロブと会ったときにきいたかもしれないが、外はひどく寒いし、人々は厚着をしている。帽子で顔を隠し、分厚いジャケットを着た人を見分けるのはむずかしい。

「何か渡しているはずです。電話番号とか。それが必要なんです」

電話番号は、ほんとうに持っていなかった。ジェシーが持っている。ケリンは首を振った。「持っていません」

「お兄さんが、ひどく厄介な問題を抱えていることにはお気づきでしょう」

「ひどく厄介な問題を抱えているのはあなただと気づきました」

「お兄さんは、あなたにでたらめを吹きこんだんですよ、ドクター・バーク。残念ですが、ときにものごとは悪い方向へ転がります。わたしはその場にいました。起こってしまったことをお兄さんが受け入れられないのなら、助けが必要です。部署にはそのためのプログラムがありますから」

ケリンは初めて、自分のオフィスが狭く感じられることを強く意識した。これまでは広々としているように思えたのに、今は招かれざる訪問者の存在感がその場を圧倒していた。ケリンは立ち上がったが、あまり気分はよくならなかった。ドノヴァンのほうがかなり背が高く、部屋の空気を支配していたからだ。

「兄の話はそれとは違います」

「嘘をついているんだ」男の目がぎらついた。

「わたしはそこにいませんでした」ケリンは簡潔に言った。「どちらを信じるかはおわかりでしょう」

ドノヴァンがいかにも何気ないふうを装って、ジャケットの内側に手を入れた。「かまいませんよ。事態が少しばかり手に負えなくなってきているんでね。これまでは、あなたに関しては礼儀正しくやってきました。おもに、あなたが何ひとつ知らないとの推測からです。だが、残念ですね、ドクター。あなたが昨夜帰らなかったので、ついにロブが姿を現したのだろうとわたしは判断しました。レンタカーが、動かぬ証拠です」

ドノヴァンがとても実用的な外観の銃を取り出した瞬間、ケリンは兄がまったくの真実を話していたことを悟った。ロブを疑っていたというわけではない。たぶん、兄の話の現実離れした面が信じにくかったのだろう。しかし、なじみ深いオフィスにいて、苦労して取得した卒業証書が貼られた壁や、平凡な飾りがつけられた電話、散らかった机、書き込みがたくさんある卓上カレンダーに囲まれていると……。

たしかに信じられた。

「兄と連絡を取る方法はありません」ケリンは必死に落ち着いているふりをした。ロブは武器や絶望的な瞬間に向き合っても平然としていられるのかもしれないが、ケリンには無理だった。そう、別の種類の絶望には、ときどき対処することがある。でも……こういうのとは違う。

この男はほんとうにわたしに銃を向けているのだ。

「あなたの恋人にきいてみるのがいいかもしれない。もし知らなくても、突き止めてくれるでしょう」ドノヴァンが、よく聞こえるカチリという音を立てて、安全装置を解除した。

「それはそうと、どこであの男を見つけてきたんです？　あなたのことはだいたい把握していると思っていたんですがね。二カ月ほど、ずっと見張っていましたから」

「知っています」ケリンはこれまで一度も、装塡《そうてん》したピストルの銃口を向けられたことはなかった。

人生最良の経験とはいえないようだ。

「マカッチャンは――ナンバープレートから調べました――まあ、あいつはどうでもいい」

そっけなくはねつけるように言う。

ああ、それはとんでもない間違いだ。恐怖が胸に押し寄せてきた。もしジェシーが心配し始めて、何か騎士道的な考えにのっとってわたしの様子を見にきたら、ドノヴァンと鉢合わせするかもしれない。この男は――ロブによれば――なんのためらいもなく人を殺したのだ。

突然、優先順位がすっかり入れ替わった。

「わたしに銃を突きつけたまま、建物の外に連れ出すのは無理でしょう」ケリンは指摘して、全身に吹き出してきたうっすらとした汗を無視しようとした。

「無理じゃありませんよ。わたしがどのくらいすばやく銃を抜いて撃てるか、ご存じですか？　信じたほうがいい。恐ろしくすばやいですから。正確でもある。これからふたりでロブに会うときに、きいてみるといい。わたしは銃を持っていて、必要なときに使う。それでじゅうぶんでしょう。さあ、マカッチャンは、あなたが今朝乗っていたレンタカーに乗って、駐車場にいます。あと一時間くらいかかると伝えなさい。あの男の駐車位置はわかっている。別の方向から出ましょう」

今朝はたしかに、ジェシーにレンタカーで送ってもらった。昨夜はロブと会うためにいきなり引っぱり出され、車を置いていってしまったからだ。この点についても、姿の隠しかたが甘かった。ふたりとも、オフィスへの到着を隠す方法は思いつかなかった。明らかに、スパイ活動はあまり得意とはいえないようだ。

得意になりたいとは思わない。わたしの望みは、ありきたりの存在だったころに戻って、こんなことはすべて忘れて……。

いいえ、それは嘘だ。こういうことが起こらなければ、ジェシー・マカッチャンとは出会えなかったのだから。

ケリンは白衣のポケットから携帯電話を出して、さっと開いた。

11

ジェシーはゆっくりボタンを押して、携帯電話を閉じた。胃がぎゅっと締めつけられた。すぐさまアドレス帳をスクロールし、別の番号にかける。即座にロブが出た。「もしもし？」

「ケリンが電話してきた。遅くなると言っていた。もちろん、ありうることだ。まだ診察の遅れを取り戻そうとしているところだから」

ロブは少しのあいだ黙ったままでいた。「だが？」

「だが、どうも様子が変だった。緊張しているというか、堅苦しいというか。ふつうではなかった」

「これほど短い期間で、そこまで妹のことがわかるのか？」

答えは簡単だ。「ああ」ジェシーはあっさり答えた。

「よし。あんたの言うことを信じよう」ロブがかすかに皮肉なユーモアをこめて言った。「だとすると、ドノヴァンがなかにいるんだと思う。そういうことが起こるんじゃないかと心配して、午後の大半をこの建物のなかで過ごしていたんだ。ドノヴァンが入ってくるのは見えなかったが、自分の体はひとつしかないからな」

「なかにいるのか？」

「ああ」

「ぼくにもあいつは見えなかった。あんたのことも」ジェシーは認めた。車のなかは寒かったが、服の下がじっとり汗ばんできた。「しかし、一度に四カ所の入口を見張ることはできないからな。ケリンのオフィスに行ってみる」

「いや、ぼくが行く。午後じゅう各階の待合室を巡り歩いていたんだ。今は二階の階段にいる。ケリンのオフィスからそれほど遠くない心臓病科の前を離れたところだ。二分以内で着ける」

ロブがあそこにいるって？

「ぼくも行く」どちらにしても建物の四方にある入口をすべて見張ることはできないのだから、ここにぼんやり座っているつもりはなかった。ドノヴァンのような殺人者が、愛する女性を誘拐しようとしているときに。

そう、愛する女性だ。

「ヘンダーソンは死んだ」

淡々とした言葉がふたりのあいだにぽとりと落ちた。ジェシーは耳を疑い、かすれた声で言った。「なんだって？」

「詳細を話している時間はないが、だからこそほとんど一日じゅうここにいたんだ。昨夜遅く、電話があった。事故だったんだ……友人が、ぼくの捜していた情報を見つけたが、事態がまずい方向に転がって……聞いてくれ、ジェシー。ドノヴァンは今や、死に物狂いでぼくを狩り出そうとしているかもしれない」

ケリンを使って。

ジェシーは急いで電話を切り、車から出てドアを閉めると、油断ならない寒さに背中を丸めた。駐車場を抜けて、走り出したい衝動を懸命に抑え、動揺を追い払おうとする。生まれて初めて、銃を持っていれば、使いかたを知っていれば、と考えた。廊下はどこまでも静かで、一日の人々の行き来によって空気が濁っていた。一階のいくつかのオフィスには、まだ明かりがともっている。ジェシーはエレベーターのほうへ進んだ。

有線放送の陽気な音楽は、この瞬間には不釣り合いだった。エレベーターの扉が開き、ジェシーは足を踏み出して、用心深くあたりを見回した。制服の上に冬のコートを着た若い看護師が待っていて、ジェシーに微笑みかけてから、無人のエレベーターに乗った。

ジェシーが二階の廊下を歩き始めたとたん、パーンという大きな恐ろしい音が聞こえた。銃声だ。時間が止まったかのように感じられた。まるで、今起こったなんらかの恐ろしいできごとの反響が、ずっと続いているかのように。

心臓さえ動きを止めた。

エレベーターのドアはまだあいていた。背後の若い女性が息をのむ音が聞こえ、ジェシーは駆け出した。

総合内科へ続くドアを勢いよくあけたので、跳ね返った扉が体に当たり、ジェシーはよろめきながら待合室に入った。必死になって叫ぶ。「ケリン！」

答えはなかった。

きっとすぐ近くにいたロブがすでに行っているはずだ、すでにオフィスのなかに……頭に霧がかかったようになり、どちらへ進めばいいのかわからなくなった。そのとき、女性が悲嘆に暮れてすすり泣く声が聞こえ、ジェシーの脳はまるで自動操縦のように働き始めた。

左のドアを選び、声を追っていく。頭のなかで、支離滅裂な短い祈りがぐるぐると回っていた。受付係らしき中年の女性がコピー機やファックス装置のある小さな一角に縮こまり、おびえた青い顔をしていた。ジェシーは荒々しく言った。「ドクター・バークのオフィスは？　どこだ？」

口を開くことができないらしく、女性は震える指で右側を示した。ジェシーは理性をかき集め、ポケットを探って携帯電話をつかみ、女性に向かって放った。「警察を呼んでくれ」

振り返ると同時に、誰かがよろよろと廊下に出てきた。

ケリンだ。目に入るのは血だけだった。白衣も、両手も、鮮やかな深紅に染まっている。片方の青白い頰を、赤い筋が伝い落ちた。ケリンはこちらを見て、焦点を合わせたようだった。泣きじゃくりながらささやく。「ああ、ジェシー」

ケリンは病院に慣れていた。ここにいるとくつろいだ気分になる。においも眺めも音も、すべてなじみ深いものだった。しかし、こういうことには慣れていなかった。

ケリンは灰色の布張りの椅子に座り、両手でコーヒーの入った発泡スチロールのカップを包んでいた。待合室は質素で、壁にはありふれた絵が何枚か飾られているだけだった。静かでもあった……とても静かで、ただ時計が、集中治療室へ続く両開き戸の上で時を刻む音だけが聞こえていた。

いつもとは反対の立場に置かれるのは、とりわけ不愉快だった。

というより、今夜はずっと不愉快だった。

ジェシーについては別だけれど。今もとなりに座って、長い両脚を伸ばし、顔を心配そうに引きつらせている。「もう一度だけ説明を」ケリンに向かって促す。

ケリンはちらりとジェシーを見てから、視線を警察官へ、次にケン・マツェッティ捜査官と自己紹介した黒いスーツの男へと移動した。ぐったりしながらうなずき、もう一度話を繰り返す。「わたしはオフィスにいました。不意に男が入ってきて、兄の電話番号を教えろと言いました。わたしは、知らないと答えました。すると男は、ここ二カ月ほどわたしをひそかに見張っていたことを認めたんです。それから銃を取り出しました。わたしは男の要求に従って、ジェシーに――ミスター・マカッチャンに――電話して、遅くなりそうだと言いました。一、二分たってから、ロブが受付係と言い争う声が聞こえました。不運なことに、ドノヴァンもそれを聞きつけたんです」

こみ上げてきた吐き気が収まるのを待つあいだ、沈黙が落ちるのは自然に感じられた。警察官もFBI捜査官も、礼儀正しく辛抱強く待っていた。ケリンは泣きたい気持ちになってきた。おかしなことだ。母親を含むこの世の誰よりも、ジェシーの前でよく泣いているのだから。熱いしずくが頰を伝い、手首に落ちた。ごくりと唾《つば》をのむ。「ふたりは撃ち合いました。なんの前置きもなく。ロブが戸口に現れると、ドノヴァンが待ち構えていて、ふたりともいきなり発砲したんです。誰もひとことも口をききませんでした」

ジェシーがマッツェッティのほうを見た。「どうやら、ドノヴァンとロブ・バークとヘンダーソンと呼ばれる男のあいだには、複雑な事情がありそうですね」

黒髪の捜査官が、インディアナポリスの若い警察官をちらりと見た。「ほかに何かわかったら、警部に知らせる」

「了解しました」警察官はすぐに言われたことを察してうなずき、手帳を閉じて歩み去った。

「ヘンダーソンのことをご存じなんですか？」マッツェッティが冷静に尋ねたが、声には鋭さがあった。

「なんらかの隠蔽《いんぺい》工作が絡んでいることと、ロブが不当な扱いを受けそうだと主張していたことは知っています」ジェシーがぶっきらぼうに答えた。「ドノヴァンがケリンのオフィスにやってきて、銃を突きつけて誘拐すると脅したのだから、ロブの言うとおりだったんでしょう」

「あるいは、ドノヴァンはバークを捜すのに必死になっていただけかもしれない。ところが、見つけたとたん、撃たれてしまった」マッツェッティ捜査官は、向かいに置かれた椅子のひとつに座っていた。付き添いの家族などが、ある程度のプライバシーを保てるように配置されている椅子だ。捜査官がひざに両肘をついて身を乗り出し、黒い目をまっすぐに向けた。

「どちらの話が真実なのか、突き止めるのがわたしの仕事です」

「ロブ・バークがヘンダーソンを殺していないことは、証明できるはずです。ロブはヴァージニアではなく、こっちにいたんですから。それに、ぼくが理解しているところでは、ロブは現在、最初の申し立てが真実だと立証できる証拠を手にしています。彼の友人が情報を集めていて、ヘンダーソンの死は正当防衛だったそうです」

ケリンはゆっくり振り返って、となりに座っている男性を見た。ジェシーの整った顔は緊張にこわばっていた。いろいろな情報をどこで手に入れたのかはさっぱりわからなかったが、ジェシーがいてくれてほんとうによかった。今の自分には、どう考えても、捜査官をうまくかわせそうになかったからだ。

「ヘンダーソンが死んだことを知っているんですか?」マツェッティが黒い眉をひそめた。

「ロブが話してくれました」

「だとしたら、ふたたびバークが犯罪と結びついたことになります。まだマスコミにも発表されていないんですから」

ジェシーが首を振った。「ロブと、ヘンダーソンと、ドノヴァンが結びついたことになるんですよ、あなたも知ってのとおりね。ドノヴァンがさらに手荒になった動機とも考えられます。情報屋殺害事件の捜査を阻むヘンダーソンの影響力がなければ、ドノヴァンは無防備になりますからね。ロブ・バークの話を信じれば、今夜起こったことに完全に筋が通ります」

一瞬の間のあと、マツェッティが姿勢を正した。口もとに小さな皮肉交じりの笑みを浮かべている。「あなたのご職業はなんでしたっけ、ミスター・マカッチャン？」

「建設業です」

「職業の選択を誤ったようですな。バークが申し立てを立証できると言いましたか？」

ジェシーは、本気でそう信じているかのようにうなずいた。ケリンはそうであることを祈った。今現在、兄はとにかくゆっくり休んでいるはずだった。腹部を銃で撃たれ、負傷してはいるけれど。

ドノヴァンは、それほど幸運ではなかった。

マツェッティがうなずいて立ち上がった。初めて疲れた様子を見せ、首の後ろをさする。

「また質問させていただくことになるでしょう」

残念ながら、ケリンもそうだろうと思った。捜査官がうなずいて立ち去ると、ケリンは椅子にぐったりともたれかかった。「ありがとう」

「何が？」ジェシーが、まずそうなコーヒーが床にこぼれないうちに、ケリンのだらりとした手からカップを取った。「わかっているかぎりでは、ぼくはすべてが起こったあとにヒーローらしからぬタイミングで登場した以外、何もしていない。ロブが建物のなかにいることも知らなかったし、ドノヴァンがいることだって知らなかったし――」

ケリンは身を乗り出し、ジェシーのシャツの胸をつかんでキスをした。衝動的な行動だった。ずいぶん遅れた反応ではあったが、くたくたに疲れ、兄を心配しすぎて全身の力が抜けそうだったので、キスせずにはいられなかった。

そばにいてくれるだけでも、数えきれないほど多くの意味であなたはすばらしいのだと説明するより、このほうが簡単だった。自分の気持ちが説明できそうにないときがあったとしても、これなら間違いない。

ありがたいことに、それはうまくいった。ジェシーが唇に向かってつぶやいた。「これは予想してなかった」

ジェシーのほうも、これまで何度もケリンの意表を突いていた。猛吹雪に導かれ、凍えるようなウィスコンシン州の道路で出会ったときから。ケリンはささやき返した。「次から次へと、あなたを驚かせるの。それがわたしよ」

ジェシーが笑って椅子に背中を預け、すばらしくセクシーな褐色の目で見つめた。「きみにはその資格があるよ、ケリン」

エピローグ

高層のオフィスビルはシカゴのまさに中心部にあり、輝くガラスとコンクリートがつくり出す印象的な景観と、にぎやかな街路の一角を担っていた。四月初旬にときおりあるような、すばらしくうららかな春の日だった。気温は二十度近くまで上がり、ほとんど風はなく、木々はちらほらと緑の葉を見せ始めている。

ほんとうに長い冬だった。ケリンは思いにふけりながら、人通りの多いロビーにたたずみ、会社名の案内板を眺めた。あった。十二階、JM建設株式会社。

単なる建設業にしては、なかなか見栄《みば》えのする所在地だ。ケリンはつやつやと光るエレベーターに乗りこんだ。十二階で降りて該当する会社を捜すと、すぐに見つかった。左側にひと続きのガラスドアがあり、入口近くに掲げられた縞瑪瑙《しまめのう》の飾り板に、会社名が金色の文字で刻まれていた。

受付ラウンジには厚いカーペットが敷かれて、上品な革の椅子と大きな羊歯《しだ》の鉢が置かれ、低い音でクラシック音楽がかかっていた。奥の机に着いた若い黒髪の女性が目を上げ、歩み寄るケリンに礼儀正しく微笑みかけてから尋ねた。「何かご用でしょうか？」

「約束はしていないんですけど、きょうはミスター・マカッチャンがいらっしゃるとうかがいました。お会いすることはできますか？」あとから考えてみると、突然の訪問は、自分で思い描いていたほどすばらしくロマンチックな行為ではなかったかもしれない。帰国したというジェシーからの知らせに意外なほど心を揺さぶられたので、衝動的に車で会いにいこうと決めたのだ。

いいえ、もっと自分に正直にならなくてはいけない。まるで思春期の少女のように、ジェシーが新たな建設事業から戻ってくるのを待ちわび、早く会いたくてたまらなかった。一刻も早く、というほうが正確だろう。そうでなければ、スケジュールを組み直してすべてを放り出し、予告もせずにシカゴへ車を走らせたりはしなかっただろうから。

「ミスター・マカッチャンは会議中です」受付係が控えめな好奇心をこめたまなざしでこちらを見た。「どのくらいかかるかはわかりませんが、お名前をうかがっておいて、昼食後にでも少し時間を取れるかどうか確かめることはできます。社長は南米から戻ったばかりで、あいにくきょうはかなり多忙かと思います」

ケリンは切り札を使うことにした。「ええ、知っています。彼がヒューストンの空港から電話をくれましたので」

これでわたしの身分が少し見直されただろうか。そうだといいのだけれど。「なるほど。では、いらっしゃることを社長は存じていたのですか？」

「いいえ。できれば驚かせたいと思って。わたしの名前はケリン・バークです。とりあえず、お待ちしてみますわ。昼食後に数分お会いできれば、それでかまいません」

「社長にお伝えします、ミズ・バーク」

ケリンはわざわざ敬称を〝ドクター〟に訂正しようとは思わなかった。同僚のなかにはそうする人がいて、いつもひどくいらいらさせられるのだ。座り心地のいい肘掛け椅子を選び、インテリア雑誌《アーキテクチュラル・ダイジェスト》の最新号を手に取った。カリフォルニア州の美しい渓谷に建つ豪華なスパニッシュ・ミッション様式の家々に夢中になっていると、数人の話し声が聞こえてきた。そのひとりの、なじみ深い快活な笑い声が届くと、ケリンの背筋にわななきが走った。

受付係の机の左にある、会議室らしき部屋のドアがあいて、数人の男性が出てきた。全員がスーツ姿で、そのなかにひとり、はっとするほどすてきな男性がいた。前回会ったときより少し長いつやつやした黒い髪、ベネズエラの太陽でよく日焼けした肌。

ジェシー。

取引相手のひとりと握手を交わしたあと、こちらに目を向け、ケリンが雑誌をぼんやりと手にして座っている姿をとらえる。ジェシーの顔にぱっと浮かんだ笑みを見て、思いつきでインディアナポリスから四時間車を走らせた無謀な判断を疑う気持ちが、すべて消えていった。ジェシーがこう言うのが聞こえた。「来週までには、すべてご用意しましょう。では、失礼していいですか、みなさん？」

ケリンは自分でも気づかないうちに立ち上がっていたようだった。ジェシーがラウンジを歩いてきて、ケリンの手から雑誌を取ったとき、すでに立っていたからだ。「こんにちは」ケリンは息もつけずにどうにか声を出した。

「こんにちは」ジェシーの笑顔はすばらしくセクシーだった。みぞおちがぎゅっと締めつけられるほどに。「すごくうれしい驚きだな」

「そうなるように願っていたわ」

ジェシーが雑誌をテーブルに置いた。「ぼくの気持ちを見抜いたんだね。ぼくも、きみに会うまで一週間も待ちたくなかったんだ。もう少しで予定を変更して、インディアナポリス行きの便に乗るところだった」

「それなら、わたしたちは同じ気持ちだったみたいね」また、みぞおちのあたりがざわざわと震えた。これを表す医学用語があるはずだが、今は思い出せなかった。

「ロブの具合は？」ジェシーが心配そうな目をした。

「快復しているわ。ほとんど完全に。まだ少しリハビリをしなくてはならないけど、体調はいいし、ヴァージニアに戻っているの。兄にはテアというちょっと興味深い女友だちがいて、その人がこのあいだうちに来て、しばらく泊まっていったのよ。テアは、あの隠蔽工作事件になんらかの関わりがあるらしいの。でも、ヘンダーソンとドノヴァンに不利な証拠がどんなものだったにしても、それは説得力のある証拠だったに違いないわ。おざなりな事情聴取があっただけで、ほかには何も耳にしていないから」

「内部で解決すべき問題みたいなものかな？」

ジェシーの言うとおりのような気がした。捜査が進むにつれて、ロブがあまり心配しなくなっているのは確かだった。

ジェシーが両手でケリンのウエストに触れて、少しだけ引き寄せ、頭を低くして耳もとに唇を近づけた。まるで、おもしろそうに見ている周囲の人たちの前でキスをするかのような、親密なしぐさだった。「ぼくのオフィスに行くのはどう？　挨拶を交わしたあとで、昼食に連れていくよ。夕食にも。それから、朝には朝食にも。話すことがたくさんある」

「話す？」ケリンは押し殺した小さな笑い声を漏らした。ジェシーはすてきな香りがした。ほんのりとしたさわやかなコロンと、彼だけの特別な香り。

「いくらか話もする」ジェシーが言って、いたずらっぽい笑みを浮かべ、ケリンの目をのぞきこんだ。「ほかにもいろいろするけどね。ぼくの半分でも、会いたいと思ってくれていたのかな？」

「わたしはあなたの二倍も会いたいと思っていたわ」ケリンは震える声で言った。

「それはありえないよ」ジェシーがまだ両手をウエストに当てながら、優しい声で言った。

「愛している」

愛している。ジェシーは、イリノイ州に向かって発《た》つ日、トラックに乗りこむ前に、ケリンの耳にそうささやいた。しかし、数カ月後にふたたび、起こったことすべてに折り合いをつける時間を持ったあとでそれを聞くと、胸が締めつけられる思いがした。

「一瞬でも、わたしが愛していないなんて思ったとしたら、あなたはきちんと注意を払っていなかったということよ」ケリンはかすれた声で言い返した。

ジェシーが笑った。明るく、なじみ深く……完璧な声で。「これは競争かい？　もしそうなら、さっき提案したように、ぼくのオフィスで議論を続けようか？」

ジェシーに会うため、衝動的にすべてを放り出してシカゴへ来たのは、ふたりが出会うきっかけになったウィスコンシン州への逃走よりも、さらにすばらしい考えだった。そこには特別な意味があった。

ケリンはジェシーに身を預けた。「もちろんよ」

完璧な三人

主な登場人物

ヴィクトリア(トリ)・ランベス……………………株式仲買人。

ロス・プレストン………………………………会計士、牧場経営者。ヴィクトリアの恋人。

ウェイド・プレストン……………………………牧場経営者。ロスの弟。

アンディー・ケンダル……………………………カメラマン。ヴィクトリアの友人。

1

干し草は少しちくちくした。裸同然の格好をしていて、ポーズを変えるたびに、素肌にそれが触れるからだ。

友だちのためよ。そういうふうに考えなさい。

ヴィクトリア・ランベスはわずかに顔を横に動かして、干し草の上に座ったままブーツをはいた片方の足を立て、できるだけ挑発的な笑みを小さく口もとに浮かべた。

「うん、うん、そうだよ、完璧だ。ポーズを変え続けてくれ。自然に感じられるような……そうだ。それだよ。すばらしい」

しつこいほど繰り返される励ましの言葉が、ときおり連続的にシャッターを切る音で中断される。ヴィクトリアは前屈みになって、髪を後ろにさっと払いのけ、かなり大胆に露出している胸を見せた。小さなきついビキニトップから、今にも胸がこぼれ落ちそうだった。

「いいよ。すてきだ。動かないで。ちょっと照明を調整させてくれるかな？」アンディーは、長いブロンドの髪をポニーテールにして、例のごとく少しずれた位置に眼鏡《めがね》をかけた姿で、持ってきたランプのひとつを急いで調整した。いつもどおりの格好をしたアンディーを、ヴィクトリアは微笑《ほほえ》ましく思いながら眺めた。ぼろぼろのジーンズはしゃがむたびに穴から骨張ったひざが突き出るほどで、Tシャツはロックバンドのロゴが見えなくなるくらい色あせていた。

この世には、決して変わらないことがある。高校時代でさえ、アンディーは六〇年代からタイムスリップしてきたヒッピーのように見えた。納屋は暖かく、干し草と乾いた木材とかすかな肥料の香りに包まれていると、まるで真夏のようだった。その一角が、今は間に合わせの撮影所になっていた。大きな干し草の束を芸術的に積み重ねてヴィクトリアがそのてっぺんに腰かけられるようにし、二台の簡易照明を設置してある。

「だいじょうぶかい？　ちょっと休憩しようか？　飲み物は？　ここは暑いからな」

「わたしは、暑すぎることはないわよ」ヴィクトリアはそっけなく言って、片手で自分の服装を示した。「ところで、このビキニはどこで手に入れたの？　アダルトショップ？」

アンディーがむっとしたふりをした。「おいおい、サンタフェの高級店で大金を支払ったんだぞ。どうやらきみの……その……持ち物を、実際より小さめに見積もってたみたいだけどね。健全なヘテロセクシャルの男として言わせてもらうと、きみは普段それをじゅうぶんに見せびらかしてないからな」

ヴィクトリアは、自分の体の美点や欠点をひけらかさないですむくらいには、今のままで満足しているつもりだった。たしかにアンディーの言うとおり、かなり控えめな、上品といってもいい服装をするほうだ。

今していることは、まったく上品ではないけれど。

ヴィクトリアはたしなめるように相手を見た。「ちょっとばかりいやらしい視線を感じるわよ。そういうのはもううんざりなの。わかった？」

今回のむっとした顔は本物だった。「ぼくはプロだよ、トリ。カメラを手にしたときは、きみはただのモデルのひとりにすぎない。さあ、最高の撮影をしようじゃないか。もうちょっと背中を反らして、脚を広げてくれ。セクシーに。きみはきれいだよ。見せてくれ」

要求に応じるには心のなかで自分を励まさなくてはならなかったが、ヴィクトリアはその後三十分ほどなんとか指示に従い、カメラに向かって唇をとがらせたり、片手を太腿《ふともも》に当てて片ひざを曲げて横たわったり、快適とはいえない干し草の束の縁から髪を垂らしたりした。

「いったい何ごとだ？」

突然割りこんできた声にぎくりとする。ヴィクトリアはかがんでカメラにお尻を向けた姿勢のまま、肩越しに振り返った。ひとりの男性が納屋の戸口に立ち、おもしろがるような表情を浮かべていた。背の高い痩《や》せた体が外の陽光を受けてくっきり浮かび上がり、半分ボタンを外したシャツは汗で湿って、まくり上げた袖の下からたくましい腕がのぞいている。ジーンズとほこりだらけのブーツをはき、黒い髪は乱れて後ろへうねり、彫りの深い端整な顔をはっきり見せていた。

なんてついていないのだろう。ウェイド・プレストンは一日じゅう出かけているはずだったのに。ロスがこう言っていたのだ。弟は牧場の南端のフェンスを修理していて、〝その仕事にはとんでもなく時間がかかる〟と。

ヴィクトリアは姿勢を正そうとしたが、アンディーがどなった。「動いちゃだめだ、トリ。

すばらしいショットになる」

「たしかに興味深い眺めだけど、いったいどうしておまえが、兄の恋人のお尻を撮影しているのか教えてくれないか、アンディー？」ウェイドが、手にした馬具の金具をカチャカチャいわせながら移動して、壁の釘《くぎ》にさりげなくそれを掛けた。

二十四歳にもなって、少女のように顔を赤らめることはもうないと思っていたが、それは間違いだった。ウェイドのそばにいるといつも、落ち着かない気持ちになる。

ヴィクトリアはもごもごと言った。「アンディーは、新しい仕事のために企画書を作っていて、わたしはそれに協力することにしたの。アンディーの将来の上司以外、この写真を見る人は誰もいないわ。いつも裸の女性ばかり撮っている人なのよ。さあ、出ていってくれないかしら？」

「この納屋は、半分はおれのものだよ」ウェイドが片方の黒い眉をゆっくり苛立《いらだ》たしげにつり上げた。

彼の兄とつき合って半年になるが、ウェイドとはどんな形の友情もはぐくむことができず、それが気がかりだった。ヴィクトリアを嫌っているのか、信用していないのか、それとも、生まれつき遠慮がちな性格なのか、よくわからない。

それはともかく、アンディーの前でストリングビキニを着てポーズを取っているだけでもじゅうぶんに気まずいのだ。丸裸のような気がしたし――ほとんど丸裸と同じだ――淑女ぶるつもりはないが、くつろいでいるわけでもなかった。

「アンディー」ヴィクトリアは声に警告をこめて言った。ふたりは幼稚園時代からの幼なじみだ。アンディーはすぐにこちらの言いたいことを理解した。

「悪いけど、出ていってくれるかな？」ウェイドに頼む。「この仕事は、むちゃくちゃ給料がいいんだよ。どうしても欲しいんだよね。さっき言った本の企画書をまとめられれば……あっ、こりゃすごい。ちょっと待ってくれ」

ヴィクトリアはこれ以上お尻を突き出して立っていたくなかった。アンディーが写真を撮らずにウェイドを見ているのだから、なおさらだった。体を起こして振り返り、胸の前で腕を組んで、できるだけ素肌を隠そうとむだな試みをする。

「ウェイド、きみは」アンディーが思案ありげに言った。「男前だな。す、す、すごく男前だと言ってもいい」

気恥ずかしい午後の唯一の救いは、ウェイドがめったに見せないような男らしい憤慨の表情をあらわにしたことだった。「それに対してどう答えてほしいんだ？　ありがとう？　悪いけど、男にそんなことを言われても――」

「男と女の絡みを数枚撮れれば、企画書が通りやすくなるかもしれない」アンディーが明らかに興奮した声で言った。「きみたちふたりは、並ぶとすごくいい感じだよ。完璧だ。これ以上に〝体のいろんなところに汗をかかせちゃう〟眺めは、注文しても手に入らないね。シャツを脱いでもらえるかな？」

ウェイド・プレストンは笑うべきか、悪態をつくべきか、決められずにいた。何より、数分前に納屋に足を踏み入れたとき、たしかに心臓が止まった気がした。これまでに心穏やかではいられないほど何度も想像したことのあるポーズでヴィクトリアがかがみこんでいる姿は、じつにすばらしい眺めだった。長い脚、引き締まった完璧な形のお尻、干し草の束を押さえる細い両腕、肩越しに向けた恥ずかしげな微笑み。自然なメッシュが入った長いブロンドの髪が顔のまわりでもつれ、その顔立ちは繊細で美しく――小さな鼻、大きな藍色の目、高く完璧な頬骨、すべてがモデル並みだ――アンディー・ケンダルがポーズを取るよう迫るのも無理はない。

ヴィクトリアはほとんど何も身に着けていなかった。ひものような生地を縫い合わせた赤と白のチェックのビキニだけだ。ぴちぴちとした体はとてもつややかで女らしく、ウェイドの心に痛ましいほどの衝撃を与えた。

とりわけ、誠実でいたいと思う心に。

ヴィクトリアはロスとつき合っている。夢想をいだくとしても、それは自分だけの後ろ暗い秘密にしておかなくてはならない。兄を愛していた。だがあいにく、兄の恋人のことも、まったく違う形で愛していた。恐ろしい板挟みだ。昔から兄とは仲がよかったというのに。

ヴィクトリアに近づくたび、後ろめたさと苛立ちと、そのほかいろいろなことを感じる。

「なんだって？」ウェイドはきき返し、懸命にアンディーの要求に集中しようとした。さもないと、水着ともいえないような水着姿のヴィクトリアのせいで、頭のなかがすっかり混乱しそうだった。「なぜおれが、シャツを脱がなくてはならないんだ？」

アンディーは答える代わりにヴィクトリアのほうを振り返った。「きみはどうする？　いずれこういうのをやろうと話してたけど、ロスはいつもすごく忙しいよね。その点、ウェイドは今ここにいるし、準備はすべて整ってる。だったら今すぐやろうじゃないか」

彼女がどうするって？

ウェイドは自分が声に出してそう言ったことにも気づかなかった。

「ぜんぶ脱ぐわけじゃない。そこまでは頼まないよ」アンディーが説得するような口調ですばやく説明した。ちらりとこちらを見たが、すぐに視線をヴィクトリアに戻す。「セクシーなショットを二、三枚撮るだけだよ。上半身裸で、少し触れ合う程度。たいしたことじゃない。ちょっとばかり、そういう写真が必要なんだ」

上半身裸。少し触れ合う程度。なるほどそれはたいしたことだ。

「おれは男性モデルじゃない」ウェイドは無頓着《むとんちゃく》なふりをして肩をすくめたが、つらい気持ちを振り払えなかった。「悪いな」

「モデルみたいにしなくていいんだよ。ただそこに立って、筋骨たくましく見えてれば。どっちにしろ、みんなが注目するのはトリのほうなんだから」

「そんなふうに言われると、ますますいたたまれなくなるわ」ヴィクトリアが恥ずかしそうに、ビキニトップのストラップの位置を直した。頬がピンク色に染まっていた。

「これをやるのに特別な技能はいらないっていう話をしてるだけさ」アンディーが熱をこめ

てふたりを交互に眺めた。「きっとうまくいくよ。だってさ、そういうやりかたをすれば、誰もそのへんに座ってそわそわしてなくていいだろう。何も考えることはないさ。とにかく進めて、どうなるか見てみようじゃないか」

ウェイドはかなり説得力のある逃げ道を見つけた。ゆっくりした口ぶりで言う。「たぶん、兄貴を怒らせるよ」

ヴィクトリアがきれいな青い目にきまじめなまなざしを浮かべて、こちらを見た。「いいえ」ためらいながらも、きっぱりとした口調で言う。「裸でポーズを取ることについてロスと話したとき、彼は問題ないと言っていたわ。あなたさえよければ、わたしも平気よ。アンディーの言うとおり、何度もカメラの前に立つより、早くすませてしまえるほうがありがたいわ」

どう答えればいいんだ？

ほう、それはすばらしい。でもどうだろう、ぼくはきみが好きで、その気持ちは消えそうにないんだ。だから半裸でいっしょにいるのは、あまりいい考えじゃないかもしれないな。「さあ、彼のシャツのボタンを外せよ。ウェイド、きみは彼女がそうするのを見てるだけでいいんだ。ぼくはここにいないと思ってくれ」アンディーが勢いよく割りこんできて、カメラをいじくり回した。精力旺盛《おうせい》な男なら、すぐさま話に乗って当然だろうと考えているらしい。もちろん、ウェイドにもその気はあった。しかし、こんな拷問《ごうもん》を受けるほどの悪事を、過去に犯したことがあっただろうか？

ヴィクトリアが歩み寄ると、全身にうっすらと汗が吹き出してきた。彼女の胸は、小さなビキニトップに申し訳程度に支えられて揺れ動き、ウェイドの目を引いた。くそっ。思わず目を向けてしまった。

「ロスがいっしょにやるはずだったの」ヴィクトリアがまだかわいらしくためらいの表情を見せながら説明した。「でも、アンディーの言うとおりよ。彼は今すごく忙しくて、時間を見つけられないみたいなの。あなたがフェンスの修理を早く終えたのなら、ロスの代わりを務めてくれるとうれしいわ」

それは、問題点をうまくまとめたかのような言葉だった。ウェイドは喜んで兄の代わりを務める気があった。ヴィクトリアのベッドで、彼女のなかに深く身をうずめ、あの長く美しい脚を腰に巻きつけられたい。最低だとは思うが、あきらめろといくら自分に言い聞かせてもうまくいかなかった。ひと目惚《めぼ》れだった。分別のある二十五歳の男ではなく、十六歳の少年が一時的にのぼせあがるかのような。しかし、それは消えていかなかった。ヴィクトリアが家に来ているときには、目に触れなければ忘れられるという理論にのっとって、できるだけその場から遠ざかるようにしてきた。それでも彼女のことを考えていた。頻繁に。

いや、いつもだ。自分に正直になれば。

くそっ。

「雑用があるんだよ」ウェイドはつぶやくように言ってから、はっと身をこわばらせた。ヴィクトリアがシャツのボタンに手を伸ばしたからだ。反射的に、細い手首をつかむ。

「三十分だけ」アンディーがすでにカメラの後ろで身構えながら言った。「三十分だけ、時間をくれよ。すごい、すでにいいショットになってるよ。もうちょっと裸の胸を見せてもらえるかな。企画してる本は、現代人の性衝動をあらわにする、っていうテーマなんだ。これからセックスをしようと考えてるような目で彼女を見てくれよ、ウェイド」

なるほど、それはむずかしいな。

「ずいぶん慎み深いのね？　力を抜いて。あなたがシャツを着ていないところなら、何度も見たことがあるわよ。このあいだの朝、ボクサーショーツだけでぶらぶらとコーヒーを取りにきたのは、あなたじゃなかった？」ヴィクトリアが眉をつり上げて小さく笑った。ウェイドは自分がまだ彼女の手首をつかんでいることに気づき、手を離して胸のなかで悪態をついた。言われたことはほんとうだった。ヴィクトリアはロスとの関係が深まるにつれて、泊まっていくことが多くなった。いつ顔を合わせてもおかしくはない。

「わざとじゃなかったんだ」ウェイドは答えて、彼女の輝く髪から漂ってくる甘い花の香りに気づかないふりをした。ヴィクトリアがさらに近づいて、シャツのボタンに手を触れた。すでに股間が膨らんでくるのが感じられた。ちくしょう。細い指が手際よくボタンを外していった。ジーンズのウエストバンドから裾を引っぱり、肩からシャツを押しやったときには、乳房が素肌をかすめた。

「完璧だよ」アンディーがあちこち移動して、常に持ち歩いているらしい高性能なカメラを構えてかがみこんだ。「互いを見つめて、セックスのことを考えるんだ」

「あるいは、冷たいビールのことをね」ヴィクトリアがおどけていった。「もしセックスを想像してもうまくいかないなら」

ウェイドの股間に手を当てる気になれば、セックスを想像するだけでとてもうまくいっているることがわかるだろう。アンディーがいまいましい本のために、この膨らみをばっちりカメラに収めたりしなければいいのだが。印刷されて永遠に残されてはたまらない。男が紛れもなく不利なのは、性的な興奮を隠せないという点だ。

手のひらを胸に当てられると、ウェイドは音を立てて息を吸った。「たくましい胸板ね」ヴィクトリアが言って、長いまつげの隙間《すきま》からこちらを見上げ、小さく口もとをゆるめた。「ロスが言っていたわ。家に備えつけたトレーニングルームを使っているんでしょう。まさにそんな感じよ」

ああ、そのとおり。その言葉で、兄のこと、兄の恋人に欲情するのがひどく間違っていること、慎みのある弟なら彼女に触れたいと夢見たりしないことを思い起こした。「柵《さく》を修理するのも悪くないトレーニングだよ」ウェイドは口ごもりながら言った。ヴィクトリアの手のひんやりとした感触に、股間がぴんと張り、睾丸《こうがん》が引きつった。「ちょっと汗くさいかもしれない。重労働だったから」

シャワーを浴びたほうがいい。これが終わったら、冷たい水をじっくり浴びよう。ウェイドは憂鬱《ゆううつ》な気持ちで考えた。

「女はちょっと汗くさいカウボーイ風の男が好きだって知らないの？」ヴィクトリアがいた

ずらっぽく口もとをほころばせた。「ほこりまみれのブーツに、ジーンズに、日に焼けた厚い胸板。それ以上のものはないわよ」

ああ、ヴィクトリアの目は、なんて美しい色合いの青なのだろう。明け方のニューメキシコの空のようだ。太陽が昇り始め、暗闇がうっすらと藍色に染まっていくときの。「そうかな?」ウェイドは精一杯さりげなく聞こえるように言った。注意を払っていれば、この心臓が全力疾走《しっそう》している暴れ馬のひづめのように激しく打っているのがわかるだろう。

「もうちょっとくっついてくれ。彼女の首にキスして。片方の手をウエストに、もう片方をお尻に、でどうかな」アンディーがかがんだまま、蟹《かに》のように半円を描きながら動いた。「最高のアングルで撮りたいからね。いいかい、きみたちは恋人同士で、ことを始めるところだ。そのつもりで自然にふるまってくれ」

彼女の首にキスをする。この優美でセクシーな首に。とんでもないことだ。

だが、ちくしょう、そうしたくてたまらない……。

ウェイドは素直に頭を低くして、まず唇をヴィクトリアのこめかみあたりに軽くかすめてから、片方の手を細いウエストのくびれに当てた。もう片方の手を後ろへすべらせ、むきだしの素肌に触れていることに気づく。ビキニはほとんど何ひとつ隠していなかった。

少しのあいだだけ、ヴィクトリアがロスとつき合っていることを忘れて、自分の彼女だというふりをしろ。

そう思い描くのはあまりにも簡単だった。

耳の下の繊細な部分に鼻をすりつけると、ヴィクトリアの体が反応して小さくわななくのが感じられた。まずい。その気にさせられては困る。ヴィクトリアが大げさな身ぶりでウェイドの髪に指を通して、またわなないた。

天国。なのに地獄。彼女の首を愛撫《あいぶ》し、軽くキスしたり、ついばんだりする。脈打っている股間のことは考えないようにした。

「すばらしい」アンディーが歌うように言った。「すごいよ、背景の干し草といい、完璧だ……ビキニトップを脱がせてくれ、ウェイド。もう一段階先へ進めよう」

ひそかに夢想していたあのみごとな乳房を、どうしても見たいという気持ちはあった。そのことについて、筋の通った考えかたができないのは確かだった。とはいえ皮肉なことに、アンディー・ケンダルには見てほしくないという所有欲も感じた。出版社の重役にその写真が手渡されるのはもっと気にくわない。

ヴィクトリアによれば、ロスは同意したらしい。ばかげているかもしれないが、ウェイドは同意できそうにないというのが困った点だった。意見を言う資格があるわけでもないのに。

ウェイドは顔を上げた。「ヴィクトリアが、ほんとうにそうする気があるなら」

「よくわからない」ヴィクトリアがつぶやいた。それから、ため息をついて言った。「ただの胸でしょう？　まったく自然だわ。女なら誰でも持っているんだし。それに、今だってたいして隠されているわけでもないしね。だから……いいわ。脱がせてちょうだい」

2

　こんなに早く家に帰れるとは、思いがけない喜びだ。ロス・プレストンは長い私道に車を入れ、走り慣れたでこぼこの路面を慎重に進んだ。弁護士たちの相手をするといつもいらいらさせられ、きょうの午後の会合で得られた結果もそれほど心躍るものではなかった。とはいえ、ある企業を新たな土地買収に向けて動かすことができた。世界じゅうの誰もが住みたがっているサンタフェ周辺の土地なのだから、かなり大きな成功だ。

　息苦しい会議室で数時間過ごしたあとに必要なのは、裏のテラスで涼み、日暮れ時にゆっくり馬に乗り、ヴィクトリアに会うことだった。ロスは時計を見た。ヴィクトリアは五時までは仕事をしているだろうから、まだ時間がある。買ってきたステーキ肉をマリネにして、サラダを作ろうか。

　ところが、私道には紛れもなくヴィクトリアのSUVが駐《と》まっていた。そのとなりには、あちこちへこんだセダンもある。どうやらアンディー・ケンダルも来ているようだ。

　いいタイミングで早く帰れた、とロスはにやりとしながら考えた。アンディーは人間の性の原動力についての本を作ろうとはりきっている。文章は心理学者ふたりと性療法士ひとりの共著で、アンディー自身は写真を撮るらしい。売れそうなのかどうかはまったくわからないが、アンディーがヴィクトリアとの長年の友情を利用して、モデルになるよう頼んだ理由はよくわかった。

率直に言って、ヴィクトリアは親しみやすい雰囲気を持ちながら、目を見張るほどあでやかだった。ブロンドで、体の線はすらりとしているが、それでも肉感的で、愛想のいい笑顔とうっとりさせる青い目を持っている。おまけに頭も切れ、地元企業の株式仲買人をしていた。

どうしてこんな女性とつき合える幸運に恵まれたのだろう？

よくわからない。

驚いたことに、家には誰もいなかった。ロスはぶらぶらとなかへ入り、いつものように、床から天井まである窓から砂漠と山々のすばらしい眺めを楽しみながら、ネクタイを引っぱって外した。次に、スーツの上着と靴を脱ぐ。居間は、まだ家具をそろえている途中だった。壁にはインドの鮮やかな織物が数枚掛けられ、革のソファーが二台置かれて、隅にはアーチ型の小さな暖炉がある。タイル張りの床には、まだ絨毯《じゅうたん》が敷かれていなかった。今のところ、購入を先延ばしにしていたからだ。少しばかり金《かね》を費やして工芸品を買う必要があったが、ロスに言わせれば、いちばんの見どころはやはりこの景色だった。もしヴィクトリアが本格的に引っ越してきてくれたら、部屋に居心地のよさを添える役目を引き受けてくれるかもしれない。

もし引っ越してくることに同意してくれればだが……。ロスは、どうやって切り出せばいいかと思いを巡らせていた。なかなか予約が取れない高級レストランで食事をしながら？

それもいい。ただ、食べ物で釣るかのように見えるのはいやだった。

ロスはふと、ベルトを外す手を止めた。ウェイドの馬が囲いのなかにいるのが見えた。いったいみんなどこにいるんだ？

ああ、そうだ。ヴィクトリアから聞いていたのだった。アンディーがきょう、〝自然な姿の〟彼女の写真を撮りたがっていると。ロスはいくつかの理由からそれに同意した。自分が決めることではないというのが、大きな理由のひとつだった。彼女の体なのだから、好きなようにしてかまわない。しかし、こちらが気にするかどうか尋ねてくれたのは、ふたりの関係が有望であるしるしだろう。アンディー・ケンダルはヴィクトリアの幼なじみで、ライバルになるとは思えない。それに率直に言って、自分の恋人がこれほどの美女であることが自慢だった。

ロスはすばやくTシャツとすり切れたジーンズに着替え、ブーツをはいた。六月の暖かい陽射しを楽しみながら、納屋に向かって歩く。澄みきった空気に乗って、濃厚なセージの香りが漂ってきた。ロスは低い音で口笛を吹いた。

すこぶる上機嫌だったとはいえ、納屋の戸口に足を踏み入れたとき、目に飛びこんできたものに対する心構えはできていなかった。一、二歩進んだところで、はっと立ち止まる。弟が半裸になって、ヴィクトリアに両腕を回していた。彼女はTバックのビキニと深紅のカウボーイブーツのほかは、何ひとつ身に着けていなかった。ウェイドはその背後にいて、片方の手を彼女の平らなお腹に当て、もう片方の手のひらで美しい形の胸を包みこんでいた。

ウェイドの日に焼けたたくましい体と、ヴィクトリアの柔らかく女らしい体が鮮やかな対照を成している。アンディーは写真を撮るのに夢中のようで、周囲を駆け回ったり、大声で指示を叫んだりしていた。

「ぼく抜きでパーティーが始まっていたらしい」ロスは淡々とした調子で言って、自分がいることを伝えた。「邪魔だったかな?」

ヴィクトリアが顔を上げ、淫《みだ》らなポーズのことは忘れたかのように、目に独特な輝きを浮かべた。見るたびに謙虚な気持ちにさせられる、あの輝きを。同時に弟がさっと頭を上げた。そしてあまりにも突然手を離したので、ヴィクトリアがもう少しでバランスを崩すところだった。

そのしぐさは多くを物語っていたが、驚くほどのこともなかった。ロスは鈍いほうではない。ウェイドはできるだけふたりと距離を置くようにしているが、ヴィクトリアに無関心ではないはずだ。むしろその反対だった。どうやら彼女に、惹《ひ》かれる気持ち――もしかするとそれ以上の気持ち――をいだいているらしかった。正直なところ、ロスもまったく同感なので、弟を責める気にはなれなかった。

「おれの思いつきじゃないんだ」ウェイドが言って、用心深くこちらに目を向けた。両手はわきに下ろしていたが、肩は張りつめていた。

「でも、すばらしい思いつきに変わりはないさ」アンディーが背筋を伸ばして指示した。「きみたち、さっきのポーズに戻ってもらえるかな？　とびっきりの写真を撮ってたんだ。

きみたちふたりは、すごくカメラ写りがいいよ。さあ、あと数枚だから」

「ロスが来たんだ。交替したほうがいいだろう」ウェイドが首を振って、少しだけ顔を赤くした。

「あと数枚撮るだけなら、ここで見ているよ」ロスは落ち着いた声で言って、後ずさりして納屋の壁にゆったりもたれ、胸の前で腕を組んだ。「ぼくのことは気にしないでくれ」

「ほんとうに？」ヴィクトリアがかすかに眉をつり上げて尋ねた。「わたしたち、ふたりでポーズを取ると約束したわよね。でも、あなたは都合のいい時間にはいつも家にいないでしょう。たまたまウェイドが仕事を早く終えて、アンディーは機材を整えていたから、この形で進めてしまおうということになったのよ。あなたが帰ってくるとわかっていたなら

――」

「だいじょうぶだよ」ロスは笑みを浮かべて安心させようとした。「どうして、違う組み合わせで、アンディーにもう一度最初からやり直させなくてはならないんだ？　手早くすませてしまえば、夕食前に午後の乗馬に出かけられるかもしれないよ」

ウェイドが小声で何かぶつぶつと言ってから、気の進まない様子でヴィクトリアの裸体のほうへ歩み寄った。背後に立って片方の手をウエストに当て、もう片方の手をふたたび上へとすべらせて胸を包み、首に鼻をすりつける。ヴィクトリアが目を閉じて、かなりうまく抱擁を楽しむふりをしてみせ、アンディーは励ましの言葉をつぶやいた。それがあと十五分ほど続いた。ロスは、並んだふたりが絵になることを認めないわけにはいかなかった。ブロン

ドで色の白いヴィクトリアの美しさを、浅黒く端整な弟の容姿が際立たせている。ロスは写真のためにポーズを取ることにそれほど乗り気ではなかったので、別にかまわなかった。

それどころか、自分でも驚いたことに、まったくかまわなかった。

いったいなぜだろう。別の男が恋人の胸に触れ、太腿の内側に手を当てていたら、猛烈に腹が立つだろうと思っていた。しかしその男がウェイドなら、腹は立たない。弟は、いいやっという以上の存在だった。ロスの親友であり、仕事上のパートナーでもある。ふたりは共同でこの牧場を買った。ロスが会計士としての仕事を継続するあいだ、牧場内の作業をすべて引き受けてくれている。いずれはふたりで、フルタイムの事業として馬を飼育し、販売するつもりだった。

「よし。もうじゅうぶんだろう」アンディーがカメラを確かめ、写真にざっと目を通しているようだった。得意げな顔をしている。「自分で言うのもなんだけど、ほんとによく撮れてるよ。仕上げをして、プリントするのが待ちきれないな。照明器具はあした取りに来るよ」

アンディーは滑稽《こっけい》なほどそそくさと出ていった。古い車のエンジンが低い音でとどろくのが聞こえた。ヴィクトリアが、干し草の束の上に置いてあったTシャツとショートパンツをつかみ、それを身に着けた。カメラがなくなったとたん、気恥ずかしくなったようだ。ウェイドは、ヴィクトリアよりもさらに居心地が悪そうな様子だった。

たしかに、文字どおり肉体的な意味で居心地が悪いのかもしれない。わざと背を向けている姿勢からして、股間が大きく膨らんでいるようだった。

驚いたことに、ロス自身も少し欲情していた。人並みにときどき良質なソフトポルノを見るのは好きだったが、別の男と触れ合う自分の恋人を見ることが刺激になるとは考えてもみなかった。ふたりの性生活は、ロスがこれまでに経験したなかで最高だった。おもな理由は、ヴィクトリアにいだいている気持ちのせいだったが、彼女が同じくらい熱心だからということもあった。健康的で愛らしい容姿をしているので、ようやくベッドをともにしたときには、どことなく内気な反応を予想していた。たしかに最初はそうだったが、ベッドは徐々《じょじょ》に熱くなってきた。ヴィクトリアはセックスを好み、彼女の奔放《ほんぽう》な反応が悦《よろこ》びをますます高めていった。

「わたしが家に駆け戻って着替えをしているあいだに、馬に鞍《くら》をつけておいてくれる？」ヴィクトリアがきいた。「すてきな午後だから、乗馬にぴったりね」

「準備しておくよ」ロスはヴィクトリアが立ち去る前に、その手を取って自分のほうへ引き寄せ、唇に軽くキスをした。「きみはよくやったよ。アンディーも喜んでいるだろう」

「ええ、そうね、これからヌードモデルをめざそうとは思わないけど、アンディーの役に立てればいいわ。すぐに戻るわね」

ロスはヴィクトリアが納屋から走り出ていくのを見送ってから、ウェイドのほうを振り返った。弟は干し草の束を持ち上げて、元の場所に積み重ねていた。

「おまえもよくやってくれた」ロスは声をかけた。

「ほとんど無理にやらされたんだよ」

ぶっきらぼうな反応を受けて、ロスは茶化すように眉をつり上げた。「あのきれいな胸をじかに撫《な》でるのはつらいことじゃないだろう。だからそんなに苦しげな声を出すなよ」

「ああいうふうに触るよう具体的に指示されたんだ」ウェイドは目を合わせずに、シャツに手を伸ばした。

「おまえが楽しんだとしても責められない、と言っているだけさ」

「おれは……」

ロスは弟の気まずそうな様子を少なからずおもしろがりながら、言葉の続きを待った。

「ほこりだらけで疲れたから、ビールとシャワーが必要だ」短い間のあとで、ウェイドがつぶやいた。「兄さんたちは乗馬を楽しんでくれ」

ウェイドが背を向け、ブーツの足もとに土ぼこりを立てながら、家へ続く小道を大股で歩いていった。ロスは鞍と頭部馬具を取りに、収納室のほうへ移動した。きょうの午後がこういう展開になったのは、よかったのだろうか、それとも悪かったのだろうかと考える。今のところウェイドは、距離を置くことでヴィクトリアに惹かれる気持ちを抑えている。彼女が現れたとたん、最低限の礼儀として挨拶の言葉を口にし、急いでそばから立ち去ってしまうことが多い。

もし三人でいっしょに暮らすことになるなら、その問題になんとかして対処する必要があった。まだ弟には、ヴィクトリアに同居を持ちかけるつもりだということを話していない。ウェイドにも意見をきくのが公平なやりかただろう。この家は、半分は弟のものだ。ただ、考えれば考えるほど、ヴィクトリアにはいつもここにいてもらいたかった。

　今の状態では、弟はいやだと言うだろう。どうやって問題を解決すればいいのかが、むずかしいところだった。


　長い小道をたどるすばらしい乗馬。山々をピンク色から薔薇色《ばらいろ》、そして深い金色へと変えていくみごとな夕焼け。家の裏にある石畳のポーチでとるくつろいだ夕食。カリッと焼いたミディアムレアのステーキと、おいしいメルロー種のワイン。すべてがロマンチックな夜をつくり上げていた。

　ロスが上の空だということを除けば。あからさまにではないけれど、彼が何かに気を取られていることはわかった。ヴィクトリアはワインを口に運び、グラスの縁越しにロスを眺めた。整った横顔をかすかにしかめている。

「午後のことが気になっているんじゃないわよね？」とうとうヴィクトリアは率直に尋ねた。「なんだか口数が少ないから」

「気になっているって？」

「写真撮影のことよ」ヴィクトリアはいつも、できるだけ早く話し合いで解決したがるほうだった。ウェイドといっしょにモデルをするべきではなかったかもしれない。どう見ても、ウェイドはあまり熱心に演じようとはしていなかった。

　それでも、はっきりとわかる形で、徐々にあの役目を受け入れたようだった。それをどう考えればいいのかがわからない。裸同然のお尻をウェイドの股間にすり寄せたとき、硬いものを感じたのだ。この半年間、どうすればロスの弟に受け入れてもらえるのかと悩んできた。どうやら裸が効き目を発揮したみたい。ヴィクトリアは皮肉っぽく胸のなかでつぶやいた。でもそれは、裸の女性への単なる肉体的な反応なのか、それともわたしだからなのかしら？

困ったことに、それは一方的な反応ではなかった。ウェイドの温かな唇が首に優しく快く触れて、手がウエストやお尻に当てられると、頭にいくつか不実な考えがよぎった。今は、そのすべてのできごとに、後ろめたさを覚えていた。

「少し気になっているけど、きみの言う意味とは違うんだ」ロスがデッキチェアにゆったりもたれて長い脚を伸ばしながら、眉をつり上げた。

「わたしの言う意味って？」ヴィクトリアは慎重に尋ねた。

「〝嫉妬《しっと》した？〟だろう？　いや、しなかった」

まさにそういう意味だった。ヴィクトリアはほっとして、ワイングラスの細い脚をどれほど強く握っていたかに初めて気づいた。ロスが言った。「ちょっとした問題があって、どうやって解決しようかと考えているんだ。それだけさ」

ヴィクトリアはじっとロスを見つめて、その謎めいた発言はどういう意味だろうといぶかった。目に映る彼の顔はすてきだった。骨格は男らしいが、ほとんど優美といえるほどの目鼻立ちをしている。高い頰骨、アーチ型の黒い眉、まっすぐな鼻。目は闇のように黒く、戸外の活動を好むせいで肌はいつも日焼けしていて、豊かな髪にはわずかにウェーブがかかっていた。端整な容姿だけでなく、ヴィクトリアはその人柄にも惹かれていた。ロスは見た目と同じくらい、中身も魅力的な人だった。それはとても大事なことだ。思いやりがあって、知的で、そばにいると楽しいうえに、自信があるせいか、必要なときにはヴィクトリアをひとりにしておいてくれる。すべてについて意見が一致するわけではないけれど、たとえ意見が合わなくても、それを受け入れてくれる。ロスはありのままの自分に満足している男性の典型で、誰かに何かをひけらかすことは決してしなかった。

　ヴィクトリアは半年前、友人宅のバーベキューパーティーでロスと出会い、五分で恋に落ちたのだった。

「説明してくれなければ、どうすることもできないわ」ヴィクトリアは手を伸ばして、ワインのお代わりを注いだ。金曜の夜だから、泊まることになるとわかっていた。車で家に帰らなくてもいいし、メルローはすばらしくおいしかった。「嫉妬していないけど、気にはなっているのね。正直に言うと、わたしは少し混乱しているわ」

「ウェイドはきみにのぼせているんだ」ロスが顔をしかめた。「いや、それじゃばかみたいに聞こえるな。弟は二十五歳だ。のぼせているというのは、ふさわしい言葉じゃない。きみに思いを寄せているのさ。あいつはそれを苦にしているんだけど、余計な口を挟まれるのが嫌いなタイプだからね。どうやってそのことを話せばいいのか、そもそも話すべきなのかどうかも、よくわからない。ぼくは気にしていないけど、あいつが気にしているという点が引っかかるんだ」

ヴィクトリアは椅子に深く座り直した。午後のことがなければ、まったく信じられずに笑い飛ばしていただろう。「ウェイドは、めったに話しかけてもこないわよ」

「そのとおり。なぜだと思う？」

「わたしのことがあまり好きじゃないのかと思っていたわ。何カ月も、それが気にかかっていたの」

「弟はきみのことが好きどころではないよ、ほんとうさ。あいつのほうも、何カ月もそれが気にかかっているんだ」

ヴィクトリアは言った。「だとしたら、きょうの午後のことは、あまりいい考えではなかったわね」

「ああ、いや、そうかもしれないし、そうじゃないかもしれない。せめてあいつと話し合えるようにこの話題を持ち出すべきなのか、まだ決めかねているんだ」ロスがきびきびと立ち上がって、手を差し伸べた。「ところで、パーティーの続きは、なかでするのはどうかな？ここはだいぶ涼しくなってきたよ。よかったら、ワインを飲み終えて、少し音楽を聴いて、暖炉に火をおこそう」

たしかに、ここは標高が高いので、太陽が沈むと急速に冷えてくる。ヴィクトリアはロスの手を借りて立ち上がった。「ロマンチックな響きね」

ロスが目をのぞきこんだ。「ロマンチックなのが望みなら、暖炉は省いて、ベッドでワインを飲み終えることにしようか」ぐっと身を寄せて、唇で耳をかすめる。「したあとで」

期待のわななきが背筋を走りぬけ、胸がぴんと張った。ふたりのベッドでの相性はとてもよかった。自分がセックスに関して冒険心の強いほうだとは思ってもみなかったが、ロスを心から信頼していたので、彼となら違う自分を見つけても平気だった。「あなたと寝るのが当然だと決めてかかっているんじゃないでしょうね、ミスター・プレストン」ヴィクトリアはからかうように言って、空いているほうの手をたくましい肩にのせた。

「ふむ」ロスが言って、ヴィクトリアの首をついばんだ。

とても心地よかったが、困ったことに、きょうの午後とウェイドのことが頭に浮かんだ。自分のなかのとても実際的な部分では、裸同然の格好をして男性ふたりの前で――ロスを入れれば三人の前で――ポーズを取ったことが信じられなかった。堅物ではないけれど、かなりプライベートを大事にする性格だからだ。あの本の企画が採用されれば、写真も公になるかもしれない。ともかくその本は、低俗な雑誌ではなく、人間の性の原動力と愛の美しさについての芸術的な内容になるはずだ。今になって考えてみると――とりわけ、新たな事実がわかってみると――いくらアンディーがいまいましい本のために写真を欲しがっていたとしても、ウェイドにロスの代わりをさせるのは断るべきだった。いまだにかすかな感触が残っている。ウェイドの長い指、牧場での日々の仕事でうっすらとたこのできた指が胸を包み、温かい唇が首に押しつけられたときの感触が。

残念だけれど、ウェイドとはこれからさらに気まずい関係になってしまうだろう。そう考えると気持ちが沈んだ。ウェイドは夕食をともにせず、街に住む友人に会うとかなんとかつぶやいて、ふたりが乗馬から戻ったとたんに出かけてしまった。ヴィクトリアが泊まるときには、それがだいたいいつもどおりの行動だった。

「ぼくがワインを運ぶよ」ロスが言って手を離し、ボトルとグラスを持ち上げた。「ドアを押さえていてくれ」

ヴィクトリアは言われたとおり、石畳のテラスを横切って、キッチンへ続くフレンチドアをあけた。過ごしやすい夕べは、ひんやりとさわやかな西部の夜に変わりつつあった。

「暖炉とベッド、どっちだい？」ロスがきいて、片方の眉を上げ、口もとを小さくゆるめた。

「両方はだめなの？」ヴィクトリアは尋ねた。「あしたはゆっくり寝ていられるんだし、まだ少し時間が早いわ」

「ぼくとなら、どんなこともきみが望むままだよ、トリ。憶《おぼ》えておいてくれ」

ロスの声に含まれた真剣さに、ヴィクトリアは言葉を失った。しかし、返事はしなくてすんだ。ロスが開放的なキッチンを抜けて、コーヒーテーブルにワインを置いてから、暖炉のそばにひざまずいたからだ。ヴィクトリアは座り心地のいい革のソファーを選び、ワイングラスを手に、脚を折り曲げて座った。ロスが煉瓦《れんが》の壁に備えられた収納場所から薪《まき》を取って、手際よく積み上げ、たきつけを加えてからマッチを擦《す》った。一、二分で炎が上がり、薪がパチパチと音を立てた。

「松の木が燃える香り、大好きよ」ヴィクトリアはつぶやいた。ロスがソファーのところへ来て座り、ゆったりとヴィクトリアの肩に腕を回した。

「暖かい火、おいしいワイン、美しい女性……男にこれ以上のものが望めるだろうか？」ロスはくつろいでいるように見えた。それはいいことだった。彼の仕事はストレスが多く、緊張がほぐれるまでに時間がかかることもあったからだ。

「熱いセックス？」ヴィクトリアは笑いながらつけ加えた。「経験に基づいた推測よ」

「いや、違うな」

「ほんとう？」

「ああ。とびきり熱いセックスさ」ロスがいたずらっぽくウインクした。

「それじゃ、わたしに何ができるか考えてみるわ」

ロスが唇でこめかみをかすめ、温かな息を吹きかけると、ヴィクトリアの体に快いわなながきが走った。「それは楽しみだな。何か特別な考えがあるのかい？」

「ふむ。検討してみなくちゃね」ロスはとてもすてきな香りがした。セージと新鮮な空気と、彼自身の香りがほんのり混じり合ったような。

「いいだろう。とりあえず、暖炉の前のソファーでいちゃいちゃするのはどうかな？」

その笑顔は、いちばん最初に惹きつけられたロスの特徴のひとつだった。のんびりしていて、とんでもなく魅力的。たとえデザイナーズブランドのスーツを着ていたとしても、その笑顔からちらりとのぞく野性的な男らしさに、りりしいカウボーイを思い起こさずにはいられない。

心臓が早鐘を打ち始め、胸が張ってきた。「説き伏せれば、ひとつかふたつ、キスを許すかもしれないわ」

ロスが黒い目を光らせて、太く響く声で言った。「どこに？　ここかい？」長い指で唇をかすめてから、下へとたどって片方の胸の曲線をなぞり、ブラウスの上から軽く乳首をもてあそぶ。「それとも、ここ？」ロスは答えを待たずに、太腿のあいだに手を当てた。「それとも、ここ？」

「三カ所すべてでもいいかもしれないわね」ヴィクトリアは言った。不意に両脚のあいだが熱く湿ってきた。

「今夜は冒険したい気分かい、トリ？」ロスがジーンズと下着の上からクリトリスをぐっと押して、そそるような愛撫をした。

ヴィクトリアはあまりの心地よさに息を吸いこんだ。「たぶん」

「それがききたかったんだ」ロスが言って、身をかがめると、唇を奪って熱く激しいキスをした。指はすでに、ジーンズのいちばん上のボタンを忙しく探っている。

「寝室へ行きましょう」ヴィクトリアは彼の唇にささやいた。

「あとで」ロスが答えた。

3

ウェイドは納屋のそばにトラックを駐《と》め、出産を間近に控えた雌馬の様子を見にいった。雌馬は元気そうで、持っていった林檎《りんご》を満足げに食べ、尾を振り動かした。

「今夜はまだ、ママにならないようだな、チーカ」ウェイドは話しかけて、耳のあいだを優しく撫でた。「おれが思うに、たぶんあしただよ」励ますように尻を軽くたたいてから雌馬のもとを離れ、両手をジーンズの後ろポケットに押しこんで、家へ向かった。時間をかけて、ぶらぶらと歩く。外はかなり涼しく、火が燃える強い香りが漂ってきた。もっと遅くに帰ってくればよかったと思う気持ちもあった。ロスとヴィクトリアはまだ居間で打ち解けた会話とワインを楽しんでいるだろうからだ。しかし夕食のときに会った友人たちは、ウェイドがまったく興味を持てない映画を観に行きたがった。それに正直なところ、柵の修理でかなり疲れてもいた。

きょうの午後、ヴィクトリアの裸の胸に手を触れたという小さな問題もあった。いったいなぜ、あんなことになったのだろう？　生きているかぎり、手のひらに包んだあのなめらかで張りのある乳房の重みを忘れられないだろう。唇に感じた絹のような肌、頰をかすめた髪のサテンのような感触……。

なんてことだ。これまでだって思い悩んでいたというのに、この先いったいどうなってしまうのだろう？　あのちょっとした写真撮影が終わったあと、家まで歩くあいだ、文字どおり風に吹かれる木の葉のように震えていた。裸のヴィクトリアを見たせいや、恋人のように手を触れたせいだけではない。最悪なのは、彼女の人柄に心を奪われてしまったことかもしれない。幼なじみだからという理由でアンディーの手助けをする優しさ、穏やかな気性、すばらしいユーモアのセンス、駆け引きをしない正直さ……ロスとけんかをしたところなど、一度も見たことがない。そして彼女は、ウェイドが最もセクシーだと考える女性の特徴を備えていた。それは頭のよさだった。

優しく、美しく、みごとな体をしていて、賢くもある。

そして兄とつき合っている。心の声があざけるように指摘した。

ちくしょう。ヴィクトリアには会いたくない。それでも、会いたくてたまらなかった。

最悪の状況だ。

煉瓦造りの家の正面には、広々としたスペイン風のポーチがあった。ウェイドが足を踏み入れると、屋根の下は影に覆われてひんやりとしていた。片手をドアに当てて立ち止まり、なかの声を聞こうと耳を澄ます。何も聞こえない。よかった。もうロスの寝室へ行ったのかもしれない。少なくとも、礼儀正しくしようとして何かばかみたいなことをつぶやかなくてもすむ。

ウェイドはドアをあけ、五歩進んだところで、身をこわばらせた。

ふたりはロスの寝室に行ったのではなく、ソファーの上にいた。山々のすばらしい景色を見ながら暖炉も楽しめるような角度に置かれたソファーだ。部屋は暗かったが、火が燃えていたので周囲ははっきり見えた。服が床に散らばっている。ジーンズ、ブラウス、そしてなんと、黒いレースのパンティーも……。

ヴィクトリアは裸で、片方の肘掛けに半分もたれかかるようにして目を閉じ、震える息を吸うたびに美しい胸をわななかせていた。ひざは曲げて広げられ、脚のあいだにロスの黒い頭があった。兄は裸足《はだし》で、ジーンズだけを身に着け、引き締まった体をかがめて口で彼女を愛撫《あいぶ》していた。

ヴィクトリアがうめいた。その声はウェイドの胸をぐさりと突き刺した。明らかに彼女のオーガズムが近づいていて、ふたりはそのことに夢中になっているらしく、どちらもウェイドが部屋に歩み入ったことに気づいていないようだった。

たとえまっすぐ地獄へ送られることになったとしても、立ち去ることはできない、とウェイドは悟った。まるでブーツが床に釘づけにされたかのごとく、その場に立ちすくんでいた。

ヴィクトリアはロスの髪に指を差し入れて背中を反らし、はあはあと喘《あえ》いで、ブロンドの髪を輝く金色のカーテンのように、黒っぽいソファーの上に広げていた。達すると同時に小さな叫び声をあげ、すらりとした体を引きつらせて、性の解放に肌を上気させる。

美しい。ウェイドが考えられるのはそれだけだった。とはいえ、何かを考えられるというだけで驚いていた。なぜなら、体じゅうの血液が一滴残らず股間に押し寄せていたからだ。手に負えないその部分は、猛烈な勢いであっという間に硬くなった。

どうやって優雅に立ち去るかが、現時点での最大の問題だった。ロスが何かつぶやきながら、顔を上げて平らなお腹にキスをしただけでなく、ヴィクトリアも目をあけたからだ。クライマックスの余韻《よいん》でぐったりしながら、頭をウェイドのほうに傾ける。そして突然、顔に浮かんだ夢見るような満足の表情が、こちらに気づいた驚きに取って代わった。兄も同時にこちらに気づいて、ソファーに肘を突いて体を起こし、くしゃくしゃになった髪をかき上げた。

「おおっと」

ウェイドは咳払《せきばら》いをした。「ああ、次からは寝室を使ったほうがいいかもしれないね」

「思ったより早く帰ってきたな」

「ごめんよ」まったく何も気にしていないように、あっさり立ち去ることができたら、とウェイドは心から願った。大学の寮ではあまりプライバシーが得られず、恋人と過ごしているルームメイトの邪魔をしたこともあった。目の当たりにはしなくても、部屋のなかでそれらしき音を聞いたこともあるが、知らないふりをして眠りに戻ったものだった。

もちろん、あのときの女の子たちはヴィクトリアではなかった。

それとこれとはまったく違う。ちくしょう。あのときのように無頓着におもしろがることができたら……しかし、できなかった。

「ここはあなたの家よ。謝ることないわ」ヴィクトリアが喉の詰まったような声で言った。

「ロス、あなたのシャツか何かを取ってちょうだい」

「なぜだい？」兄は動かなかった。「この牧場の半分を賭けてもいいけど、ウェイドはこの眺めを心から賛美しているはずだよ。さっき弟について話したことを憶えているだろう？」

何を話したって？　ウェイドは重い足を引きずって出ていこうとしていたが、ふと立ち止まって兄に鋭い目を向けた。一度ならず、ヴィクトリアへの気持ちをロスに感づかれているのではないかと考えたことがある。それとなく尋ねられたことさえあったが、ウェイドははぐらかした。図星だったので、後ろめたかったのだ。

ヴィクトリアは何も言わず、ただロスを見つめ返していた。兄が手を伸ばして、完璧なピンク色の乳首を指先で転がした。それから、かすれた声で尋ねた。「どのくらい冒険したい気分だい、トリ？」

「ロス！」ヴィクトリアが、ウェイドのほうにさっと視線を戻した。彼女がこうささやく声を聞いたとき、ウェイドは死にそうになった。「本気じゃないわよね？」

たしかに危険ではある。とはいえ、どうしても欲しいものがあるなら、〝当たって砕けろ〟だ。考えれば考えるほど、ロスにとってはそれが納得のいく解決策に思えた。しかし、ヴィクトリアにとっても納得のいくものでなくてはならない。

ああ、ヴィクトリアはなんてあでやかなのだろう。肩のまわりに広がる蜂蜜色の髪、自分のとなりに裸で寝そべるはつらつとした体。セックスがすばらしいのはもちろんだが、夕食をともにしながらの会話も同じくらい楽しかった。彼女が笑ったり、こちらを見つめたりするたびに、心臓がどきりと音を立てる。それはセックスだけのことではなかった。

ロスはヴィクトリアに恋をしていた。心から。これまで女性に感じたどんな気持ちとも違う。


問題は、ウェイドも関わっているということだった。弟のことはわかっている。何ごとも、中途半端にはしない。昔からそうだった――ぜんぶか、ゼロかだ。

兄と弟が同じ女性に夢中になれば、ふつうなら厄介ごとが起こるはずだが、自分たちの場合、その必要はあるのだろうか？

それは単純な図式に思えた。ヴィクトリアはセックスを楽しんでいる。つまり、恋人がふたりいれば、ひとりよりもっといいのでは？　ウェイドは明らかに彼女と寝たがっているが、まじめな男だから、それを口に出すことはできないのだろう。しかしロスは、先ほどの弟の顔に浮かんだ表情を見ていた。ロス自身にとっても、もしヴィクトリアさえ同意してくれれば、二重の喜びが得られることになる。すばらしくセクシーな姿を見られることが確実なだけでなく、ヴィクトリアの同居をウェイドに認めてもらうという現実的な問題も解決できるからだ。

型破りかもしれないが、嫉妬が絡んでいない以上、何をしようと自分たちの勝手だというのがロスの出した結論だった。

「具体的には、わたしに何を尋ねているの？」ヴィクトリアのなめらかな肌は、先ほどのオーガズムでまだ紅潮していた。ロスの軽い愛撫に、体をわななかせる。

七カ月のつき合いで、ヴィクトリアのことはかなりよくわかっていた。美しい目に興奮の炎が揺らめくのを、ロスは見逃さなかった。「考えたことはあるかい？」ロスは説明せずに尋ねた。ヴィクトリアはこちらが提案していることをはっきり理解しているはずだ。「あらゆる女性は、それをひそかに思い描いているんじゃないかな。すべてはきみしだいだよ、トリ。きみがウェイドに魅力を感じていることはわかってる」

「もちろん感じているわ。ウェイドはあなたにそっくりだもの」ヴィクトリアは言い返したが、素肌を隠そうともしていなかった。

間違いない、ヴィクトリアはそれを考えたことがあるのだ。

「おれはたまたまここに立っているだけだよ」ウェイドが会話に割りこんできた。しかしロスは、弟も部屋を出ていこうとはしていないことに気づいた。

「だとしても、ぼくは嫉妬しない」ロスはヴィクトリアに言って、上体をかがめてなめらかな頬に触れ、ミッドナイトブルーの目をのぞきこんだ。「ほんとうだよ。ほかの男ならそうはいかないが、ウェイドは別だ」

「わたしは――」

「きみたちふたりが納屋でいっしょにいるのを見たとき、興奮を感じたんだ」ロスは率直に認めた。

ヴィクトリアが目を見開いた。驚いただけか、それとも興味をそそられたのか？

「おれも興奮を感じた」ウェイドが少ししわがれた声で言った。身じろぎもせずに同じ場所に立ち、ヴィクトリアの顔に目を据えている。「きみも気づいていたと思うけど」

「気づいていたわ」ヴィクトリアが打ち明け、ふたりは意味ありげな視線を交わした。相性がいいのは、カメラのフレームのなかだけではないようだ。

そして拒絶もしない。ロスは説き伏せるようにささやいた。「でも、しとやかな女性はふたりの男と寝たりはしない。それが問題なのかい？　まず第一に、ぼくたち三人以外の誰にも知られることはないだろう。第二に、女性たちがそれをしないというのはほんとうか？　しとやかな女性はそのことを話さないだけで、見境なくいろいろな相手としているのかもしれない」

そのときウェイドが、決定的なことを言った。正直な気持ちをそのままぶつけた言葉だった。「初めて会った瞬間、おれはきみに恋してしまったんだ、ヴィクトリア。もちろん、きみに会ったのはロスが新しい恋人として紹介したからだ、というのが問題だった。この半年のあいだずっと、世界一の最低野郎になったような気がしてたけど、自分ではどうしようもないこともあるとわかった」

自分の気持ちをはっきりと口にする。そう、これが弟だ。

ヴィクトリアがこちらの胸を刺すような表情を浮かべて、ウェイドを見つめた。「ぜんぜん知らなかったわ。わたしのことが好きじゃないのかと思ってた。さっきロスに聞いていなかったら……その……」しだいに声を小さくして、黙りこむ。

「兄さんはいつから知ってた？」ウェイドがきいた。

「最初の日からさ」ロスは答えた。「どうすればいいのかわからなかっただけなんだ。つまり、きょうまではね」

男ふたりがヴィクトリアを見た。

「きみが心地よくないことはしなくていいんだよ、ヴィクトリア」ウェイドはまだ動かなかった。

ロスのほうが動いた。立ち上がって手を伸ばし、ヴィクトリアを胸に抱き上げる。魅惑的で温かな体の重みを両腕に感じると、すでに石のように硬くなっていた股間が心臓の鼓動に合わせて脈打った。

「ぼくの寝室で、話し合いを続けてもいいかな？」

「いいわ」ヴィクトリアが答えて、ロスの首に腕を巻きつけた。

いいわ。

いいわ。

「三人全員で？」ロスは、ヴィクトリアが何に同意したのかをはっきりさせたかった。

「あなたがそう決めたのなら」ヴィクトリアは顔を赤らめたが、目をそらしはしなかった。

「ああ、決めたよ」

4

きっと頭が変になったに違いない。ヴィクトリアは考えた。そしてもし、人がおかしくなったとしたら……。

その人はおかしなことをするのだろう。同時にふたりの男と寝ることに同意するとか。魅力的でセクシーなふたりの男と、だ。ヴィクトリアは、ウェイドがTシャツを脱いで、たくましい胸と引き締まった腹部をあらわにするのを見つめながら、心のなかで訂正した。しかもふたりとも、善良な人たち。

そのふたりが、わたしに恋していると言った。

それを考えれば、この地球上に、今わたしがしていることに賛成しない女がいるだろうか？

まあ、いるだろう。たとえば、母とか。

しかし今は、そんなことを考えている場合ではなかった。もしかすると、ワインのせいかも。びっくりするような決断を、メルローのせいにすることはできるだろうか？　だって、まさか自分がこんなことを求める女だとは……。

「きみはとても美しい」ロスが硬い部分を高くそそり立たせながら、ベッドのなかに入ってきた。片手でヴィクトリアの肩を撫でてから一方の乳房を包み、頭を低くする。乳首を唇で優しく吸われると、ヴィクトリアは目を閉じた。しかし、反対側のマットレスが揺れると、ふたたびぱっと目をあけた。

「同感だな」ウェイドが耳もとでささやき、もう一方の乳房を手のひらでとらえて、すぼまった先端を親指で優しくさすった。わななきが、脚のあいだへとまっすぐ駆け抜ける。

まさか、嘘でしょう。ほんとうにこんなことをするつもり？

ウェイドは、ほとんどの時間を戸外の仕事に費やしているだけあって、たくましい体つきをしていた。彫像のような上腕、しっかりと硬い腹部、くっきり分かれた胸の筋肉、日に焼けたつやのある肌は、魅力的に乱れた黒い髪とあいまって、みごとに調和していた。あまり見たことのない笑顔もすてきで、部屋が明るくなるようだった。以前、数人の女友だちに、ロスの弟とのダブルデートを計画してくれないかと頼まれたことがあった。振り返ってみると、その気になれなかったのは、自分が彼に惹かれていたせいもあるのだろうかと思えてきた。いつも、ウェイドは少し内気だからと説明していたが、実際にはそうではなかった。ウェイドはただ、ほんとうに言いたいことがあるとき以外は物静かな性格なのだ。

おれはきみに恋してしまったんだ……。

ロスは思いやりのある情熱的な恋人だが、都会的で洗練されているところもあった。一方ウェイドは、新鮮に思えるほどに、力強くて飾り気のない寡《か》黙《もく》なタイプだった。彼の告白は心からの言葉に聞こえただけでなく、ほんとうに心からの言葉であることが感じられた。たまたま兄弟であるふたりの男性と関係を持つことになった意味を分析すれば、自分を省みるとき、興味深い教えが得られるかもしれない。しかし今は、何も考えられなかった。ふたりに愛撫を受けて……すばらしい感触を味わっていたからだ。けだるいけれど、熱く燃えてもいた。ウェイドが頭を低くして唇をとらえ、うっとりさせるほど情熱的な初めてのキスをした。そのあいだロスは、手をヴィクトリアの脚のあいだにすべらせて、蜜で濡れた部分をまさぐり始めた。思わずうめき声が漏れる。

これまでずっと、自分のことをきまじめな女だと考えていた。しかし、これはすばらしいと認めざるをえない。この行為の背徳的な側面が、興奮をあおるひとつの理由でもあった。

「コンドームを使うかい？」ウェイドが尋ねて、唇で頬をたどり、温かくじらすように息を吹きかけた。「ほんとうに、きみが欲しいんだ。おれはまったくの健康体だけど――」

「ピルを、飲んでいるわ」ヴィクトリアは息を切らしながら言った。ロスが巧みな指を外したので、軽い喪失感を覚える。

しかしそれも長くはなかった。ウェイドが覆いかぶさって、ひざでヴィクトリアの脚をさらに広げ、すてきな黒い目でこちらを見つめながら、膨れた先端を秘めた入口に押し当てた。

「よかった。できるかぎり、ありとあらゆる部分で感じたい。あまりにも何度も心に描いたから、完璧でなければいやなんだ」

ウェイドがゆっくり確実になかへと進んだ。ヴィクトリアは目を閉じ、少しずつ体が満たされていくと、彼の肩をつかんで、慎みも忘れて背中を反らした。できるかぎり奥まで受け止め、引き締まった腰を開いた太腿でとらえる。ウェイドが差し迫った奔放な欲求とともに動き始めた。ときに優しく、ときに激しく熱くキスをして、舌と唇でじっくり愛撫する。

ヴィクトリアは興奮を感じずにはいられなかった。ふたりを眺めているロスの荒い息づかいを聞いて、ますます熱くなる。

こんなにすばやくオーガズムに達したのは初めてだった。ひとつには、ウェイドが入ってくる前にロスに欲望を高められていたせいもある。だから、ふたり合わせての結果だった。夏の嵐のような絶頂が訪れると、ヴィクトリアは激しい恍惚感《こうこつかん》に震えた。荒々しく抑えようのない快感に、突き続けるウェイドをぎゅっと締めつけると、悦びが焼けつくほどの淫らな波となって全身を走り抜けた。

「すごい」ウェイドは歯を食いしばりながら言ったが、それでも突くのをやめなかった。数秒後、ヴィクトリアはもう一度いかされた。ようやくウェイドが動きを止めて身をこわばらせた。そして熱い液体をほとばしらせながら、かすれた声でヴィクトリアの名前を呼び、うめき声をあげて、広がった髪のなかに顔を突っ伏した。

それは始まりにすぎなかった。

しばらくすると、ウェイドが体を離して仰向《あおむ》けに寝そべり、幅広い胸を激しく上下させた。ロスがからかうように、ヴィクトリアの肩をとんとん、とたたいた。「ぼくを憶えてるかい？」

「ぼんやりと」ヴィクトリアは弱々しく笑いながら、どうにか声を出した。「今は、自分が誰なのかもよくわからないくらいよ」

「思い出させてあげよう」ロスが茶目っ気のある笑みを浮かべて言い、片手でヴィクトリアのお尻を撫でた。「きみはこの世でいちばん美しくて、感じやすい女性だよ。そうだろう、ウェイド？」

「間違いなく」

ロスが唇で鎖骨をなぞり、歯で素肌をかすめて、喉もとをついばんだ。「見ているのは楽しかったけど、経験から、するほうがもっと楽しいことはわかってる」腰に触れた彼のものが脈打った。自分でも驚いたことに、すっかり満ち足りているのに、いつの間にか体をロスのほうに動かして、硬い部分にぐっと押し当てていた。もう一度セックスをする準備はできていないけれど、別の方法でロスを夢中にさせることならできそうだ。ウェイドの前でそれをすることを考えると、思いがけない興奮を覚えた。

激しい興奮を。いったいどういうわけだろう？ もしかすると、越えるとは夢にも思わなかった一線を越えてしまったことに、よこしまな高揚を感じているのかもしれない。ふたりの裸の男が両側に寝そべっているというのは、性の探究が禁じられた領域にまで入りこんだ動かぬ証拠だった。

ヴィクトリアは流れるような動きでひざまずき、両手でロスの肩を押して、仰向けになるよう促した。口でするのはそれほど好きではなかったし、ロスも強要はしなかった。でも、今夜はこれまでの人生でいちばん奔放な夜になりそうなのだから、かまわないでしょう？

ロスが引き締まったお腹の前に、硬く長い部分をそそり立たせた。枕にもたれてまぶたを半分閉じ、こちらを眺めている。ヴィクトリアは指先で、つやめく先端に浮いたしずくをぬぐい取った。目の隅で、ウェイドがふたりを眺めているのをとらえる。大きな体はくつろいで、欲情した部分は先ほどの解放で少し柔らかくなっていたものの、まだ堂々と目立っていた。

ヴィクトリアはゆっくりと舌をすべらせて指を舐め、塩気のあるロスのしずくを味わった。ふたりのどちらかが低いうめき声をあげたが、どちらなのかはわからなかった。

ヴィクトリアは身をかがめて口でロスの先端を受け止め、舌でなめらかな笠に円を描いた。ロスが低くかすれた息を吐き、指をヴィクトリアの髪にうずめた。根元を指で包んで優しく締めつけながら、吸い始める。

今度のうめき声は、間違いなくロスのものだった。「ああ……たまらない……」

ヴィクトリアは続けた。髪がロスの腹部をかすめた。硬いものを含んだ口を上下させ、指を動かし、舌でなぞってもてあそび、笠の割れ目をつつく。ロスの呼吸が荒く不規則になるまで、彼の分身の形と輪郭を探り続けた。

「もうやめたほうがいい」長い指が髪を引っぱった。「いってしまいそうだ。だめだよ、トリ」

答えとして——自分でも驚いたことに——ヴィクトリアは睾丸を撫でつけて、さらに続けた。ロスが不明瞭な声をあげて達し、熱い液体でヴィクトリアの口を満たした。

これが今夜の、初めて経験するとんでもない行為のふたつめだった。

ウェイドはヴィクトリアに触れた……ありとあらゆる部分に。新しいおもちゃを手にした子どものような気分だった――欲しくてたまらなかった贈り物をもらい、感激で胸をいっぱいにしているかのような。

実際、感激で胸がいっぱいだった。これほどの幸運に恵まれたことが信じられない気もした。昔から女性の胸が好きだった。ヴィクトリアのすばらしい乳房は、絶妙な加減で張りがあって柔らかく、豊かでありながら重すぎず、乳首は甘美な薔薇色をしていた。指で軽く片方の乳首をかすめ、先端がきゅっとすぼまったのを見て、うれしい気持ちになった。

「ひと晩じゅうこの胸で遊んでいられるよ」

ヴィクトリアはとなりで横向きになり、しなやかな体をゆったり伸ばして、夢うつつの表情をしていた。「んん……わたしのほうもいい気持ち」

「もっとよくできるよ」

ヴィクトリアが目をあけた。「ほんとう？」

「ああ」彼女の性衝動には強く心を惹きつけられた。これほど物怖《ものお》じせず熱をこめて楽しむ女性と愛を交わすのは初めてだった。

ロスは裸のまま穏やかな寝息を立てていた。極上のフェラチオをされたあとでは無理もないだろう。人間の男は視覚映像に刺激を受けるものだとよくわかってはいたが、夢に見ていた女性が別の男を口でいかせるところを眺めて楽しめるとは、自分でも思っていなかった。

しかし、楽しんだのは紛れもない事実だった。ウェイドはまた硬くなり、うずくほど脈打って張りつめた。となりに横たわってじらしている女性がいやがらないかぎりは、もう一度情熱的に体を交えたくてたまらなかった。

「期待できそう」ヴィクトリアがからかうような声で言った。ミッドナイトブルーの目でこちらの目をのぞきこむ。「精力旺盛なカウボーイって好きよ、わかるでしょう」

ウェイドはさっと寝返りを打ってヴィクトリアのほっそりした体に覆いかぶさり、できるだけ西部訛《せいぶなま》りをまねて言った。「お嬢さん、その脚を開いていただければ、ちょっとした乗馬にお連れいたしましょう」

ヴィクトリアの内側は温かく柔らかで、この上なくきつかった。根元までうずめたとき、ウェイドは自分の胸につぶやいた。天国はほんとうに存在するんだ、と。

彼女の耳にささやく。「ものすごく気持ちいいよ」

「わたしも」ヴィクトリアが両手でウェイドの肩をさすり、目を閉じた。

ウェイドが動くと、ヴィクトリアも淫らなリズムに合わせていっしょに動いた。歯を食いしばって、思春期の少年の初体験みたいにすばやく果ててしまわないよう、意識を集中する。しかしヴィクトリアが背中を反らしてウェイドの名をささやき、体の芯を引きつらせると、自制を失ってしまった。解放はあまりに強烈だったので、世界が一瞬真っ白になり、悦びに揺さぶられた。心臓が何度か鼓動を打ってから、ようやく正気に返る。

ヴィクトリアはすばらしい。それが、最初に頭に浮かんだ明確な考えだった。何もかもが夢見たとおり、そしてそれ以上だった。しかし、この一風変わった展開に、自分たちがこの先どうやって対処していくべきかという興味深い問題が残されていた。

この三角関係のなかで、セックスはほんの一部にすぎない。会計士がひとり、美しい株式仲買人がひとり、なんでも屋兼カウボーイがひとり。官能小説のおもしろい題名になりそうだが、現実の生活ではうまくいくのだろうか？

ウェイドは両肘を突いて自分の体重を支え、頬に当たるヴィクトリアの髪のほのかな香りと、柔らかな体の感触を楽しんだ。

あした考えよう。

あしたになったら、すべてを分析してみなくてはならない。きっと三人全員がそうするのだろう。

5

びっくりだ。

もっと詩的な表現が浮かべばいいのだが、とロスは考えたが、今の時点では〝びっくり〟がふさわしい表現に思えた。

昨夜のことは、ほんとうに起こったのだ。

部屋には柔らかな初夏の光が降り注いでいた。ちらりと時計を見ると、とうに八時を過ぎている。ヴィクトリアはとなりでまだ眠っていて、ブロンドの髪を枕に広げ、レースの扇のようなまつげを頰に触れさせていた。だが、ウェイドはすでにいなかった。弟はいつも夜明けとともに起きるので、驚くまでもない。

一瞬ロスは、ヴィクトリアを最高に心地よい方法で起こそうかと考えたが、ふたつの理由からやめることにした。ヴィクトリアはゆっくり眠るのが好きだし、一週間よく働いたのだからそうして当然だ。それに、弟とふたりだけで話す必要がある気がした。

ロスは静かにベッドから出て、ジーンズとTシャツを身に着け、裸足でキッチンまで歩いていった。コーヒーが淹《い》れてあったので、心から感謝してブラックで飲みながら、一方の肩を戸枠にもたせかけて山々を眺める。それからブーツをはき、納屋へ向かった。ウェイドはそこにいて、ピッチフォークを振るって干し草を馬房に投げ入れていた。ロスが入っていくと目を上げ、淡々とした口調で言う。「チーカの子馬はきょう生まれると思う。ピーターズ先生を呼んだよ」

馬は重要だ――だからこそふたりは牧場を買ったのだ――が、もっと早急に、はっきりさせておきたい問題があった。

「それはいい知らせだが、おまえを捜しに来たのはそれが理由じゃないんだ」ロスは静かに言い添えた。「トリはまだ眠ってる」

ウェイドは意味を取り違えたふりはせず、片方の眉をつり上げた。「なぜなのかは想像がつくよ。おれが夜中まで寝かせなかったから。だけど、彼女のほうもおれを寝かせなかった」

「おまえの熱の入れようには気づいていたよ」

「見逃しようがなかったかもな」

「話をしたいか？」

ウェイドが苦笑いを浮かべた。「しなくちゃいけないと思うよ」

「そうだな」

弟が干し草の束を身ぶりで示した。「おれのオフィスに座ってくれ」

ロスは笑いをこらえた。「高層ビルの五階にあるぼくの四角い箱よりずっといい。そこから山々のみごとな景色が見えるのは確かだけどね」

「サンタフェならどこでも、山々のみごとな景色が見えるさ」

「まあな。でも一般的な風景の話はこのくらいにして、本題に入ろう。トリに、ここへ引っ越してこないかときいてみたいんだ。ここ二、三カ月ずっと考えていたんだが、おまえがもっと苦しい思いをするんじゃないかと心配だった。でも、昨夜ですべてが変わった」

「彼女への気持ちをそんなにあからさまに見せていたなんて、気づかなかったよ」ウェイドがやましそうな顔をして、手袋をはめた手で顎《あご》をさすり、そこに泥の染みをつけた。

「ぼくにとってはそうだが、それはおまえのことをよくわかっているからだろう。さあ、教えてくれ、どう思う？」

「大半は、昨夜起こったことを朝になってヴィクトリアがどう感じるかにかかってるんじゃないかな。彼女が後悔するのは、性的な冒険への衝動だけだろうか？　それが心配なんだ。誰とでも寝るような女性じゃないことはわかってるし、日常的にふたりの男と寝るのは一般的とはいえない」

　ロスはこれまでに何度もそのことについて考えてみた。そして今ではますます、きっとうまくいくはずだと確信するようになっていた。「ぼくたち三人以外、閉じたドアの内側で起こっていることを誰が知るというんだ？　トリとぼくが同居するのは、まったく理にかなったことだよ。もうつき合ってずいぶんになる。おまえはここに住んでいるし、ぼくの弟でもある。誰も、そのことを変に思いはしないさ。彼女に言い出せないでいた大きな理由は、おまえが心配だったからだ。昨夜見たことから判断するなら、その問題は解決した」

「嫉妬しなかったのか、ロス？」ウェイドがまっすぐな視線を向けた。「おれに対してだけじゃなく、自分に対しても正直になるべきだよ。ヴィクトリアへのおれの気持ちは本物だけど、兄さんは大事なきょうだいだし、誰よりも仲のいい親友だ。何かをぶち壊すようなことはしたくない」

ロスは微笑んだ。「教えてくれ。これまでずっと、ぼくに嫉妬していたか？　ぼくがトリとつき合って、自分がつき合えないことに腹を立てていたか？」

「いいや」ウェイドはすぐに首を振って、考えこむような表情を浮かべた。「いったいどうして兄さんに腹を立てることがある？　むしろ、兄さんの恋人に興味を持った自分を責めていたよ。ヴィクトリアが兄さんを幸せにしてくれるのを、いつもうれしく思ってた」

「ほらな」ロスは両手を広げた。「要するに、そういうことさ。さあ、同居しないかとトリにきいてみることをどう思う？」

弟の口もとがゆっくりとほころんだ。「それは史上最高のアイデアだよ」

ヴィクトリアはシャワーから歩み出ると、鏡に向かって苦笑いをして、タオルで髪を拭《ふ》いた。変だわ。そこに映った女は、いつもとまったく違わないように見えた。同じ鼻、同じ顎、同じ青い目。

よかった。顔を見られただけでみんなに知られてしまうことはなさそうだ。

ただ困ったのは、自分は知っているということだった。

ふたりの男――いいえ、すばらしくセクシーですてきなふたりの男――と寝る夢についてロスにからかわれたけれど、自分がその筋書きを実行に移すだなんて、想像したこともなかった。ましてや兄弟とだなんて。

ふしだらな女になったように感じるべきかもしれないが……そうは感じなかった。ウェイドもロスも、起こったことをそんなふうに考えてはいないはずだし——それはわかっている——淫らで背徳的かもしれないけれど、この上なく満ち足りた刺激的な一夜だったのは確かだ。

ロスの寝室のクロゼットには数枚の服を、バスルームには化粧品を置いておく習慣になっていたので、問題なく身支度を整えることができた。ショートパンツをはき、淡いピンク色をした絹の袖なしブラウスを着て、ほんの少しパウダーをはたき、軽くマスカラとリップグロスを塗る。

家は静かだった。たぶんふたりとも納屋にいるのだろう。ヴィクトリアは自分でコーヒーを注いだ。いつもながら、独身男性ふたりの住まいにしてはきちんと片づいていることに驚かされる。カウンターはきれいに拭かれ、皿は片づけられ、ごみ箱は空《から》になっていた。ただ冷蔵庫の中身は、のぞくたびに笑わずにはいられない。数種類のビール、期限切れの牛乳の容器、少なくとも四本の開封されたサルサソースの瓶——すべて辛口——いろいろな調味料。あとは空の棚が並んでいるだけだった。

「買い物に行かなくちゃならないことはわかってる。でも、その仕事は嫌いなんだよ。カートを押して冷凍食品売場の通路を歩くより、馬小屋の掃除をするほうが楽しいんだ」

背後から声がしたので、ヴィクトリアは振り返り、思わずコーヒーをこぼしそうになった。ウェイドが網戸をあけて、ゆっくりと確かな足取りで部屋に入り、熱のこもった黒い目を向けた。そしてにっこり微笑んだ。

「おはよう」

その微笑み……。

「おはよう」うっとりさせるようなその微笑みに抵抗できる女は、この地球上にひとりもいないだろう。ヴィクトリアのみぞおちがきゅっと締めつけられた。その後ろからロスが入ってきた。週末の牧場の仕事用にデニムのシャツとすり切れたジーンズを身に着け、外のそよ風のせいで黒髪を魅力的に乱している。「よく眠れたかい？」

三人でいっしょに眠ったことを考えると、その質問は必要なかった。ふたりがこちらを見る目つきに、少し落ち着かない気持ちになる。よくわからないけれど、そこには期待のような何かがあった。ともあれ、朝の光のなかでふたりと顔を合わせても、目が覚めて昨夜のことを振り返ったときに予想したほど、気恥ずかしくはならなかった。

「きみに話があるんだ」ロスがりりしい顔に穏やかな表情を浮かべて言った。

「話のほうは、兄さんに任せるよ。その話し合いに対するおれの貢献は、これさ」ウェイドがまだ冷蔵庫のそばに立っていたヴィクトリアのほうへ進み出て、優しく手からコーヒーカップを取ってカウンターに置き、腕のなかに引き寄せた。それから唇を重ねて、長く熱いキスをした。巧みに舌と舌を絡め、両手でお尻を包んで、ぴったりと股間に体を押しつけさせる。抱擁《ほうよう》を解かれたときには、ほとんど息もつけないくらいだった。それは、空気が足りないせいだけではなかった。

この男性はほんとうに、キスのしかたを知っている。

ウェイドがウインクをした。「提案についてのおれの立場が、これでわかってもらえるはずさ。おれは戻って、四本脚の赤ん坊が生まれてくるのを見守ることにするよ」

いつもあれほど物静かでよそよそしいウェイドが、わたしにウインクをした。しかも、口笛を吹きながら歩み去った。ぽかんとしたヴィクトリアの表情に、ロスは気づいたに違いない。笑ってこう言ったからだ。「弟はものすごく上機嫌なようだ。どうしてかな?」

ヴィクトリアはこの二十四時間で、過去十年分よりも頻繁に顔を赤くしていた。「〝提案〟って?」顔の火照《ほて》りに気づかないふりをしながら尋ねる。

ロスがためらった。いつもはためらいを見せたりしない人なのに。それから、ようやく話し始めた。「これまでこの話題を持ち出せなかったのは、ウェイドのことがあったからなんだ」

「今もまだ、持ち出していないわよ」ヴィクトリアは指摘した。

「ぼくにとっては重要なことだから、しくじりたくないんだ」ロスがつぶやいた。「薔薇の花束と静かな音楽、みたいなことをするつもりだったけど、かまいやしない。率直に尋ねることにするよ。きみが自分の住まいを気に入ってることはわかっているけど、ぼくたちとの同居を考えてみないか?」

もちろん、以前に考えてみたことはあった。しかし、週末にロスと同棲《どうせい》のまねごとをするのと、常に生活空間をともにするのとでは、まったく話が違う。それに、彼の言うとおりだ。以前なら、ウェイドに疎《うと》ましがられるだろうと考えて、断ったかもしれない。

しかし、状況は変わった。

それどころか、すべてが変わった。

「平日は、きみに会えなくて寂しいんだ」ロスが穏やかな声で言った。「ベッドのなかだけじゃない。いつもだよ。今では、ウェイドもどのくらい歓迎してくれるかがわかっただろう。きっとうまくいくと信じていなければ、これほど思いきった形できみの人生を変えるようなことは頼まなかった。きみのことは、ほんとうに大切に思っているから」

もちろん、不便な点もある。今は勤め先から五分のところに住んでいるけれど、これからは通勤がかなりたいへんになるだろう。アパートの契約を更新したばかりだし、いくつか新しい家具も買ってしまった……それに、関係を築いていくのにも努力が必要だ。とりわけ、三人めがいるのだから、ますますむずかしいだろう。

けれども、それらは些細《ささい》なことにすぎなかった。

「トリ？」

「ええ」

「何も言わないんだな」ロスが手を取って、ふたりの指を絡み合わせた。「すぐに決めなくてもいいんだよ。きみの気持ちは――」

ヴィクトリアは首を振った。「違うの。ええ、というのはイエス、という意味。質問に対する答えは、イエスよ」

「ほんとうに？」今度はロスが腕を回してぐっと引き寄せ、喜びに満ちたキスをした。ヴィクトリアのひざがぐらつき、心臓がどきどきと音を立てた。ロスが手をつかんで、廊下のほうへ引っぱりこんだ。「おいで。急にベッドで朝食をとりたい気分になってきた」

「ロス」ヴィクトリアは笑いながら言い返した。「わたしは起きたばかりよ。それに、この家に食べ物がほとんどないことははっきりしているわ」

「ぼくが考えているのは、そういう朝食じゃないんだ」

数分後、ヴィクトリアは裸にされていた。好みのやりかたを正確に知っている男性が、長い指でひだを分け、クリトリスを舌の先で巧みに転がした。えもいわれぬ興奮に、ヴィクトリアは目を閉じた。どうやら、食べ物のことは後回しになりそうだった。

エピローグ

「出版契約の成立、おめでとう」ヴィクトリアはアイスティーのグラスを手にしてひと口飲み、暖かいそよ風を楽しみながらも、頭上の日よけをありがたく思った。八月末のニューメキシコ州はたいてい、焼けつくような暑い日が続く。それでも幸運なことに湿気はなく、日陰に入れば外にいても快適で、小さなカフェで食事をしながら行き交う人々を眺めるのは楽しかった。

予想どおり、アンディーはベジタリアン向けの何かを注文し、記録的な速さで平らげた。ヴィクトリアはもっとゆっくり自分のエンチラーダを食べながら、アンディーに警戒のまなざしを向けた。幼なじみが昼食に誘ったうえに、おごろうと申し出ることなど、めったにないことだからだ。

「ありがとう。まったく、天にも昇る気持ちだよ。前払い金までもらったんだぜ、信じられるかい？　上の人たちは、本のテーマが気に入って、共同執筆者たちの立派な経歴にも感心してくれたんだけど、それより何より、写真に惚れこんだのさ。自分で言うのもなんだけど、ほんとにみごとだからな」

「よかったわ」ヴィクトリアはそっけなく言った。「ほとんど裸でポーズを取るのは、それほど簡単なことじゃなかったから」とはいえあの運命の日が、自分の人生に興味深い変化を印したのは間違いなかった。ロスとウェイドといっしょに暮らすことは……そう、ときにすばらしく、ときに苛立たしくもあったけれど、とにかくうまくいっていた。三人とも忙しく、かなりむずかしい仕事と異なる予定を抱えていたが、日々の流れのなかで互いに親密な関係を築きつつあった。そしてヴィクトリアはほとんど目覚めるたびに、自分はなんて幸運なのだろうと感じた。

そしてセックスは……。

どちらかといえば男性のほうが性に対する冒険心が強いのだから、ふたりもいると、まったく勝ち目はなかった。これまでに学んだことから言わせてもらえれば、ひと組より、ふた組の手があるほうが断然すばらしい。もちろん、ほかの部分も。

「……を頼みたいんだけど」

ヴィクトリアは、はっと我に返った。「ごめんなさい、別のことを考えていたわ。何を頼むんですって？」

「上の人たちが、ほんとにきみとウェイドのペアに感心してさ。だからそれで行こうと思うんだ。ウェイドは、俳優かなんかになるべきだと思うね。きみに触ったときのあの表情は、まさにぼくが求めてたものだったな。完璧だった。きみは、ウェイドに好かれてないって言ってた気がしたけど」

「あれは間違いだったの」ああ、なるほど。不意に昼食をおごろうとする意味がわかった。これは買収だ。ヴィクトリアは首を振った。「アンディ――」

「殺さないでくれよ。だけどもう、きみがオーケーしたって言っちゃったんだよね」一応すまなそうな顔をして、アンディーが言った。「ぼくにとっては、ほんとに重大なんだよ、トリ。どうにかして、埋め合わせはするから。約束する。何かの写真を撮ってほしいときには、いつでも言ってくれ。なあ、それでさ、ウェイドに話してもらえるかな。どうにかロスを怒らせずに、もう一度ポーズを取ってくれないか、って?」

それはものすごくおかしな質問だった。ヴィクトリアは笑いをこらえて、賑《にぎ》やかな通りを見やった。どうやら奇妙な形で、アンディーに恩があるといえそうだ。

ヴィクトリアはにっこり笑って言った。「ロスのことは心配しないで。嫉妬深い人じゃないから。いいわ、ウェイドに話してみましょう。きっと問題ないわよ」

訳者あとがき

忙しい毎日を送る女性が、ふと日常から離れたときに体験する運命的な出会いと、とびきりエロティックで少し危ない冒険。

官能的なヒストリカル・ロマンスでおなじみのエマ・ワイルズですが、今回お届けするのはすべて現代が舞台の短編集です。多作の著者は、ケイト・ワッターソンという別名義で、サスペンスタッチの物語を軸にしたコンテンポラリー・ロマンスも発表しています。もちろん、ホットなラブシーンは健在で、ひとりの女性に複数のパートナーといった、より刺激的な内容の作品もあります。

ワッターソン名義の柱となっている〈セクシャル・スタディーズ〉シリーズは、知的で自立した女性が、事件に巻きこまれる過程ですてきな男性と出会い、やがて官能の世界に目覚めていく……というエロティック・ロマンスが中心のようです。

表題作の「危険なレッスンをあなたと」（原題：*Watcher*）は、〈セクシャル・スタディーズ〉シリーズ第一作です。亡き夫を想《おも》って泣いていた大学教授のジャナは、ハンサムな大学院生ジェイクに飲みに行こうと誘われます。ジェイクは以前からジャナに憧れていましたが、なかなか声をかけるきっかけをつかめずにいました。軽い気持ちで誘いに応じたジャナですが、つい飲みすぎて、ジェイクの部屋で一夜をともにしてしまいます。十一歳も年下の学生とつき合うなんて……。ジャナはふたりの関係を進めることをためらいますが、若さと情熱にあふれるジェイクはひたむきに口説き続けます。そんなとき、ジャナをつけ狙う謎の男が現れて――。クールな大学教授のヒロインが年下のさっそうとしたヒーローにどぎまぎさせられる姿が楽しめると同時に、事件の息づまる展開に最後まで気が抜けない作品です。

「愛は吹雪のなかで」（原題：*Blindsided*）では、何かから逃げるように車で北へ向かった内科医のケリンが猛吹雪《もうふぶき》にとらえられ、たまたまそばを通りかかったジェシーに助けられます。ジェシーは建設会社の社長で、孤独を楽しむために湖畔《こはん》の別荘にひとりで滞在していました。とある事件のせいでおびえきっていたケリンですが、ジェシーの優しさに心を許し、その晩ベッドをともにすることに。雪に閉ざされた別荘で、ヒーローの手ほどきによって官能の悦《よろこ》びを覚えていくヒロインですが、現実の世界へ戻る日が近づいてきて……。〈セクシャル・スタディーズ〉シリーズ二作めに当たるこの作品は、一作めよりもさらにサスペンスの色合いが濃くなっています。ヒロインはいったいどんな事件に巻きこまれたのか？　そして、ところどころで顔を出す謎の人物たちの目的は？　ケリンとジェシーの熱いロマンスだけでなく、意外な方向へ進んでいく物語もたっぷり楽しめる作品です。

「完璧な三人」（原題：*Picture Perfect*）は、他の二作とはまた雰囲気の違う短編です。

ヴィクトリアは写真家をめざす幼なじみのアンディーに頼まれ、ヌードモデルを引き受けます。恋人のロスが所有する牧場の納屋で撮影をしていると、ひょっこり顔を出したのはロスの弟ウェイド。端整でたくましいその姿を見たアンディーは、ふたりの絡みを写真に撮りたいと言い出します。ひそかにヴィクトリアに恋心をいだいていたウェイドは、断りきれずに彼女に手を触れますが、そこへロスが現れて……。女性ひとりとゴージャスな兄弟という刺激的な展開にもかかわらず、どこかほのぼのとした温かみを感じさせる作品です。エロティックな物語にこういう空気をつくり出せるのは、エマ・ワイルズならではという気がします。

不意打ちのように訪れる奇妙なできごとや、不可思議な事件。そんなとき、普段はなんでもひとりでこなせるしっかりした女性も迷いや恐れを感じ、素直に男性に頼ったり、思いきって新しい関係に踏み出したりするかもしれません。ふとしたきっかけで出会った男と女が心と体の結びつきを深めていく過程を、著者はとてもていねいに描いています。官能的な場面をふんだんに盛りこみながらも、登場人物の細やかな心情を置き去りにしないところが、エマ・ワイルズの人気の秘密ではないでしょうか。

ヒストリカルだけでなく、コンテンポラリーでもおもしろい作品を次々と生み出してくれそうで、今後がとても楽しみです。

二〇一三年四月　桐谷知未

危険なレッスンをあなたと

2013年5月17日　初版第一刷発行

著……………………………エマ・ワイルズ
訳…………………………………………桐谷知未
カバーデザイン……………………小関加奈子
編集協力………………………アトリエ・ロマンス

発行人……………………………………後藤明信
発行所…………………………株式会社竹書房
〒102-0072 東京都千代田区飯田橋2-7-3
電話：03-3264-1576(代表)
03-3234-6383(編集)
http://www.takeshobo.co.jp
振替：00170-2-179210
印刷所…………………………凸版印刷株式会社

ISBN978-4-8124-9480-6 C0197
Printed in Japan